"十二五"职业教育国家规划教材
经全国职业教育教材审定委员会审定
教育部职业教育与成人教育司推荐教材

新编21世纪高等职业教育精品教材
公共基础课系列

线性代数与概率论

（第五版）

（各专业通用）

曹景龙　胡庆华　周誓达　编著

中国人民大学出版社
·北京·

图书在版编目（CIP）数据

线性代数与概率论/曹景龙，胡庆华，周誓达编著
. --5版. --北京：中国人民大学出版社，2024.1
新编21世纪高等职业教育精品教材. 公共基础课系列
ISBN 978-7-300-32237-7

Ⅰ.①线… Ⅱ.①曹… ②胡… ③周… Ⅲ.①线性代数－高等职业教育－教材②概率论－高等职业教育－教材
Ⅳ.①O151.2②O211

中国国家版本馆CIP数据核字（2023）第194920号

“十二五”职业教育国家规划教材
经全国职业教育教材审定委员会审定
教育部职业教育与成人教育司推荐教材
新编21世纪高等职业教育精品教材·公共基础课系列
线性代数与概率论（第五版）
（各专业通用）
曹景龙　胡庆华　周誓达　编著

出版发行　中国人民大学出版社
社　　址　北京中关村大街31号　　　　邮政编码　100080
电　　话　010－62511242（总编室）　　010－62511770（质管部）
　　　　　010－82501766（邮购部）　　010－62514148（门市部）
　　　　　010－62515195（发行公司）　010－62515275（盗版举报）
网　　址　http://www.crup.com.cn
经　　销　新华书店
印　　刷　北京七色印务有限公司　　　版　　次　2005年7月第1版
开　　本　787 mm×1092 mm　1/16　　　　　　　　2024年1月第5版
印　　张　13.25　　　　　　　　　　印　　次　2024年1月第1次印刷
字　　数　310 000　　　　　　　　　定　　价　39.00元

第五版前言

“线性代数与概率论”是高等学校一门很重要的基础课程.线性代数、概率方法广泛应用于多个学科与领域,通过学习,可以提高学生分析问题、解决问题的能力.本书结合职业院校学生的特点与教学规律,介绍了实际工作中所需要的行列式、矩阵、线性方程组、随机事件及其概率、随机变量及其数字特征、几种重要的概率分布等内容.

本书着重讲解基本概念、基本理论及基本方法,在编写过程中,密切结合实际工作的需要,充分注意逻辑思维的规律,突出重点,循序渐进,通俗易懂.特别是本书以习近平新时代中国特色社会主义思想为指导,全面融入党的二十大精神,始终把提高学生的思想道德素质与专业素养融为一体,培养学生诚实守信、爱岗敬业等优秀品质,为中国式现代化建设提供高技能人才支撑.

基础课毕竟不是专业课.本着“服务专业,兼顾数学体系”的原则,本书不盲目攀比难度,做到难易适当,深入浅出,举一反三,融会贯通,达到“跳一跳就能够着苹果”的效果.本书在内容编排上做到前后呼应,使得前面的内容在后面都有归宿,后面的内容在前面都有伏笔,形象直观地说明问题,适当注意知识面的拓宽,实现“讲起来好讲,学起来好学”.

本书第一版于2006年被评为教育部职业教育与成人教育司推荐教材,第二版于2014年被评为“十二五”职业教育国家规划教材,现按照高等职业教育培养高等技术应用型专门人才的要求并针对学生的实际情况进行修订.本次修订的主要内容如下:

1. 各章新增了“教学目标”,包含“知识目标”“能力目标”“素养目标”等,凸显教学的目的性和递进性.

2. 各章补充了“思维导图”,全面梳理本章知识点及知识点之间的联系.

3. 各章引入了“引导案例”,突出理实一体的编写思路.

4. 各章完善了“拓展阅读”“应用题”等，进一步增加数学的趣味性.

5. 全书增设了24个微课，补充讲解本书的重难点，体现教学形式的多样性.

相信读者学习本书后会大有收获，并对学习线性代数与概率论产生兴趣，快乐地学习线性代数与概率论，增强学习信心，提高科学素质. 记得尊敬的老舍先生关于文学创作曾经说过：写什么固然重要，怎样写尤其重要. 这至理名言对于编著教材同样具有指导意义. 诚挚欢迎各位教师与广大读者提出宝贵意见，我们将不断改进与完善本书，坚持不懈地提高质量，突出自己的特色，更好地为教学一线服务.

为方便广大读者学习，本书配有学习指导，包括各章学习要点与全部习题详细解答. 读者可以通过中国人民大学出版社网站(http://www.crup.com.cn)免费下载使用.

目　录

线性代数部分

概率论部分

线性代数部分

第一章

行列式

教学目标

知识目标

了解行列式的概念及性质.

熟练掌握行列式的展开.

理解克莱姆法则求解线性方程组.

能力目标

能熟练求出二阶、三阶、四阶行列式的值.

能把实际应用问题转化为解线性方程组问题.

能熟练利用克莱姆法则求解线性方程组.

素养目标

通过“行列式”的学习和训练,让学生明白利用行列式的性质可以把一个复杂的行列式化简成上三角行列式,从而非常容易地计算出其结果.这种“化归法”的基本思想就是化难为易、化繁为简、化生为熟、化暗为明,学会利用其思想指导我们的学习、生活和工作,培育学生辩证唯物主义的世界观.

思维导图

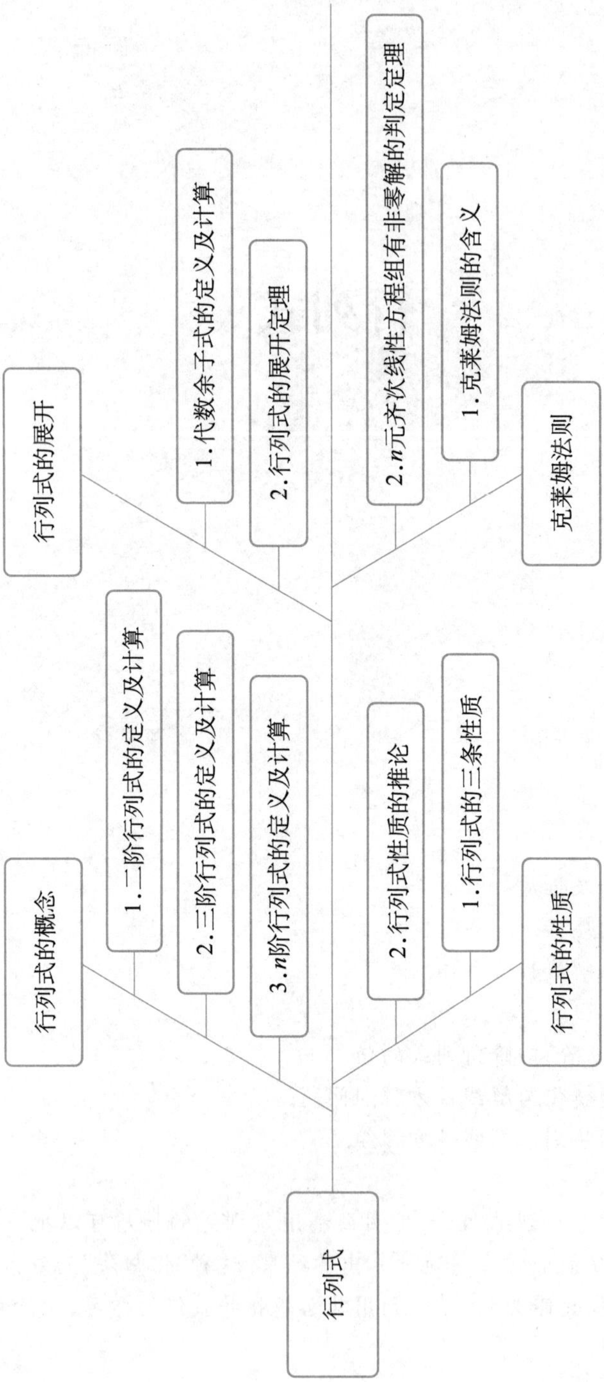

本章知识思维导图

引导案例

谷物称重问题

《九章算术》是我国数学方面流传至今最早也是最重要的一部经典著作，它并非出自一家之手，而是承前启后，一方面总结了秦汉以前的数学成就，另一方面又成为汉代以来达两千年之久数学研究与创造的源泉，它包含算术、几何、代数，是当时的数学全书，可与古希腊欧几里得的《几何原本》东西辉映.

《九章算术》以解应用题为主，其第八章为方程，就是线性方程组的应用问题. 第一题即为谷物称重问题.

问题如下：

“今有上禾三秉，中禾二秉，下禾一秉，实三十九斗；

上禾二秉，中禾三秉，下禾一秉，实三十四斗；

上禾一秉，中禾二秉，下禾三秉，实二十六斗；

问上、中、下禾实一秉各几何?”（这里“禾”指庄稼，“实”指粮食.）

按现代说法，问题为：有三种谷物，如果第一种谷物有 3 袋、第二种谷物有 2 袋、第三种谷物有 1 袋，以上三种谷物总重量是 39 个重量单位. 如果第一种谷物有 2 袋、第二种谷物有 3 袋、第三种谷物有 1 袋，以上三种谷物总重量是 34 个重量单位. 如果第一种谷物有 1 袋、第二种谷物有 2 袋、第三种谷物有 3 袋，以上三种谷物总重量是 26 个重量单位.

请问，每种谷物一袋重量是多少（假设每种谷物每袋重量一样）?

分析：上述谷物称重问题是三元一次方程组 $\begin{cases}3x+2y+z=39\\2x+3y+z=34\\x+2y+3z=26\end{cases}$ 的求解问题.

而行列式的出现是由线性方程组的求解问题引出来的，它是由解线性方程组产生的一种算式，所以本章将从行列式的概念、性质、计算出发，讲解行列式的一个重要应用——克莱姆法则求解线性方程组.

§1.1 行列式的概念

考虑由两个线性方程式构成的二元线性方程组

$$\begin{cases}a_{11}x_1+a_{12}x_2=b_1\\a_{21}x_1+a_{22}x_2=b_2\end{cases}$$

其中 x_1,x_2 为未知量，$a_{11},a_{12},a_{21},a_{22}$ 为未知量的系数，b_1,b_2 为常数项. 用消元法解此线性方程组：第一个线性方程式乘以 a_{22}，第二个线性方程式乘以 a_{12}，然后相减；第二个线性方程式乘以 a_{11}，第一个线性方程式乘以 a_{21}，然后相减. 得到

$$\begin{cases}(a_{11}a_{22}-a_{12}a_{21})x_1=a_{22}b_1-a_{12}b_2\\(a_{11}a_{22}-a_{12}a_{21})x_2=a_{11}b_2-a_{21}b_1\end{cases}$$

当 $a_{11}a_{22}-a_{12}a_{21}\neq 0$ 时，此线性方程组有唯一解

$$\begin{cases} x_1=\dfrac{a_{22}b_1-a_{12}b_2}{a_{11}a_{22}-a_{12}a_{21}} \\ x_2=\dfrac{a_{11}b_2-a_{21}b_1}{a_{11}a_{22}-a_{12}a_{21}} \end{cases}$$

为了进一步揭示求解公式的规律，需要引进二阶行列式的概念.

记号 $\begin{vmatrix} a_{11} & a_{12} \\ a_{21} & a_{22} \end{vmatrix}=a_{11}a_{22}-a_{12}a_{21}$，称为二阶行列式，其中 $a_{11},a_{12},a_{21},a_{22}$ 称为元素，这 4 个元素排成一个方阵，横排称为行，竖排称为列，二阶行列式共有两行两列. 每个元素有两个脚标，第一脚标指明这个元素所在行的行数，称为行标；第二脚标指明这个元素所在列的列数，称为列标. 在二阶行列式中，从左上角到右下角的对角线称为主对角线，从右上角到左下角的对角线称为次对角线.

二阶行列式的计算，可以用画线的方法记忆，即二阶行列式等于主对角线（实线）上两个元素的乘积减去次对角线（虚线）上两个元素的乘积，如图 1-1.

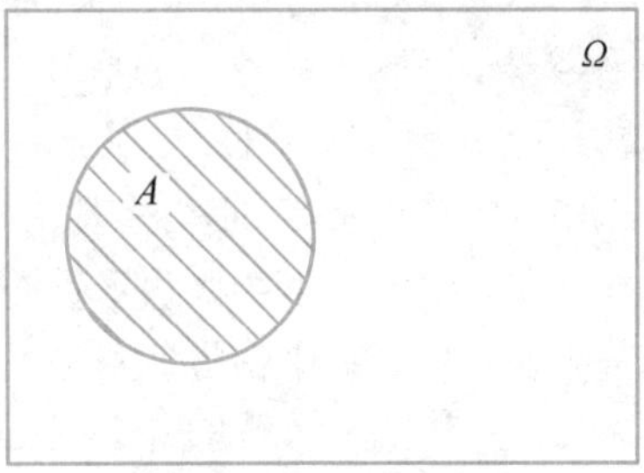

行列式的概念

图 1-1

例 1　二阶行列式

$$\begin{vmatrix} 1 & 2 \\ 3 & 4 \end{vmatrix}=1\times 4-2\times 3=-2$$

类似地，为了解由三个线性方程式构成的三元线性方程组，需要引进三阶行列式的概念.

记号 $\begin{vmatrix} a_{11} & a_{12} & a_{13} \\ a_{21} & a_{22} & a_{23} \\ a_{31} & a_{32} & a_{33} \end{vmatrix}=a_{11}a_{22}a_{33}+a_{12}a_{23}a_{31}+a_{13}a_{21}a_{32}-a_{13}a_{22}a_{31}-a_{12}a_{21}a_{33}-a_{11}a_{23}a_{32}$，称为三阶行列式，三阶行列式共有 9 个元素，它们排成三行三列，从左上角到右下角的对角线称为主对角线，从右上角到左下角的对角线称为次对角线. 三阶行列式的计算，也可以用画线的方法记忆，如图 1-2.

例 2　三阶行列式

$$\begin{vmatrix} 1 & -1 & -2 \\ 2 & 3 & -3 \\ -4 & 4 & 5 \end{vmatrix}$$

$$=1\times 3\times 5+(-1)\times(-3)\times(-4)+(-2)\times 2\times 4$$

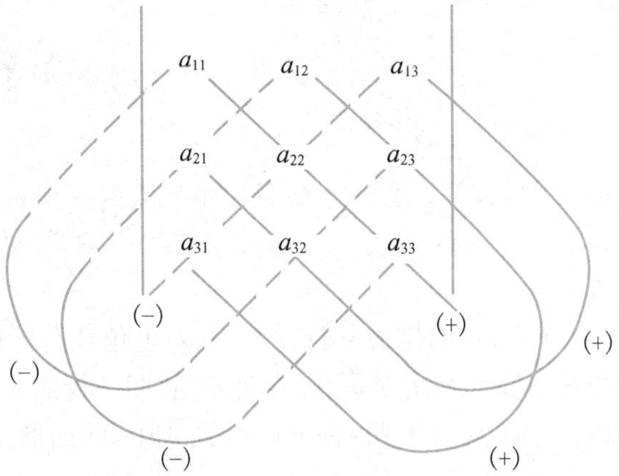

图 1－2

$$-(-2)\times3\times(-4)-(-1)\times2\times5-1\times(-3)\times4$$
$$=15+(-12)+(-16)-24-(-10)-(-12)=-15$$

为了讨论 n 阶行列式，下面给出排列逆序数的概念. 考虑由前 n 个正整数组成的数字不重复的排列 $j_1 j_2 \cdots j_n$ 中，若有较大的数排在较小的数的前面，则称它们构成一个逆序，并称逆序的总数为排列 $j_1 j_2 \cdots j_n$ 的逆序数，记作 $N(j_1 j_2 \cdots j_n)$.

容易知道，由 1，2 这两个数字组成排列的逆序数为

$$N(1\ 2)=0$$
$$N(2\ 1)=1$$

由 1，2，3 这三个数字组成排列的逆序数为

$$N(1\ 2\ 3)=0$$
$$N(2\ 3\ 1)=2$$
$$N(3\ 1\ 2)=2$$
$$N(3\ 2\ 1)=3$$
$$N(2\ 1\ 3)=1$$
$$N(1\ 3\ 2)=1$$

考察二阶行列式，它是 $2!=2$ 项的代数和，每项为来自不同行、不同列的 2 个元素乘积，前面取正号与取负号的项各占一半，即各为 1 项，可以适当交换每项中元素的次序，使得它们的行标按顺序排列，这时若相应列标排列逆序数为零，则这项前面取正号；若相应列标排列逆序数为奇数，则这项前面取负号.

再考察三阶行列式，它是 $3!=6$ 项的代数和，每项为来自不同行、不同列的 3 个元素乘积，前面取正号与取负号的项各占一半，即各为 3 项，可以适当交换每项中元素的次序，使得它们的行标按顺序排列，这时若相应列标排列逆序数为零或偶数，则这项前面取正号；若相应列标排列逆序数为奇数，则这项前面取负号.

根据上面考察得到的规律，给出 n 阶行列式的概念.

定义 1.1 记号 $\begin{vmatrix} a_{11} & a_{12} & \cdots & a_{1n} \\ a_{21} & a_{22} & \cdots & a_{2n} \\ \vdots & \vdots & & \vdots \\ a_{n1} & a_{n2} & \cdots & a_{nn} \end{vmatrix}$ 称为 n 阶行列式，它是 $n!$ 项的代数和，每项为来自不同行、不同列的 n 个元素乘积，可以适当交换每项中元素的次序，使得它们的行标按顺序排列，这时若相应列标排列逆序数为零或偶数，则这项前面取正号；若相应列标排列逆序数为奇数，则这项前面取负号.

n 阶行列式共有 n^2 个元素，它们排成 n 行 n 列，从左上角到右下角的对角线称为主对角线，从右上角到左下角的对角线称为次对角线. 容易知道：同一行的元素不可能乘在一起，同一列的元素也不可能乘在一起. 可以证明：在 n 阶行列式中，前面取正号与取负号的项各占一半，即各为 $\frac{n!}{2}$ 项.

行列式经常用大写字母 D 表示，或记作 $|a_{ij}|$. 特别规定一阶行列式 $|a_{11}| = a_{11}$.

例 3 问乘积 $a_{34}a_{21}a_{42}a_{23}$ 是否是四阶行列式 $D = |a_{ij}|$ 中的项?

解: 在乘积 $a_{34}a_{21}a_{42}a_{23}$ 中，元素 a_{21} 与 a_{23} 的行标同为 2，说明这两个元素皆来自第 2 行，所以乘积 $a_{34}a_{21}a_{42}a_{23}$ 不是四阶行列式 D 中的项.

例 4 填空题

在四阶行列式 $D = |a_{ij}|$ 中，项 $a_{31}a_{24}a_{43}a_{12}$ 前面应取的正负号是______.

解: 适当交换所给项中元素的次序，使得它们的行标按顺序排列，得到

$$a_{31}a_{24}a_{43}a_{12} = a_{12}a_{24}a_{31}a_{43}$$

这时相应列标排列逆序数

$$N(2\ 4\ 1\ 3) = 3$$

是奇数，因而项 $a_{31}a_{24}a_{43}a_{12}$ 前面应取负号，于是应将“负号”直接填在空内.

定义 1.2 已知 n 阶行列式

$$D = \begin{vmatrix} a_{11} & a_{12} & \cdots & a_{1n} \\ a_{21} & a_{22} & \cdots & a_{2n} \\ \vdots & \vdots & & \vdots \\ a_{n1} & a_{n2} & \cdots & a_{nn} \end{vmatrix}$$

将行列依次互换（第 1 行变成第 1 列，第 2 行变成第 2 列，…，第 n 行变成第 n 列），所得到的 n 阶行列式称为行列式 D 的转置行列式，记作

$$D^{\mathrm{T}} = \begin{vmatrix} a_{11} & a_{21} & \cdots & a_{n1} \\ a_{12} & a_{22} & \cdots & a_{n2} \\ \vdots & \vdots & & \vdots \\ a_{1n} & a_{2n} & \cdots & a_{nn} \end{vmatrix}$$

行列式 D 与它的转置行列式 D^{T} 之间有什么关系?考察三阶行列式

$$D = \begin{vmatrix} a_{11} & a_{12} & a_{13} \\ a_{21} & a_{22} & a_{23} \\ a_{31} & a_{32} & a_{33} \end{vmatrix}$$

$$= a_{11}a_{22}a_{33} + a_{12}a_{23}a_{31} + a_{13}a_{21}a_{32} - a_{13}a_{22}a_{31} - a_{12}a_{21}a_{33} - a_{11}a_{23}a_{32}$$

$$D^{\mathrm{T}} = \begin{vmatrix} a_{11} & a_{21} & a_{31} \\ a_{12} & a_{22} & a_{32} \\ a_{13} & a_{23} & a_{33} \end{vmatrix}$$

$$= a_{11}a_{22}a_{33} + a_{21}a_{32}a_{13} + a_{31}a_{12}a_{23} - a_{31}a_{22}a_{13} - a_{21}a_{12}a_{33} - a_{11}a_{32}a_{23}$$

容易看出：$D^{\mathrm{T}} = D$，可以证明这个结论对于 n 阶行列式也是成立的.

定理 1.1 转置行列式 D^{T} 的值等于行列式 D 的值，即

$$D^{\mathrm{T}} = D$$

定理 1.1 说明：在行列式中，行与列的地位是对等的. 凡有关行的性质，对于列必然成立；凡有关列的性质，对于行也必然成立.

最后讨论一类最基本也是最重要的行列式即三角形行列式.

定义 1.3 若行列式 D 主对角线以上或以下的元素全为零，则称行列式 D 为三角形行列式.

考虑三角形行列式

$$D = \begin{vmatrix} a_{11} & 0 & \cdots & 0 \\ a_{21} & a_{22} & \cdots & 0 \\ \vdots & \vdots & & \vdots \\ a_{n1} & a_{n2} & \cdots & a_{nn} \end{vmatrix}$$

它当然等于 $n!$ 项代数和，其中含有零因子的项一定等于零，可以不必考虑，所以只需考虑可能不为零的项. 在这样的项中，必然有一个因子来自第 1 行，只能是元素 a_{11}；必然有一个因子来自第 2 行，有元素 a_{21}，a_{22} 可供选择，但元素 a_{21} 与元素 a_{11} 同在第 1 列，不能乘在一起，从而只能是元素 a_{22}；…；必然有一个因子来自第 n 行，有元素 a_{n1}，a_{n2}，…，a_{nn} 可供选择，但元素 a_{n1} 与元素 a_{11} 同在第 1 列，不能乘在一起，元素 a_{n2} 与元素 a_{22} 同在第 2 列，不能乘在一起，…，从而只能是元素 a_{nn}. 这说明可能不为零的项只有一项 $a_{11}a_{22}\cdots a_{nn}$，行标已经按顺序排列，由于列标排列逆序数

$$N(1\ 2\ \cdots\ n) = 0$$

所以项 $a_{11}a_{22}\cdots a_{nn}$ 前面应取正号. 那么，三角形行列式

$$D = \begin{vmatrix} a_{11} & 0 & \cdots & 0 \\ a_{21} & a_{22} & \cdots & 0 \\ \vdots & \vdots & & \vdots \\ a_{n1} & a_{n2} & \cdots & a_{nn} \end{vmatrix} = a_{11}a_{22}\cdots a_{nn}$$

同理，另一种三角形行列式

$$D = \begin{vmatrix} a_{11} & a_{12} & \cdots & a_{1n} \\ 0 & a_{22} & \cdots & a_{2n} \\ \vdots & \vdots & & \vdots \\ 0 & 0 & \cdots & a_{nn} \end{vmatrix} = a_{11}a_{22}\cdots a_{nn}$$

由此可知：三角形行列式的值等于主对角线上元素的乘积.

例 5 四阶行列式

$$\begin{vmatrix} 1 & 3 & 5 & 7 \\ 0 & 2 & 5 & 8 \\ 0 & 0 & 3 & 7 \\ 0 & 0 & 0 & 4 \end{vmatrix} = 1\times 2\times 3\times 4 = 24$$

若行列式D主对角线以外的元素全为零，则称行列式D为对角形行列式，它是三角形行列式的特殊情况，它的值当然等于主对角线上元素的乘积，即

$$D = \begin{vmatrix} a_{11} & 0 & \cdots & 0 \\ 0 & a_{22} & \cdots & 0 \\ \vdots & \vdots & & \vdots \\ 0 & 0 & \cdots & a_{nn} \end{vmatrix} = a_{11}a_{22}\cdots a_{nn}$$

学问思辨

任意两个行列式都能比较大小吗？

§1.2　行列式的性质

尽管在行列式定义中给出了计算行列式的具体方法，但计算的工作量是很大的，因此有必要寻找计算行列式的其他方法.

根据 §1.1 的讨论可知，三角形行列式的计算非常简单，能够立即得到结果. 于是，计算行列式的思路之一就是将所计算的行列式通过恒等变形化为三角形行列式，其依据就是行列式的性质.

考虑三阶行列式

$$\begin{aligned} D &= \begin{vmatrix} a_{11} & a_{12} & a_{13} \\ a_{21} & a_{22} & a_{23} \\ a_{31} & a_{32} & a_{33} \end{vmatrix} \\ &= a_{11}a_{22}a_{33} + a_{12}a_{23}a_{31} + a_{13}a_{21}a_{32} - a_{13}a_{22}a_{31} - a_{12}a_{21}a_{33} - a_{11}a_{23}a_{32} \end{aligned}$$

若将第 1 行与第 2 行交换，得到行列式

$$\begin{aligned} D_1 &= \begin{vmatrix} a_{21} & a_{22} & a_{23} \\ a_{11} & a_{12} & a_{13} \\ a_{31} & a_{32} & a_{33} \end{vmatrix} \\ &= a_{21}a_{12}a_{33} + a_{22}a_{13}a_{31} + a_{23}a_{11}a_{32} - a_{23}a_{12}a_{31} - a_{22}a_{11}a_{33} - a_{21}a_{13}a_{32} \\ &= -a_{11}a_{22}a_{33} - a_{12}a_{23}a_{31} - a_{13}a_{21}a_{32} + a_{13}a_{22}a_{31} + a_{12}a_{21}a_{33} + a_{11}a_{23}a_{32} \\ &= -D \end{aligned}$$

若将第 1 行乘以数 k，得到行列式

$$D_2 = \begin{vmatrix} ka_{11} & ka_{12} & ka_{13} \\ a_{21} & a_{22} & a_{23} \\ a_{31} & a_{32} & a_{33} \end{vmatrix}$$

$$= ka_{11}a_{22}a_{33} + ka_{12}a_{23}a_{31} + ka_{13}a_{21}a_{32} - ka_{13}a_{22}a_{31} - ka_{12}a_{21}a_{33} - ka_{11}a_{23}a_{32}$$
$$= kD$$

若将第 1 行的 k 倍加到第 2 行上去，得到行列式

$$D_3 = \begin{vmatrix} a_{11} & a_{12} & a_{13} \\ a_{21}+ka_{11} & a_{22}+ka_{12} & a_{23}+ka_{13} \\ a_{31} & a_{32} & a_{33} \end{vmatrix}$$
$$= a_{11}(a_{22}+ka_{12})a_{33} + a_{12}(a_{23}+ka_{13})a_{31} + a_{13}(a_{21}+ka_{11})a_{32}$$
$$- a_{13}(a_{22}+ka_{12})a_{31} - a_{12}(a_{21}+ka_{11})a_{33} - a_{11}(a_{23}+ka_{13})a_{32}$$
$$= a_{11}a_{22}a_{33} + a_{12}a_{23}a_{31} + a_{13}a_{21}a_{32} - a_{13}a_{22}a_{31} - a_{12}a_{21}a_{33} - a_{11}a_{23}a_{32}$$
$$= D$$

从上面观察得到的结论，可以证明对于 n 阶行列式在一般情况下也是成立的，行列式具有下列性质：

行列式的性质

性质 1 交换行列式的任意两行(列)，行列式变号；

性质 2 行列式的任意一行(列) 的公因子可以提到行列式外面；

性质 3 行列式的任意一行(列) 的 k 倍加到另外一行(列) 上去，行列式的值不变.

自然会提出这样的问题：在什么情况下，行列式的值一定等于零. 作为行列式性质的推论回答了这个问题.

推论 1 如果行列式有一行(列) 的元素全为零，则行列式的值一定等于零；

推论 2 如果行列式有两行(列) 的对应元素相同，则行列式的值一定等于零；

推论 3 如果行列式有两行(列) 的对应元素成比例，则行列式的值一定等于零.

例 1 已知三阶行列式 $\begin{vmatrix} a_1 & b_1 & c_1 \\ a_2 & b_2 & c_2 \\ a_3 & b_3 & c_3 \end{vmatrix} = 10$，求三阶行列式 $\begin{vmatrix} a_3 & b_3 & c_3 \\ a_1 & b_1 & c_1 \\ a_2 & b_2 & c_2 \end{vmatrix}$ 的值.

解：三阶行列式

$$\begin{vmatrix} a_3 & b_3 & c_3 \\ a_1 & b_1 & c_1 \\ a_2 & b_2 & c_2 \end{vmatrix}$$

(交换第 1 行与第 2 行)

$$= -\begin{vmatrix} a_1 & b_1 & c_1 \\ a_3 & b_3 & c_3 \\ a_2 & b_2 & c_2 \end{vmatrix}$$

(交换第 2 行与第 3 行)

$$= (-1)^2 \begin{vmatrix} a_1 & b_1 & c_1 \\ a_2 & b_2 & c_2 \\ a_3 & b_3 & c_3 \end{vmatrix} = (-1)^2 \times 10 = 10$$

例 2 已知三阶行列式 $\begin{vmatrix} x_1 & y_1 & z_1 \\ x_2 & y_2 & z_2 \\ x_3 & y_3 & z_3 \end{vmatrix} = 3$，求三阶行列式 $\begin{vmatrix} 2x_1 & 2y_1 & 2z_1 \\ 2x_2 & 2y_2 & 2z_2 \\ 2x_3 & 2y_3 & 2z_3 \end{vmatrix}$ 的值.

解:三阶行列式

$$\begin{vmatrix} 2x_1 & 2y_1 & 2z_1 \\ 2x_2 & 2y_2 & 2z_2 \\ 2x_3 & 2y_3 & 2z_3 \end{vmatrix}$$

（第 1 行至第 3 行各行的公因子 2 皆提到行列式外面）

$$=2\times2\times2\begin{vmatrix} x_1 & y_1 & z_1 \\ x_2 & y_2 & z_2 \\ x_3 & y_3 & z_3 \end{vmatrix}=2^3\times3=24$$

例 3 已知三阶行列式$\begin{vmatrix} a & b & c \\ u & v & w \\ x & y & z \end{vmatrix}=M$,求三阶行列式$\begin{vmatrix} a+kb & b+c & c \\ u+kv & v+w & w \\ x+ky & y+z & z \end{vmatrix}$的值.

解:三阶行列式

$$\begin{vmatrix} a+kb & b+c & c \\ u+kv & v+w & w \\ x+ky & y+z & z \end{vmatrix}$$

（第 3 列的 −1 倍加到第 2 列上去）

$$=\begin{vmatrix} a+kb & b & c \\ u+kv & v & w \\ x+ky & y & z \end{vmatrix}$$

（第 2 列的 $-k$ 倍加到第 1 列上去）

$$=\begin{vmatrix} a & b & c \\ u & v & w \\ x & y & z \end{vmatrix}=M$$

例 4 已知三阶行列式$\begin{vmatrix} a_{11} & a_{12} & a_{13} \\ a_{21} & a_{22} & a_{23} \\ a_{31} & a_{32} & a_{33} \end{vmatrix}=1$,求三阶行列式

$$\begin{vmatrix} 4a_{11} & 4a_{12} & 4a_{13} \\ a_{31} & a_{32} & a_{33} \\ 2a_{21}-3a_{31} & 2a_{22}-3a_{32} & 2a_{23}-3a_{33} \end{vmatrix}$$

的值.

解:三阶行列式

$$\begin{vmatrix} 4a_{11} & 4a_{12} & 4a_{13} \\ a_{31} & a_{32} & a_{33} \\ 2a_{21}-3a_{31} & 2a_{22}-3a_{32} & 2a_{23}-3a_{33} \end{vmatrix}$$

（交换第 2 行与第 3 行）

$$=-\begin{vmatrix} 4a_{11} & 4a_{12} & 4a_{13} \\ 2a_{21}-3a_{31} & 2a_{22}-3a_{32} & 2a_{23}-3a_{33} \\ a_{31} & a_{32} & a_{33} \end{vmatrix}$$

（第 1 行的公因子 4 提到行列式外面）

$$=-4\begin{vmatrix} a_{11} & a_{12} & a_{13} \\ 2a_{21}-3a_{31} & 2a_{22}-3a_{32} & 2a_{23}-3a_{33} \\ a_{31} & a_{32} & a_{33} \end{vmatrix}$$

（第 3 行的 3 倍加到第 2 行上去）

$$=-4\begin{vmatrix} a_{11} & a_{12} & a_{13} \\ 2a_{21} & 2a_{22} & 2a_{23} \\ a_{31} & a_{32} & a_{33} \end{vmatrix}$$

（第 2 行的公因子 2 提到行列式外面）

$$=-4\times 2\begin{vmatrix} a_{11} & a_{12} & a_{13} \\ a_{21} & a_{22} & a_{23} \\ a_{31} & a_{32} & a_{33} \end{vmatrix}=-4\times 2\times 1=-8$$

例 5 填空题

四阶行列式 $\begin{vmatrix} x_1 & y_1 & z_1 & kx_1 \\ x_2 & y_2 & z_2 & kx_2 \\ x_3 & y_3 & z_3 & kx_3 \\ x_4 & y_4 & z_4 & kx_4 \end{vmatrix}=$ ______.

解:由于所给四阶行列式

$$\begin{vmatrix} x_1 & y_1 & z_1 & kx_1 \\ x_2 & y_2 & z_2 & kx_2 \\ x_3 & y_3 & z_3 & kx_3 \\ x_4 & y_4 & z_4 & kx_4 \end{vmatrix}$$

中第 4 列与第 1 列的对应元素成比例,所以四阶行列式

$$\begin{vmatrix} x_1 & y_1 & z_1 & kx_1 \\ x_2 & y_2 & z_2 & kx_2 \\ x_3 & y_3 & z_3 & kx_3 \\ x_4 & y_4 & z_4 & kx_4 \end{vmatrix}=0$$

于是应将“0”直接填在空内.

有一些比较简单的行列式,应用行列式的性质,很容易把它们化为三角形行列式,因而迅速得到它们的值.

例 6 填空题

四阶行列式 $\begin{vmatrix} 0 & 0 & 1 & 0 \\ 0 & 1 & 0 & 0 \\ 1 & 0 & 0 & 0 \\ 0 & 0 & 0 & 1 \end{vmatrix}=$ ______.

解:计算四阶行列式

$$\begin{vmatrix} 0 & 0 & 1 & 0 \\ 0 & 1 & 0 & 0 \\ 1 & 0 & 0 & 0 \\ 0 & 0 & 0 & 1 \end{vmatrix}$$

（交换第 1 行与第 3 行）

$$=-\begin{vmatrix} 1 & 0 & 0 & 0 \\ 0 & 1 & 0 & 0 \\ 0 & 0 & 1 & 0 \\ 0 & 0 & 0 & 1 \end{vmatrix}=-1$$

于是应将“－1”直接填在空内.

例 7 单项选择题

已知四阶行列式 $\begin{vmatrix} 0 & 0 & 0 & 1 \\ 0 & 0 & a & 0 \\ 0 & 2 & 0 & 0 \\ 4 & 0 & 0 & a^2 \end{vmatrix}=1$,则元素 $a=$（　　）.

(a) $-\frac{1}{2}$　　(b) $\frac{1}{2}$

(c) $-\frac{1}{8}$　　(d) $\frac{1}{8}$

解:计算四阶行列式

$$\begin{vmatrix} 0 & 0 & 0 & 1 \\ 0 & 0 & a & 0 \\ 0 & 2 & 0 & 0 \\ 4 & 0 & 0 & a^2 \end{vmatrix}$$

（交换第 1 行与第 4 行,交换第 2 行与第 3 行）

$$=(-1)^2\begin{vmatrix} 4 & 0 & 0 & a^2 \\ 0 & 2 & 0 & 0 \\ 0 & 0 & a & 0 \\ 0 & 0 & 0 & 1 \end{vmatrix}=8a$$

再从已知条件得到关系式 $8a=1$,因此元素

$$a=\frac{1}{8}$$

这个正确答案恰好就是备选答案(d),所以选择(d).

例 8 计算四阶行列式 $\begin{vmatrix} 1 & 2 & 3 & 4 \\ -1 & 0 & 3 & 4 \\ -1 & -2 & 0 & 4 \\ -1 & -2 & -3 & 0 \end{vmatrix}$.

解:四阶行列式

$$\begin{vmatrix} 1 & 2 & 3 & 4 \\ -1 & 0 & 3 & 4 \\ -1 & -2 & 0 & 4 \\ -1 & -2 & -3 & 0 \end{vmatrix}$$

(第 1 行分别加到第 2 行至第 4 行上去)

$$= \begin{vmatrix} 1 & 2 & 3 & 4 \\ 0 & 2 & 6 & 8 \\ 0 & 0 & 3 & 8 \\ 0 & 0 & 0 & 4 \end{vmatrix} = 24$$

例 9 计算四阶行列式$\begin{vmatrix} 1 & 2 & 3 & 4 \\ 2 & 3 & 4 & 1 \\ 3 & 4 & 1 & 2 \\ 4 & 1 & 2 & 3 \end{vmatrix}$.

解:四阶行列式

$$\begin{vmatrix} 1 & 2 & 3 & 4 \\ 2 & 3 & 4 & 1 \\ 3 & 4 & 1 & 2 \\ 4 & 1 & 2 & 3 \end{vmatrix}$$

(第 1 行的 -2 倍加到第 2 行上去,第 1 行的 -3 倍加到第 3 行上去,第 1 行的 -4 倍加到第 4 行上去)

$$= \begin{vmatrix} 1 & 2 & 3 & 4 \\ 0 & -1 & -2 & -7 \\ 0 & -2 & -8 & -10 \\ 0 & -7 & -10 & -13 \end{vmatrix}$$

(第 2 行的 -2 倍加到第 3 行上去,第 2 行的 -7 倍加到第 4 行上去)

$$= \begin{vmatrix} 1 & 2 & 3 & 4 \\ 0 & -1 & -2 & -7 \\ 0 & 0 & -4 & 4 \\ 0 & 0 & 4 & 36 \end{vmatrix}$$

(第 3 行加到第 4 行上去)

$$= \begin{vmatrix} 1 & 2 & 3 & 4 \\ 0 & -1 & -2 & -7 \\ 0 & 0 & -4 & 4 \\ 0 & 0 & 0 & 40 \end{vmatrix} = 160$$

对于元素为字母的情况,也同样可以应用行列式的性质求解.

例 10 计算四阶行列式 $\begin{vmatrix} x & a & a & a \\ a & x & a & a \\ a & a & x & a \\ a & a & a & x \end{vmatrix}$.

解:在所求四阶行列式中,注意到主对角线上元素皆为 x,其余元素皆为 a,因而每列的 4 个元素由 1 个 x 与 3 个 a 构成,其和皆为 $x+3a$. 所以四阶行列式

$$\begin{vmatrix} x & a & a & a \\ a & x & a & a \\ a & a & x & a \\ a & a & a & x \end{vmatrix}$$

（第 2 行至第 4 行皆加到第 1 行上去）

$$= \begin{vmatrix} x+3a & x+3a & x+3a & x+3a \\ a & x & a & a \\ a & a & x & a \\ a & a & a & x \end{vmatrix}$$

（第 1 行的公因子 $x+3a$ 提到行列式外面）

$$= (x+3a)\begin{vmatrix} 1 & 1 & 1 & 1 \\ a & x & a & a \\ a & a & x & a \\ a & a & a & x \end{vmatrix}$$

（第 1 行的 $-a$ 倍分别加到第 2 行至第 4 行上去）

$$= (x+3a)\begin{vmatrix} 1 & 1 & 1 & 1 \\ 0 & x-a & 0 & 0 \\ 0 & 0 & x-a & 0 \\ 0 & 0 & 0 & x-a \end{vmatrix} = (x+3a)(x-a)^3$$

§1.3 行列式的展开

计算行列式的思路之二就是将所计算的行列式通过恒等变形化为较低阶的行列式,其依据就是行列式的展开.

定义 1.4 在 n 阶行列式 D 中,若划掉元素 $a_{ij}(1 \leqslant i \leqslant n, 1 \leqslant j \leqslant n)$ 所在的第 i 行与第 j 列,则称剩余元素构成的 $n-1$ 阶行列式为元素 a_{ij} 的余子式,记作 M_{ij};并称 $(-1)^{i+j}M_{ij}$ 为元素 a_{ij} 的代数余子式,记作

$$A_{ij} = (-1)^{i+j}M_{ij}$$

n 阶行列式共有 n^2 个元素,每一个元素都有其代数余子式,因此共有 n^2 个代数余子式.

行列式的展开

例 1 已知四阶行列式 $D=\begin{vmatrix} 1 & -1 & -6 & 0 \\ 4 & 3 & 2 & 1 \\ -2 & 7 & 8 & -3 \\ 5 & 0 & 9 & 4 \end{vmatrix}$,求元素 $a_{23}=2$ 的余子式 M_{23} 与代数余子式 A_{23}.

解:在所给四阶行列式 D 中,划掉元素 $a_{23}=2$ 所在的第 2 行与第 3 列,剩余元素构成的三阶行列式为元素 $a_{23}=2$ 的余子式,即

$$M_{23}=\begin{vmatrix} 1 & -1 & 0 \\ -2 & 7 & -3 \\ 5 & 0 & 4 \end{vmatrix}=28+15+0-0-8-0=35$$

元素 $a_{23}=2$ 的代数余子式

$$A_{23}=(-1)^{2+3}M_{23}=(-1)^{2+3}\begin{vmatrix} 1 & -1 & 0 \\ -2 & 7 & -3 \\ 5 & 0 & 4 \end{vmatrix}=-35$$

考虑三阶行列式 $D=\begin{vmatrix} a_{11} & a_{12} & a_{13} \\ a_{21} & a_{22} & a_{23} \\ a_{31} & a_{32} & a_{33} \end{vmatrix}$,容易求得第 1 行各元素的代数余子式:

元素 a_{11} 的代数余子式

$$A_{11}=(-1)^{1+1}\begin{vmatrix} a_{22} & a_{23} \\ a_{32} & a_{33} \end{vmatrix}=a_{22}a_{33}-a_{23}a_{32}$$

元素 a_{12} 的代数余子式

$$A_{12}=(-1)^{1+2}\begin{vmatrix} a_{21} & a_{23} \\ a_{31} & a_{33} \end{vmatrix}=-(a_{21}a_{33}-a_{23}a_{31})=a_{23}a_{31}-a_{21}a_{33}$$

元素 a_{13} 的代数余子式

$$A_{13}=(-1)^{1+3}\begin{vmatrix} a_{21} & a_{22} \\ a_{31} & a_{32} \end{vmatrix}=a_{21}a_{32}-a_{22}a_{31}$$

那么,三阶行列式 D 的值与这些代数余子式之间有什么关系?容易得到

$$\begin{aligned} D&=\begin{vmatrix} a_{11} & a_{12} & a_{13} \\ a_{21} & a_{22} & a_{23} \\ a_{31} & a_{32} & a_{33} \end{vmatrix} \\ &=a_{11}a_{22}a_{33}+a_{12}a_{23}a_{31}+a_{13}a_{21}a_{32}-a_{13}a_{22}a_{31}-a_{12}a_{21}a_{33}-a_{11}a_{23}a_{32} \\ &=a_{11}(a_{22}a_{33}-a_{23}a_{32})+a_{12}(a_{23}a_{31}-a_{21}a_{33})+a_{13}(a_{21}a_{32}-a_{22}a_{31}) \\ &=a_{11}A_{11}+a_{12}A_{12}+a_{13}A_{13} \end{aligned}$$

这说明三阶行列式 D 的值等于第 1 行各元素与其代数余子式乘积之和,称为三阶行列式 D 按第 1 行展开. 同理,经过类似推导,三阶行列式 D 可以按第 2 行或第 3 行展开,也可以按第 1 列或第 2 列或第 3 列展开. 总之,三阶行列式 D 等于任意一行(列) 各元素与其代数余子式乘积之和.

从上面观察得到的结论，可以证明对于 n 阶行列式在一般情况下也是成立的，有下面的定理.

定理 1.2 n 阶行列式 D 等于它的任意一行（列）各元素与其代数余子式乘积之和，即

$$D=\begin{vmatrix} a_{11} & a_{12} & \cdots & a_{1n} \\ a_{21} & a_{22} & \cdots & a_{2n} \\ \vdots & \vdots & & \vdots \\ a_{n1} & a_{n2} & \cdots & a_{nn} \end{vmatrix}$$

$$\begin{aligned} &= a_{11}A_{11}+a_{12}A_{12}+\cdots+a_{1n}A_{1n}=a_{21}A_{21}+a_{22}A_{22}+\cdots+a_{2n}A_{2n} \\ &=\cdots=a_{n1}A_{n1}+a_{n2}A_{n2}+\cdots+a_{nn}A_{nn} \\ &= a_{11}A_{11}+a_{21}A_{21}+\cdots+a_{n1}A_{n1}=a_{12}A_{12}+a_{22}A_{22}+\cdots+a_{n2}A_{n2} \\ &=\cdots=a_{1n}A_{1n}+a_{2n}A_{2n}+\cdots+a_{nn}A_{nn} \end{aligned}$$

在计算 n 阶行列式时，虽然定理 1.2 给出了 $2n$ 个关系式，但只需选择应用其中一个关系式就可以得到所求 n 阶行列式的值.

例 2 已知四阶行列式 D 中第 2 行的元素自左向右依次为 4，3，2，1，它们的余子式分别为 5，6，7，8，求四阶行列式 D 的值.

解：根据行列式中元素 a_{ij} 的代数余子式 A_{ij} 与余子式 M_{ij} 之间的关系

$$A_{ij}=(-1)^{i+j}M_{ij}$$

容易得到四阶行列式 D 中第 2 行各元素的代数余子式.

元素 $a_{21}=4$ 的余子式 $M_{21}=5$，从而代数余子式为

$$A_{21}=(-1)^{2+1}M_{21}=(-1)^{2+1}\times 5=-5$$

元素 $a_{22}=3$ 的余子式 $M_{22}=6$，从而代数余子式为

$$A_{22}=(-1)^{2+2}M_{22}=(-1)^{2+2}\times 6=6$$

元素 $a_{23}=2$ 的余子式 $M_{23}=7$，从而代数余子式为

$$A_{23}=(-1)^{2+3}M_{23}=(-1)^{2+3}\times 7=-7$$

元素 $a_{24}=1$ 的余子式 $M_{24}=8$，从而代数余子式为

$$A_{24}=(-1)^{2+4}M_{24}=(-1)^{2+4}\times 8=8$$

所以四阶行列式 D 按第 2 行展开，它的值为

$$\begin{aligned} D&=a_{21}A_{21}+a_{22}A_{22}+a_{23}A_{23}+a_{24}A_{24}=4\times(-5)+3\times 6+2\times(-7)+1\times 8 \\ &=-8 \end{aligned}$$

在具体计算行列式时，注意到零元素与其代数余子式乘积等于零，这一项可以不必考虑，于是应该按零元素比较多的一行(列)展开，以减少计算量.

例 3 计算四阶行列式 $\begin{vmatrix} 7 & 0 & 4 & 0 \\ 1 & 0 & 5 & 2 \\ 3 & -1 & -1 & 6 \\ 8 & 0 & 5 & 0 \end{vmatrix}$.

解:四阶行列式

$$\begin{vmatrix} 7 & 0 & 4 & 0 \\ 1 & 0 & 5 & 2 \\ 3 & -1 & -1 & 6 \\ 8 & 0 & 5 & 0 \end{vmatrix}$$

(按第 2 列展开)

$$= 0\times A_{12}+0\times A_{22}+(-1)\times A_{32}+0\times A_{42}=(-1)\times A_{32}=(-1)\times(-1)^{3+2}M_{32}$$

$$=(-1)\times(-1)^{3+2}\begin{vmatrix} 7 & 4 & 0 \\ 1 & 5 & 2 \\ 8 & 5 & 0 \end{vmatrix}$$

(按第 3 列展开)

$$=0\times A_{13}+2\times A_{23}+0\times A_{33}=2\times A_{23}=2\times(-1)^{2+3}M_{23}=2\times(-1)^{2+3}\begin{vmatrix} 7 & 4 \\ 8 & 5 \end{vmatrix}$$

$$=2\times(-3)=-6$$

例 4 计算四阶行列式$\begin{vmatrix} 1 & 2 & 0 & 0 \\ -1 & 2 & -2 & 3 \\ 2 & 0 & 4 & -6 \\ -3 & 0 & 0 & 5 \end{vmatrix}$.

解:四阶行列式

$$\begin{vmatrix} 1 & 2 & 0 & 0 \\ -1 & 2 & -2 & 3 \\ 2 & 0 & 4 & -6 \\ -3 & 0 & 0 & 5 \end{vmatrix}$$

(按第 1 行展开)

$$=1\times A_{11}+2\times A_{12}+0\times A_{13}+0\times A_{14}=1\times A_{11}+2\times A_{12}$$

$$=1\times(-1)^{1+1}M_{11}+2\times(-1)^{1+2}M_{12}$$

$$=1\times(-1)^{1+1}\begin{vmatrix} 2 & -2 & 3 \\ 0 & 4 & -6 \\ 0 & 0 & 5 \end{vmatrix}+2\times(-1)^{1+2}\begin{vmatrix} -1 & -2 & 3 \\ 2 & 4 & -6 \\ -3 & 0 & 5 \end{vmatrix}$$

(注意到余子式 M_{11} 为三角形行列式,其值等于主对角线上元素的乘积;余子式 M_{12} 中第 2 行与第 1 行的对应元素成比例,其值等于零)

$$=40+0=40$$

一般地,若行列式中零元素较少时,可以先应用 §1.2 行列式的性质将行列式中某一行(列)的元素尽可能多地化为零,然后按这一行(列)展开,化为计算低一阶的行列式,如此继续下去,直至化为三角形行列式或二阶行列式,求得结果. 当然,具体做法不是唯一的.

例 5 计算四阶行列式$\begin{vmatrix} 1 & 2 & 2 & 1 \\ 0 & 1 & 1 & 2 \\ 2 & 0 & 1 & 2 \\ 0 & 2 & 0 & 1 \end{vmatrix}$.

解:四阶行列式

$$\begin{vmatrix} 1 & 2 & 2 & 1 \\ 0 & 1 & 1 & 2 \\ 2 & 0 & 1 & 2 \\ 0 & 2 & 0 & 1 \end{vmatrix}$$

（第 1 行的 −2 倍加到第 3 行上去）

$$= \begin{vmatrix} 1 & 2 & 2 & 1 \\ 0 & 1 & 1 & 2 \\ 0 & -4 & -3 & 0 \\ 0 & 2 & 0 & 1 \end{vmatrix}$$

（按第 1 列展开）

$$= 1 \times (-1)^{1+1} \begin{vmatrix} 1 & 1 & 2 \\ -4 & -3 & 0 \\ 2 & 0 & 1 \end{vmatrix}$$

（第 3 行的 −2 倍加到第 1 行上去）

$$= \begin{vmatrix} -3 & 1 & 0 \\ -4 & -3 & 0 \\ 2 & 0 & 1 \end{vmatrix}$$

（按第 3 列展开）

$$= 1 \times (-1)^{3+3} \begin{vmatrix} -3 & 1 \\ -4 & -3 \end{vmatrix} = 13$$

对于元素为字母的情况，也同样可以应用行列式的展开与性质求解.

例 6 计算四阶行列式$\begin{vmatrix} 1+x & 1 & 1 & 1 \\ 1 & 1-x & 1 & 1 \\ 1 & 1 & 1+y & 1 \\ 1 & 1 & 1 & 1-y \end{vmatrix}$.

解:四阶行列式

$$\begin{vmatrix} 1+x & 1 & 1 & 1 \\ 1 & 1-x & 1 & 1 \\ 1 & 1 & 1+y & 1 \\ 1 & 1 & 1 & 1-y \end{vmatrix}$$

（第 2 行的 −1 倍加到第 1 行上去）

$$=\begin{vmatrix} x & x & 0 & 0 \\ 1 & 1-x & 1 & 1 \\ 1 & 1 & 1+y & 1 \\ 1 & 1 & 1 & 1-y \end{vmatrix}$$

(第 1 列的 −1 倍加到第 2 列上去)

$$=\begin{vmatrix} x & 0 & 0 & 0 \\ 1 & -x & 1 & 1 \\ 1 & 0 & 1+y & 1 \\ 1 & 0 & 1 & 1-y \end{vmatrix}$$

(按第 1 行展开)

$$=x(-1)^{1+1}\begin{vmatrix} -x & 1 & 1 \\ 0 & 1+y & 1 \\ 0 & 1 & 1-y \end{vmatrix}$$

(按第 1 列展开)

$$=x(-x)(-1)^{1+1}\begin{vmatrix} 1+y & 1 \\ 1 & 1-y \end{vmatrix}=(-x^2)(-y^2)=x^2y^2$$

另外,根据 §1.2 行列式性质的推论容易得到**结论**:n 阶行列式中任一行(列)元素与其他行(列)对应元素的代数余子式乘积之和一定等于零.

§1.4 克莱姆法则

克莱姆法则

行列式的一个重要应用就是解线性方程组.在 §1.1 中,对于由两个线性方程式构成的二元线性方程组

$$\begin{cases} a_{11}x_1+a_{12}x_2=b_1 \\ a_{21}x_1+a_{22}x_2=b_2 \end{cases}$$

用消元法求解,得到结论:当 $a_{11}a_{22}-a_{12}a_{21}\neq 0$ 时,此线性方程组有唯一解

$$\begin{cases} x_1=\dfrac{a_{22}b_1-a_{12}b_2}{a_{11}a_{22}-a_{12}a_{21}} \\ x_2=\dfrac{a_{11}b_2-a_{21}b_1}{a_{11}a_{22}-a_{12}a_{21}} \end{cases}$$

这个求解公式可以用行列式表示,以进一步揭示它的规律.引进记号

$$D=\begin{vmatrix} a_{11} & a_{12} \\ a_{21} & a_{22} \end{vmatrix}=a_{11}a_{22}-a_{12}a_{21}$$

$$D_1=\begin{vmatrix} b_1 & a_{12} \\ b_2 & a_{22} \end{vmatrix}=a_{22}b_1-a_{12}b_2$$

$$D_2=\begin{vmatrix} a_{11} & b_1 \\ a_{21} & b_2 \end{vmatrix}=a_{11}b_2-a_{21}b_1$$

其中行列式 D 是由线性方程组中未知量系数构成的行列式，称为系数行列式；行列式 D_1 是系数行列式 D 中第 1 列元素由线性方程组常数项对应替换后所得到的行列式；行列式 D_2 是系数行列式 D 中第 2 列元素由线性方程组常数项对应替换后所得到的行列式. 于是上面的结论可以表达为：当系数行列式 $D \neq 0$ 时，此线性方程组有唯一解

$$\begin{cases} x_1 = \dfrac{D_1}{D} \\ x_2 = \dfrac{D_2}{D} \end{cases}$$

一般地，对于由 n 个线性方程式构成的 n 元线性方程组，有克莱姆(Cramer) 法则.

克莱姆法则 已知由 n 个线性方程式构成的 n 元线性方程组

$$\begin{cases} a_{11}x_1 + a_{12}x_2 + \cdots + a_{1n}x_n = b_1 \\ a_{21}x_1 + a_{22}x_2 + \cdots + a_{2n}x_n = b_2 \\ \qquad \cdots \qquad\qquad \cdots \\ a_{n1}x_1 + a_{n2}x_2 + \cdots + a_{nn}x_n = b_n \end{cases}$$

由未知量系数构成的行列式称为系数行列式，记作 D，即

$$D = \begin{vmatrix} a_{11} & a_{12} & \cdots & a_{1n} \\ a_{21} & a_{22} & \cdots & a_{2n} \\ \vdots & \vdots & & \vdots \\ a_{n1} & a_{n2} & \cdots & a_{nn} \end{vmatrix}$$

在系数行列式 D 中第 1 列元素，第 2 列元素，…，第 n 列元素分别用线性方程组常数项对应替换后所得到的行列式，分别记作 $D_1, D_2, \cdots, D_n$，即

$$D_1 = \begin{vmatrix} b_1 & a_{12} & \cdots & a_{1n} \\ b_2 & a_{22} & \cdots & a_{2n} \\ \vdots & \vdots & & \vdots \\ b_n & a_{n2} & \cdots & a_{nn} \end{vmatrix}$$

$$D_2 = \begin{vmatrix} a_{11} & b_1 & \cdots & a_{1n} \\ a_{21} & b_2 & \cdots & a_{2n} \\ \vdots & \vdots & & \vdots \\ a_{n1} & b_n & \cdots & a_{nn} \end{vmatrix}$$

$$\cdots \quad \cdots$$

$$D_n = \begin{vmatrix} a_{11} & a_{12} & \cdots & b_1 \\ a_{21} & a_{22} & \cdots & b_2 \\ \vdots & \vdots & & \vdots \\ a_{n1} & a_{n2} & \cdots & b_n \end{vmatrix}$$

那么：

(1) 如果系数行列式 $D \neq 0$，则此线性方程组有唯一解

$$\begin{cases} x_1 = \dfrac{D_1}{D} \\ x_2 = \dfrac{D_2}{D} \\ \quad\cdots \\ x_n = \dfrac{D_n}{D} \end{cases}$$

(2) 如果系数行列式 $D=0$,则此线性方程组无唯一解即有无穷多解或无解.

例 1 已知线性方程组

$$\begin{cases} 3x_1 + 4x_2 = 9 \\ x_1 + 2x_2 = 5 \end{cases}$$

(1) 判别有无唯一解;

(2) 若有唯一解,则求唯一解.

解:(1) 计算系数行列式

$$D = \begin{vmatrix} 3 & 4 \\ 1 & 2 \end{vmatrix} = 2 \neq 0$$

所以此线性方程组有唯一解.

(2) 再计算行列式

$$D_1 = \begin{vmatrix} 9 & 4 \\ 5 & 2 \end{vmatrix} = -2$$

$$D_2 = \begin{vmatrix} 3 & 9 \\ 1 & 5 \end{vmatrix} = 6$$

所以此线性方程组的唯一解为

$$\begin{cases} x_1 = \dfrac{D_1}{D} = \dfrac{-2}{2} = -1 \\ x_2 = \dfrac{D_2}{D} = \dfrac{6}{2} = 3 \end{cases}$$

例 2 已知线性方程组

$$\begin{cases} x_1 - 2x_2 + x_3 = -2 \\ -3x_1 + x_2 + 2x_3 = 1 \\ x_1 - x_2 + x_3 = 0 \end{cases}$$

判别有无唯一解.

解:计算系数行列式

$$D = \begin{vmatrix} 1 & -2 & 1 \\ -3 & 1 & 2 \\ 1 & -1 & 1 \end{vmatrix} = 1 + (-4) + 3 - 1 - 6 - (-2) = -5 \neq 0$$

所以此线性方程组有唯一解.

对于线性方程组的解,应该进行验算,例 1 中,通过验算判别所求得的解正确无误.

在应用克莱姆法则解由 n 个线性方程式构成的 n 元线性方程组时,若有唯一解,则需要计算 $n+1$ 个 n 阶行列式,计算量是很大的,第三章将给出解线性方程组的更一般的方法.

对于系数行列式为零的线性方程组，现在仅能判别其无唯一解，至于是有无穷多解还是无解，若有无穷多解，则如何求它的一般表达式，都将在 §3.1 得到解决.

常数项为零的线性方程式称为齐次线性方程式，对于齐次线性方程组，显然所有未知量取值皆为零是它的一组解，这组解称为零解. 此外，若未知量的一组不全为零取值也是它的解，则称这样的解为非零解. 齐次线性方程组一定有零解，也可能有非零解. 对于由 n 个齐次线性方程式构成的 n 元齐次线性方程组，根据克莱姆法则，如果系数行列式 $D\neq 0$，则有唯一解，意味着仅有零解，说明无非零解；那么，在什么条件下，它一定有非零解，可以证明下面的定理.

定理 1.3 已知由 n 个齐次线性方程式构成的 n 元齐次线性方程组

$$\begin{cases} a_{11}x_1+a_{12}x_2+\cdots+a_{1n}x_n=0 \\ a_{21}x_1+a_{22}x_2+\cdots+a_{2n}x_n=0 \\ \qquad\cdots\qquad\qquad\cdots \\ a_{n1}x_1+a_{n2}x_2+\cdots+a_{nn}x_n=0 \end{cases}$$

那么：

(1) 如果系数行列式 $D=0$，则此齐次线性方程组有非零解；

(2) 如果此齐次线性方程组有非零解，则系数行列式 $D=0$.

在齐次线性方程组有非零解的情况下，如何求非零解，将在 §3.3 得到解决.

例 3 已知齐次线性方程组

$$\begin{cases} \qquad\quad x_2+\ x_3+2x_4=0 \\ x_1\qquad\quad +2x_3+\ x_4=0 \\ x_1+2x_2\qquad\quad +\ x_4=0 \\ 2x_1+\ x_2+\ x_3\qquad\quad =0 \end{cases}$$

判别有无非零解.

解：计算系数行列式

$$D=\begin{vmatrix} 0 & 1 & 1 & 2 \\ 1 & 0 & 2 & 1 \\ 1 & 2 & 0 & 1 \\ 2 & 1 & 1 & 0 \end{vmatrix}$$

（第 1 行加到第 4 行上去，第 2 行加到第 3 行上去）

$$=\begin{vmatrix} 0 & 1 & 1 & 2 \\ 1 & 0 & 2 & 1 \\ 2 & 2 & 2 & 2 \\ 2 & 2 & 2 & 2 \end{vmatrix}$$

（注意到第 4 行与第 3 行的对应元素相同）

$$=0$$

所以此齐次线性方程组有非零解.

例 4 已知齐次线性方程组

$$\begin{cases} kx + y + z = 0 \\ kx + ky + z = 0 \\ kx + y + kz = 0 \end{cases}$$

有非零解,求系数 k 的值.

解:计算系数行列式

$$D = \begin{vmatrix} k & 1 & 1 \\ k & k & 1 \\ k & 1 & k \end{vmatrix}$$

(第 1 行的 −1 倍分别加到第 2 行与第 3 行上去)

$$= \begin{vmatrix} k & 1 & 1 \\ 0 & k-1 & 0 \\ 0 & 0 & k-1 \end{vmatrix} = k(k-1)^2$$

由于此齐次线性方程组有非零解,因而系数行列式 $D = 0$,即 $k(k-1)^2 = 0$,所以系数

$k = 0$ 或 $k = 1$

案例解决

解:设第一种谷物一袋重量是 x 个重量单位,第二种谷物一袋重量是 y 个重量单位,第三种谷物一袋重量是 z 个重量单位,则由题意可列出

三元一次方程组 $\begin{cases} 3x + 2y + z = 39 \\ 2x + 3y + z = 34 \\ x + 2y + 3z = 26 \end{cases}$

先计算系数行列式

$$D = \begin{vmatrix} 3 & 2 & 1 \\ 2 & 3 & 1 \\ 1 & 2 & 3 \end{vmatrix} = 12 \neq 0$$

所以此线性方程组有唯一解,再计算行列式

$$D_1 = \begin{vmatrix} 39 & 2 & 1 \\ 34 & 3 & 1 \\ 26 & 2 & 3 \end{vmatrix} = 111$$

$$D_2 = \begin{vmatrix} 3 & 39 & 1 \\ 2 & 34 & 1 \\ 1 & 26 & 3 \end{vmatrix} = 51$$

$$D_3 = \begin{vmatrix} 3 & 2 & 39 \\ 2 & 3 & 34 \\ 1 & 2 & 26 \end{vmatrix} = 33$$

则线性方程组的唯一解为

$$\begin{cases} x = \dfrac{D_1}{D} = \dfrac{111}{12} = 9.25 \\ y = \dfrac{D_2}{D} = \dfrac{51}{12} = 4.25 \\ z = \dfrac{D_3}{D} = \dfrac{33}{12} = 2.75 \end{cases}$$

即：第一种谷物一袋重量是 9.25 个重量单位，第二种谷物一袋重量是 4.25 个重量单位，第三种谷物一袋重量是 2.75 个重量单位.

习题一

1.01　计算下列二阶行列式：

(1) $\begin{vmatrix} 2 & 1 \\ 5 & 3 \end{vmatrix}$　　(2) $\begin{vmatrix} a & -b \\ b & a \end{vmatrix}$

1.02　计算下列三阶行列式：

(1) $\begin{vmatrix} 1 & 2 & 3 \\ 3 & 1 & 2 \\ 2 & 3 & 1 \end{vmatrix}$　　(2) $\begin{vmatrix} 1 & 1 & 1 \\ 1 & 2 & 3 \\ 0 & 1 & 2 \end{vmatrix}$

(3) $\begin{vmatrix} 0 & a & b \\ -a & 0 & -c \\ -b & c & 0 \end{vmatrix}$　　(4) $\begin{vmatrix} 0 & 0 & x \\ 0 & y & z \\ z & x & y \end{vmatrix}$

1.03　已知三阶行列式 $\begin{vmatrix} a_1 & b_1 & c_1 \\ a_2 & b_2 & c_2 \\ a_3 & b_3 & c_3 \end{vmatrix} = -2$，求下列三阶行列式的值：

(1) $\begin{vmatrix} c_1 & a_1 & b_1 \\ c_2 & a_2 & b_2 \\ c_3 & a_3 & b_3 \end{vmatrix}$

(2) $\begin{vmatrix} 2a_1 & 2b_1 & 2c_1 \\ 2a_2 & 2b_2 & 2c_2 \\ 2a_3 & 2b_3 & 2c_3 \end{vmatrix}$

1.04　已知三阶行列式 $\begin{vmatrix} a_{11} & a_{12} & a_{13} \\ a_{21} & a_{22} & a_{23} \\ a_{31} & a_{32} & a_{33} \end{vmatrix} = 10$，求三阶行列式 $\begin{vmatrix} 2a_{11} & a_{12} & 3a_{11}-4a_{13} \\ 2a_{21} & a_{22} & 3a_{21}-4a_{23} \\ 2a_{31} & a_{32} & 3a_{31}-4a_{33} \end{vmatrix}$ 的值.

1.05　计算下列四阶行列式：

(1) $\begin{vmatrix} 0 & 1 & 0 & 1 \\ 0 & 0 & 1 & 1 \\ 0 & 0 & 0 & 1 \\ 1 & 0 & 0 & 1 \end{vmatrix}$　　(2) $\begin{vmatrix} 1 & 1 & 1 & 1 \\ -1 & 1 & 1 & 1 \\ -1 & -1 & 1 & 1 \\ -1 & -1 & -1 & 1 \end{vmatrix}$

(3) $\begin{vmatrix} 1 & 2 & 3 & 0 \\ 0 & 1 & 2 & 3 \\ 3 & 0 & 1 & 2 \\ 2 & 3 & 0 & 1 \end{vmatrix}$　　(4) $\begin{vmatrix} 1 & 1 & 1 & 1 \\ 1 & 2 & 3 & 4 \\ 1 & 3 & 6 & 10 \\ 1 & 4 & 10 & 20 \end{vmatrix}$

1.06　计算下列四阶行列式：

(1) $\begin{vmatrix} 1 & 2 & 2 & 2 \\ 1 & x & 0 & 0 \\ 1 & 2 & x & 0 \\ 1 & 2 & 2 & x \end{vmatrix}$　　(2) $\begin{vmatrix} 1 & 1 & 1 & 1 \\ a & x & b & c \\ b & b & x & c \\ c & c & c & x \end{vmatrix}$

1.07　计算下列四阶行列式：

(1) $\begin{vmatrix} -1 & 0 & 0 & 1 \\ x & -1 & 0 & 0 \\ 0 & x & -1 & 0 \\ 0 & 0 & x & -1 \end{vmatrix}$　　(2) $\begin{vmatrix} a & 1 & 1 & 1 \\ 1 & a & 1 & 1 \\ 1 & 1 & a & 1 \\ 1 & 1 & 1 & a \end{vmatrix}$

1.08　已知三阶行列式

$$D = \begin{vmatrix} -1 & 2 & 3 \\ 3 & 1 & -2 \\ 2 & -3 & 1 \end{vmatrix}$$

求元素 $a_{32}=-3$ 的代数余子式 A_{32}.

1.09　已知五阶行列式 D 中第 3 列的元素自上向下依次为 1,2,3,4,5,它们的余子式分别为 5,4,3,2,1,求五阶行列式 D 的值.

1.10　计算下列四阶行列式：

(1) $\begin{vmatrix} 1 & 3 & -5 & 6 \\ 2 & 0 & 4 & 1 \\ 3 & 0 & 2 & 0 \\ -4 & 0 & 1 & 0 \end{vmatrix}$　　(2) $\begin{vmatrix} 1 & 2 & -1 & 2 \\ -1 & 1 & 2 & 3 \\ 0 & 0 & 1 & 2 \\ 0 & 0 & -2 & 1 \end{vmatrix}$

(3) $\begin{vmatrix} 0 & 1 & 2 & -1 \\ -1 & 0 & 1 & 2 \\ 2 & -1 & 0 & 1 \\ 1 & 2 & -1 & 0 \end{vmatrix}$　　(4) $\begin{vmatrix} 3 & -1 & 0 & 1 \\ -1 & 3 & 1 & 0 \\ 0 & 1 & 3 & -1 \\ 1 & 0 & -1 & 3 \end{vmatrix}$

1.11　计算下列四阶行列式：

(1) $\begin{vmatrix} a & b & 0 & 0 \\ 0 & a & b & 0 \\ 0 & 0 & a & b \\ b & 0 & 0 & a \end{vmatrix}$　　(2) $\begin{vmatrix} a & 0 & 0 & b \\ 0 & a & b & 0 \\ 0 & b & a & 0 \\ b & 0 & 0 & a \end{vmatrix}$

1.12　计算下列四阶行列式：

(1) $\begin{vmatrix} 1 & 1 & 1 & 1 \\ 1 & x+1 & 2 & 1 \\ 1 & 1 & x+1 & 2 \\ 1 & 2 & 1 & x+1 \end{vmatrix}$　　(2) $\begin{vmatrix} x & 1 & 1 & 1 \\ 1 & x & 1 & 1 \\ -1 & 1 & y & 1 \\ -1 & 1 & 1 & y \end{vmatrix}$

1.13　已知线性方程组

$$\begin{cases} 3x+5y=21 \\ 2x-y=1 \end{cases}$$

(1) 判别有无唯一解；

(2) 若有唯一解，则求唯一解.

1.14　已知线性方程组

$$\begin{cases} x_1+x_2-2x_3=-3 \\ 2x_1+x_2-x_3=1 \\ x_1-x_2+3x_3=8 \end{cases}$$

判别有无唯一解.

1.15　已知齐次线性方程组

$$\begin{cases} x_1+2x_2+3x_3-x_4=0 \\ 3x_1+2x_2+x_3+x_4=0 \\ 5x_1+5x_2+2x_3=0 \\ 2x_1+3x_2+x_3-x_4=0 \end{cases}$$

判别有无非零解.

1.16　已知齐次线性方程组

$$\begin{cases} kx+y+z=0 \\ x+ky-z=0 \\ 2x-y+z=0 \end{cases}$$

有非零解，求系数 k 的值.

1.17　填空题

(1) 三阶行列式 $\begin{vmatrix} 0 & a & 0 \\ b & 0 & c \\ 0 & d & 0 \end{vmatrix} =$ ______.

(2) 已知 n 阶行列式 $D=-5$，则转置行列式 $D^{\mathrm{T}}=$ ______.

(3) 四阶行列式 $\begin{vmatrix} -1 & 0 & 0 & 0 \\ -1 & -1 & 0 & 0 \\ -1 & -1 & -1 & 0 \\ -1 & -1 & -1 & -1 \end{vmatrix} =$ ______.

(4) 四阶行列式 $\begin{vmatrix} 0 & 0 & 1 & 0 \\ 0 & 1 & 0 & 0 \\ 1 & 0 & 0 & 0 \\ 0 & 0 & 0 & 1 \end{vmatrix} =$ ______.

(5) 四阶行列式 $\begin{vmatrix} a & b & c & d \\ -a & b & c & d \\ -a & -b & c & d \\ -a & -b & -c & d \end{vmatrix} =$ ______.

(6) 已知三阶行列式 $D = \begin{vmatrix} 1 & 2 & 3 \\ 3 & 1 & 2 \\ 2 & 3 & 1 \end{vmatrix}$,则元素 $a_{31} = 2$ 的代数余子式 $A_{31} =$ ______.

(7) 已知三阶行列式 D 中第 1 行的元素自左向右依次为 $-1,1,2$,它们的代数余子式分别为 $3,4,-5$,则三阶行列式 $D =$ ______.

(8) 四阶行列式 $\begin{vmatrix} 1 & 2 & 0 & 0 \\ 0 & 1 & 2 & 0 \\ 0 & 0 & 1 & 2 \\ 2 & 0 & 0 & 1 \end{vmatrix} =$ ______.

1.18 单项选择题

(1) 若三阶行列式 $\begin{vmatrix} x_1 & x_2 & x_3 \\ y_1 & y_2 & y_3 \\ z_1 & z_2 & z_3 \end{vmatrix} = -1$,则三阶行列式 $\begin{vmatrix} -2x_1 & -2x_2 & -2x_3 \\ -2y_1 & -2y_2 & -2y_3 \\ -2z_1 & -2z_2 & -2z_3 \end{vmatrix} =$ ( ).

(a) -8 (b) 8

(c) -2 (d) 2

(2) 若三阶行列式 $\begin{vmatrix} a_{11} & a_{12} & a_{13} \\ a_{21} & a_{22} & a_{23} \\ a_{31} & a_{32} & a_{33} \end{vmatrix} = 1$,则三阶行列式 $\begin{vmatrix} 4a_{11} & 5a_{11}+3a_{12} & a_{13} \\ 4a_{21} & 5a_{21}+3a_{22} & a_{23} \\ 4a_{31} & 5a_{31}+3a_{32} & a_{33} \end{vmatrix} =$ ( ).

(a) 12 (b) 15

(c) 20 (d) 60

(3) 若三阶行列式 $\begin{vmatrix} a_1 & a_2 & a_3 \\ 2b_1-a_1 & 2b_2-a_2 & 2b_3-a_3 \\ c_1 & c_2 & c_3 \end{vmatrix} = 6$,则三阶行列式

$$D = \begin{vmatrix} a_1 & a_2 & a_3 \\ b_1 & b_2 & b_3 \\ c_1 & c_2 & c_3 \end{vmatrix} = (\quad).$$

(a) -6 (b) 6

(c) -3 (d) 3

(4) 若四阶行列式 $\begin{vmatrix} 0 & 0 & 0 & 1 \\ x & 0 & 0 & -1 \\ 0 & 2 & 0 & -1 \\ 0 & 0 & 1 & -1 \end{vmatrix} = 1$,则元素 $x=$(　　).

(a) -2　　(b) 2

(c) $-\frac{1}{2}$　　(d) $\frac{1}{2}$

(5) 若四阶行列式 D 中第 4 行的元素自左向右依次为 1,2,0,0,余子式 $M_{41}=2$,$M_{42}=3$,则四阶行列式 $D=$(　　).

(a) -8　　(b) 8

(c) -4　　(d) 4

(6) 四阶行列式 $\begin{vmatrix} a & b & 0 & 0 \\ b & 0 & 0 & 0 \\ 0 & 0 & c & 0 \\ 0 & 0 & d & c \end{vmatrix} =$(　　).

(a) $-abcd$　　(b) $abcd$

(c) $-b^2c^2$　　(d) b^2c^2

(7) 四阶行列式 $\begin{vmatrix} 2 & 0 & 0 & 1 \\ 0 & 2 & 1 & 0 \\ 0 & 1 & 2 & 0 \\ 1 & 0 & 0 & 2 \end{vmatrix} =$(　　).

(a) -15　　(b) 15

(c) -9　　(d) 9

(8) 当系数(　　)时,齐次线性方程组

$$\begin{cases} 3x+2y=0 \\ 2x-3y=0 \\ 2x-y+\lambda z=0 \end{cases}$$

仅有零解.

(a) $\lambda \neq 0$　　(b) $\lambda \neq 1$

(c) $\lambda \neq 2$　　(d) $\lambda \neq 3$

1.19　应用题——营养食谱问题

经过调查发现,很多大学生在饮食方面存在问题,日常饮食没有规律,不重视吃早餐. 为了身体的健康,我们要制订科学的营养改善行动计划,大学生的一日食谱需要摄入一定的蛋白质、脂肪和碳水化合物. 下边是三种食物,它们的质量用适当的单位计量,这些食品提供的营养以及食谱所需的营养如表 1-1.

表 1-1

营养	单位食物所含的营养			所需营养量
	食物一	食物二	食物三	
蛋白质	10	20	20	110
脂肪	0	10	20	80
碳水化合物	50	40	10	160

试根据这个问题建立线性方程组，并通过求解方程组来确定每天需要摄入上述三种食物的量.

拓展阅读

行列式的起源及应用

行列式的理论起源于线性方程组，是一个数学学科的重要工具. 它的出现是由线性方程组的求解问题引出的. 1545 年，意大利的卡当在著作《大术》中给出了一种解二元一次方程组的方法. 这种方法和后来的 Cramer 法则已经很相似了，但卡当并没有给出行列式的概念. 1693 年，德国数学家莱布尼茨解方程组时将系数分离出来，得到行列式的原始概念，但遗憾的是，莱布尼茨没有正式提出行列式这一术语. 直到 1750 年，瑞士数学家克莱姆(Cramer, 1704—1752) 在他的著作《代数分析导论》中明确给出了行列式的定义和用行列式求解 n 个未知量 n 个方程(为正整数) 的线性方程组的方法.

行列式的主要用途是通过 Cramer 法则求解有唯一解的线性方程组，而线性方程组在工业生产及日常生活中有着广泛应用，可以处理营养食谱等问题，它在数学与其他自然科学、工程技术、社会科学特别是经济学中有着广泛的应用. 一般的，当行列式阶数较高的时候，它的计算是比较麻烦的，但随着计算机软件和硬件技术的不断提高，现在已经有相应的软件用来计算行列式，例如 MATLAB，这就实现了行列式在更多领域的应用. 下面的例题就是对行列式定义的"活用".

党的二十大报告指出，牢固树立和践行绿水青山就是金山银山的理念，深入推进环境污染防治，坚持精准治污、科学治污. 为达到国家标准要求，某市计划对三座污水处理厂进行技术改造，要求让中标的三个公司对每座污水处理厂技术改造费用进行报价承包，如表 1-2. 每个公司只能对一座污水处理厂进行技术改造，为了使报价的总和最小，应同意哪个公司承包哪一座污水处理厂？

表 1-2

名称	报价数目(单位:万元)		
	污水处理厂 A	污水处理厂 B	污水处理厂 C
公司一	19	24	16
公司二	17	20	15
公司三	19	21	17

分析：每个公司只能对一座污水处理厂进行技术改造，为使报价的总和最小，相当于对行列式 $\begin{vmatrix} 19 & 24 & 16 \\ 17 & 20 & 15 \\ 19 & 21 & 17 \end{vmatrix}$ 中选取来自不同行不同列的三个元素的和中的最小者，而从三阶行列式的定义可知，这样的三个元素之积共有 6 项，故这样的三个元素之和也有 6 项，即：

$$a_{11} + a_{22} + a_{33} = 19 + 20 + 17 = 56$$
$$a_{11} + a_{23} + a_{32} = 19 + 21 + 15 = 55$$
$$a_{12} + a_{21} + a_{33} = 17 + 24 + 17 = 58$$
$$a_{12} + a_{23} + a_{31} = 24 + 15 + 19 = 58$$
$$a_{13} + a_{21} + a_{32} = 17 + 21 + 16 = 54$$
$$a_{13} + a_{22} + a_{31} = 19 + 20 + 16 = 55$$

可见，最小报价总数为 54 万元，即承包方案为：公司一承包污水处理厂 C、公司二承包污水处理厂 A、公司三承包污水处理厂 B.

第二章

矩　阵

教学目标

知识目标

理解矩阵的概念及基本运算.

熟练掌握矩阵的秩的概念及性质.

理解伴随矩阵的概念及逆矩阵的概念.

能力目标

会进行矩阵的加法、减法、数乘及矩阵的乘法运算.

能熟练求出矩阵的秩.

能熟练运用初等行变换求出矩阵的逆矩阵.

能熟练利用矩阵的知识解决实际问题.

素养目标

通过"矩阵"的学习和训练,引领学生结合实际问题,深入挖掘矩阵思想并体会矩阵的美,提高知识的渗透性和美育价值.探究有序排列的思想价值,让学生明白无规矩不成方圆的道理,明白遵规守矩是学习成长的必要条件.

思维导图

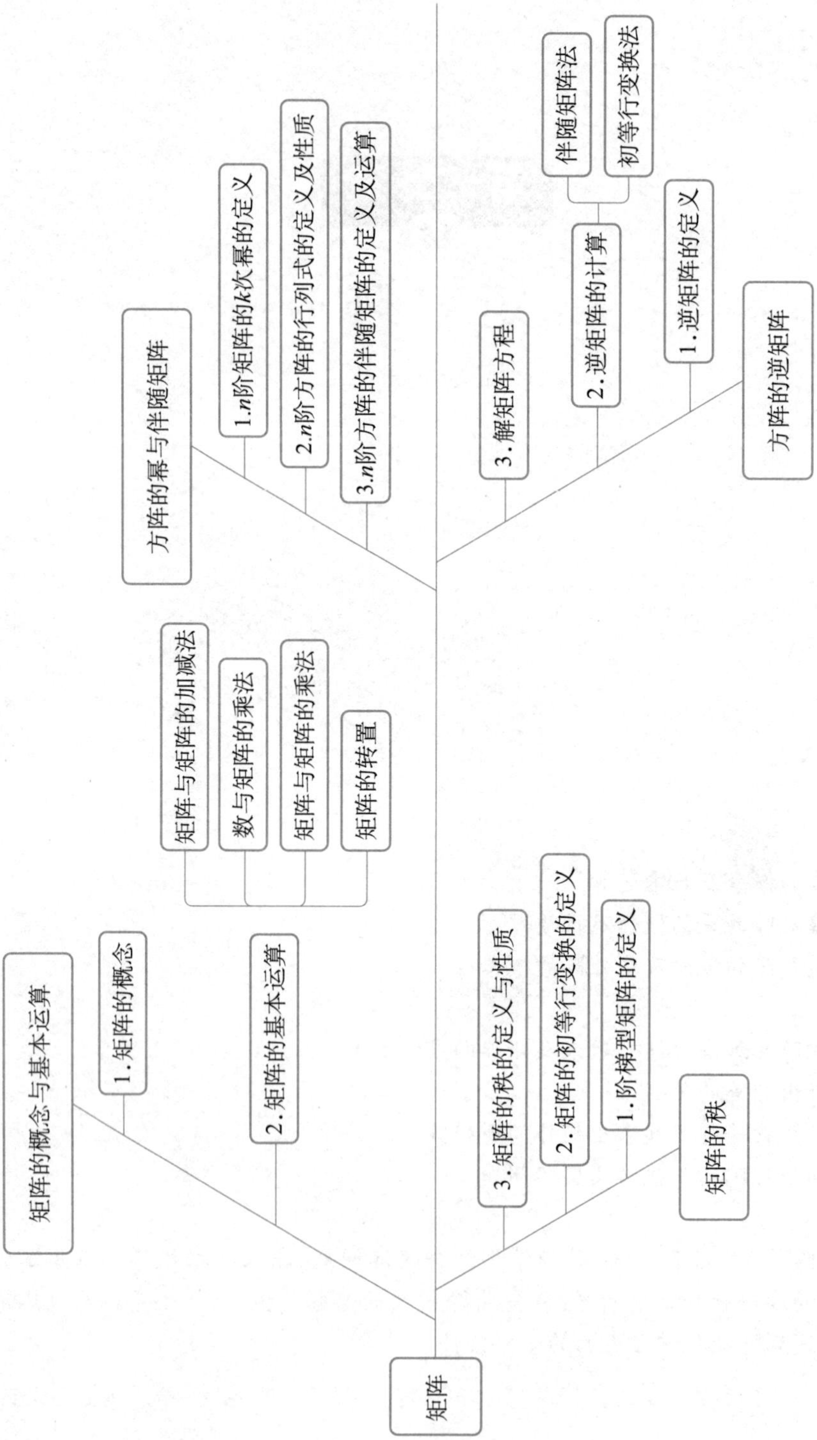

本章知识思维导图

引导案例

生产总成本计算问题

某公司生产两种产品，对于1个单位的产品 A，公司需消耗0.45元原材料，0.25元劳动力，0.15元管理费用. 对于1个单位的产品 B，公司需消耗0.40元原材料，0.30元劳动力，0.15元管理费用，请问公司生产 x_1 个单位的产品 A 和 x_2 个单位的产品 B 的各种消耗（原材料、劳动力、管理费用）总的成本为多少？

分析：本案例是生产某种产品的单位成本已知，通过单位数量乘以每单位成本，很容易计算出生产若干个单位的成本. 但是此处我们可以利用向量把每种产品的单位成本清晰地表示出来

$$a=\begin{pmatrix}0.45\\0.25\\0.15\end{pmatrix}\quad b=\begin{pmatrix}0.40\\0.30\\0.15\end{pmatrix}$$

则生产 x_1 个单位的产品 A 的成本由向量 x_1a 给出，生产 x_2 个单位的产品 B 的成本由向量 x_2b 给出，而总的成本 x_1a+x_2b 的计算就涉及向量的数乘运算、加法运算等. 本章将从矩阵的概念、向量的概念与基本运算出发，讲解矩阵的相关知识和应用.

§2.1 矩阵的概念与基本运算

考虑由两个线性方程式构成的二元线性方程组

$$\begin{cases}a_{11}x_1+a_{12}x_2=b_1\\a_{21}x_1+a_{22}x_2=b_2\end{cases}$$

其解的情况取决于未知量系数与常数项，因此将它们按照顺序组成一个矩形表

$$\begin{pmatrix}a_{11}&a_{12}&b_1\\a_{21}&a_{22}&b_2\end{pmatrix}$$

进行研究. 一般地，引进矩阵的概念.

定义 2.1 将 $m\times n$ 个数 $a_{ij}(i=1,2,\cdots,m;j=1,2,\cdots,n)$ 组成一个 m 行 n 列的矩形表，称为 m 行 n 列矩阵，记作

$$\boldsymbol{A}=\begin{pmatrix}a_{11}&a_{12}&\cdots&a_{1n}\\a_{21}&a_{22}&\cdots&a_{2n}\\\vdots&\vdots&&\vdots\\a_{m1}&a_{m2}&\cdots&a_{mn}\end{pmatrix}$$

矩阵的概念

通常用大写黑体英文字母表示矩阵，矩阵 $\boldsymbol{A}$ 也可以记作 $\boldsymbol{A}_{m\times n}$ 或 $(a_{ij})_{m\times n}$ 以标明行数 m 与列数 n，其中 a_{ij} 称为矩阵 $\boldsymbol{A}$ 第 i 行第 j 列的元素.

特别地，由一个元素 a_{11} 组成的矩阵 $\boldsymbol{A}$ 称为1行1列矩阵，记作 $\boldsymbol{A}=(a_{11})$.

只有一列的矩阵称为列矩阵，也称为列向量；只有一行的矩阵称为行矩阵，也称为行向量. 列向量与行向量统称为向量，通常用小写黑体希腊字母表示向量.

所有元素皆为零的矩阵称为零矩阵，记作 $\boldsymbol{O}$ 或 $\boldsymbol{O}_{m\times n}$；至少有一个元素不为零的矩阵称为非零矩阵，非零矩阵 $\boldsymbol{A}$ 记作 $\boldsymbol{A}\neq\boldsymbol{O}$.

定义 2.2 已知矩阵 $\boldsymbol{A},\boldsymbol{B}$，它们的行数相同且列数也相同，若对应元素皆相等，则称矩阵 $\boldsymbol{A}$ 等于矩阵 $\boldsymbol{B}$，记作

$$\boldsymbol{A}=\boldsymbol{B}$$

若矩阵 $\boldsymbol{A}=(a_{ij})$ 的行数与列数都等于 n，即

$$\boldsymbol{A}=\begin{pmatrix} a_{11} & a_{12} & \cdots & a_{1n} \\ a_{21} & a_{22} & \cdots & a_{2n} \\ \vdots & \vdots & & \vdots \\ a_{n1} & a_{n2} & \cdots & a_{nn} \end{pmatrix}$$

则称它为 n 阶方阵或 n 阶矩阵. n 阶方阵共有 n^2 个元素，它们排成 n 行 n 列，从左上角到右下角的对角线称为主对角线，从右上角到左下角的对角线称为次对角线. 应该注意的是：n 阶方阵与 n 阶行列式是两个不同的概念，n 阶方阵是由 n^2 个元素组成的 n 行 n 列的正方形表，而 n 阶行列式是代表由 n^2 个元素根据行列式运算法则计算得到的一个数值.

在 n 阶方阵中，若主对角线上元素皆为 1，其余元素皆为零，则称这样的方阵为单位矩阵，记作 $\boldsymbol{I}$ 或 $\boldsymbol{I}_n$，即

$$\boldsymbol{I}=\begin{pmatrix} 1 & 0 & \cdots & 0 \\ 0 & 1 & \cdots & 0 \\ \vdots & \vdots & & \vdots \\ 0 & 0 & \cdots & 1 \end{pmatrix}$$

由于对矩阵定义了一些有理论意义与实际意义的基本运算，因此矩阵成为进行理论研究与解决实际问题的有力数学工具. 矩阵的基本运算包括下列四种运算.

1. 矩阵与矩阵的加减法

定义 2.3 已知 m 行 n 列矩阵 $\boldsymbol{A}=(a_{ij})_{m\times n}$ 与 $\boldsymbol{B}=(b_{ij})_{m\times n}$，将对应元素相加、减，所得到的 m 行 n 列矩阵称为矩阵 $\boldsymbol{A}$ 与 $\boldsymbol{B}$ 的和、差，记作

$$\boldsymbol{A}\pm\boldsymbol{B}=(a_{ij}\pm b_{ij})_{m\times n}$$

值得注意的是：只有行数相同且列数也相同的两个矩阵才能相加减. 容易知道，矩阵与矩阵的加减法同数与数的加减法在运算规律上是完全一致的.

例 1 已知矩阵 $\boldsymbol{A}=\begin{pmatrix} 1 & 3 \\ 2 & 0 \\ -1 & 0 \end{pmatrix}$，$\boldsymbol{B}=\begin{pmatrix} -5 & 4 \\ 3 & -1 \\ 1 & 6 \end{pmatrix}$，求和 $\boldsymbol{A}+\boldsymbol{B}$.

解：和

$$\boldsymbol{A}+\boldsymbol{B}=\begin{pmatrix} 1 & 3 \\ 2 & 0 \\ -1 & 0 \end{pmatrix}+\begin{pmatrix} -5 & 4 \\ 3 & -1 \\ 1 & 6 \end{pmatrix}=\begin{pmatrix} -4 & 7 \\ 5 & -1 \\ 0 & 6 \end{pmatrix}$$

2. 数与矩阵的乘法

定义 2.4 已知数 k 与 m 行 n 列矩阵 $\boldsymbol{A}=(a_{ij})_{m\times n}$，将数 k 乘矩阵 $\boldsymbol{A}$ 的每个元素，所得到的 m 行 n 列矩阵称为数 k 与矩阵 $\boldsymbol{A}$ 的积，记作

$$k\boldsymbol{A}=(ka_{ij})_{m\times n}$$

容易知道，数与矩阵的乘法同数与数的乘法在运算规律上是完全一致的.

例 2 填空题

已知矩阵 $\boldsymbol{A}=\begin{pmatrix}1 & 2\\3 & 4\end{pmatrix}$，则积 $2\boldsymbol{A}=$______.

解：积

$$2\boldsymbol{A}=2\begin{pmatrix}1 & 2\\3 & 4\end{pmatrix}=\begin{pmatrix}2 & 4\\6 & 8\end{pmatrix}$$

于是应将"$\begin{pmatrix}2 & 4\\6 & 8\end{pmatrix}$"直接填在空内.

应该注意的是：数与方阵的乘法不要与 §1.2 行列式性质 2 混淆. 对于方阵有

$$\begin{pmatrix}2 & 4\\6 & 8\end{pmatrix}=2\begin{pmatrix}1 & 2\\3 & 4\end{pmatrix}$$

而对于行列式则有

$$\begin{vmatrix}2 & 4\\6 & 8\end{vmatrix}=2^2\begin{vmatrix}1 & 2\\3 & 4\end{vmatrix}\neq 2\begin{vmatrix}1 & 2\\3 & 4\end{vmatrix}$$

例 3 已知矩阵 $\boldsymbol{A}=\begin{pmatrix}2 & 2 & -6 & 4\\4 & 0 & 0 & -2\end{pmatrix}$，$\boldsymbol{B}=\begin{pmatrix}7 & 0 & 5 & -1\\6 & 4 & 1 & 0\end{pmatrix}$，若矩阵 $\boldsymbol{X}$ 满足关系式

$$2\boldsymbol{X}-\boldsymbol{A}=4\boldsymbol{B}$$

求矩阵 $\boldsymbol{X}$.

解：从关系式 $2\boldsymbol{X}-\boldsymbol{A}=4\boldsymbol{B}$ 得到矩阵

$$\begin{aligned}\boldsymbol{X}&=\frac{1}{2}\boldsymbol{A}+2\boldsymbol{B}=\frac{1}{2}\begin{pmatrix}2 & 2 & -6 & 4\\4 & 0 & 0 & -2\end{pmatrix}+2\begin{pmatrix}7 & 0 & 5 & -1\\6 & 4 & 1 & 0\end{pmatrix}\\&=\begin{pmatrix}1 & 1 & -3 & 2\\2 & 0 & 0 & -1\end{pmatrix}+\begin{pmatrix}14 & 0 & 10 & -2\\12 & 8 & 2 & 0\end{pmatrix}=\begin{pmatrix}15 & 1 & 7 & 0\\14 & 8 & 2 & -1\end{pmatrix}\end{aligned}$$

案例解决

解：产品 A、产品 B 的单位成本分别用向量 a、b 表示

$$a=\begin{pmatrix}0.45\\0.25\\0.15\end{pmatrix}\quad b=\begin{pmatrix}0.40\\0.30\\0.15\end{pmatrix}$$

则公司花费的各部分（材料、劳动、管理费用）总的成本为

$$x_1a+x_2b=x_1\begin{pmatrix}0.45\\0.25\\0.15\end{pmatrix}+x_2\begin{pmatrix}0.40\\0.30\\0.15\end{pmatrix}=\begin{pmatrix}0.45x_1\\0.25x_1\\0.15x_1\end{pmatrix}+\begin{pmatrix}0.40x_2\\0.30x_2\\0.15x_2\end{pmatrix}$$

$$=\begin{pmatrix}0.45x_1+0.40x_2\\0.25x_1+0.30x_2\\0.15x_1+0.15x_2\end{pmatrix}=\begin{pmatrix}\text{原材料总成本}\\\text{劳动力总成本}\\\text{管理费用总成本}\end{pmatrix}$$

3. 矩阵与矩阵的乘法

定义 2.5 已知 m 行 l 列矩阵 $\boldsymbol{A}=(a_{ij})_{m\times l}$ 与 l 行 n 列矩阵 $\boldsymbol{B}=(b_{ij})_{l\times n}$，将矩阵 $\boldsymbol{A}$ 的第 i 行元素与矩阵 $\boldsymbol{B}$ 的第 j 列对应元素乘积之和作为一个矩阵第 i 行第 j 列的元素（$i=1,2,\cdots,m$；$j=1,2,\cdots,n$），所得到的这个 m 行 n 列矩阵称为矩阵 $\boldsymbol{A}$ 与 $\boldsymbol{B}$ 的积，记作

$$\boldsymbol{AB}=(a_{i1}b_{1j}+a_{i2}b_{2j}+\cdots+a_{il}b_{lj})_{m\times n}$$

值得注意的是：只有矩阵 $\boldsymbol{A}$ 的列数等于矩阵 $\boldsymbol{B}$ 的行数，积 $\boldsymbol{AB}$ 才有意义，积 $\boldsymbol{AB}$ 第 i 行第 j 列的元素等于矩阵 $\boldsymbol{A}$ 的第 i 行元素与矩阵 $\boldsymbol{B}$ 的第 j 列对应元素乘积之和. 积 $\boldsymbol{AB}$ 的行数等于矩阵 $\boldsymbol{A}$ 的行数，积 $\boldsymbol{AB}$ 的列数等于矩阵 $\boldsymbol{B}$ 的列数，即

$$\boldsymbol{A}_{m\times l}\boldsymbol{B}_{l\times n}=(\boldsymbol{AB})_{m\times n}$$

例 4 已知矩阵 $\boldsymbol{A}=\begin{pmatrix}1&2&0\\-1&3&-2\end{pmatrix}$，$\boldsymbol{B}=\begin{pmatrix}1&2&-3&0\\-1&3&0&7\\0&4&5&6\end{pmatrix}$，求：

(1) 积 $\boldsymbol{AB}$ 有无意义？

(2) 若有意义，积 $\boldsymbol{C}=\boldsymbol{AB}$ 为几行几列矩阵？积 $\boldsymbol{C}=\boldsymbol{AB}$ 第 1 行第 2 列的元素 c_{12} 等于多少？

解：(1) 容易看出，矩阵 $\boldsymbol{A}$ 为 2 行 3 列矩阵，矩阵 $\boldsymbol{B}$ 为 3 行 4 列矩阵. 由于矩阵 $\boldsymbol{A}$ 的列数等于矩阵 $\boldsymbol{B}$ 的行数，所以积 $\boldsymbol{AB}$ 有意义.

(2) 根据积 $\boldsymbol{AB}$ 的行数等于矩阵 $\boldsymbol{A}$ 的行数，积 $\boldsymbol{AB}$ 的列数等于矩阵 $\boldsymbol{B}$ 的列数，于是积 $\boldsymbol{C}=\boldsymbol{AB}$ 为 2 行 4 列矩阵；积 $\boldsymbol{C}=\boldsymbol{AB}$ 第 1 行第 2 列的元素 c_{12} 等于矩阵 $\boldsymbol{A}$ 的第 1 行元素与矩阵 $\boldsymbol{B}$ 的第 2 列对应元素乘积之和，即

$$c_{12}=1\times2+2\times3+0\times4=8$$

应该注意的是：由于矩阵 $\boldsymbol{B}$ 的列数不等于矩阵 $\boldsymbol{A}$ 的行数，因而积 $\boldsymbol{BA}$ 无意义.

例 5 已知矩阵 $\boldsymbol{A}=\begin{pmatrix}1&2\\3&4\end{pmatrix}$，$\boldsymbol{B}=\begin{pmatrix}5&6\\7&8\end{pmatrix}$，求积 $\boldsymbol{AB}$ 与 $\boldsymbol{BA}$.

解：积

$$\boldsymbol{AB}=\begin{pmatrix}1&2\\3&4\end{pmatrix}\begin{pmatrix}5&6\\7&8\end{pmatrix}=\begin{pmatrix}1\times5+2\times7&1\times6+2\times8\\3\times5+4\times7&3\times6+4\times8\end{pmatrix}=\begin{pmatrix}19&22\\43&50\end{pmatrix}$$

$$\boldsymbol{BA}=\begin{pmatrix}5&6\\7&8\end{pmatrix}\begin{pmatrix}1&2\\3&4\end{pmatrix}=\begin{pmatrix}5\times1+6\times3&5\times2+6\times4\\7\times1+8\times3&7\times2+8\times4\end{pmatrix}=\begin{pmatrix}23&34\\31&46\end{pmatrix}$$

例 6 已知矩阵 $\boldsymbol{A}=(1\quad2\quad3)$，$\boldsymbol{B}=\begin{pmatrix}1\\2\\3\end{pmatrix}$，求积 $\boldsymbol{AB}$ 与 $\boldsymbol{BA}$.

解:积

$$AB = (1\quad 2\quad 3)\begin{pmatrix}1\\2\\3\end{pmatrix} = (14)$$

$$BA = \begin{pmatrix}1\\2\\3\end{pmatrix}(1\quad 2\quad 3) = \begin{pmatrix}1 & 2 & 3\\2 & 4 & 6\\3 & 6 & 9\end{pmatrix}$$

从例 4 至例 6 可以看出:尽管积 AB 有意义,但积 BA 不一定有意义;即使积 AB,BA 都有意义,积 AB 与 BA 也不一定相等. 这说明在一般情况下,矩阵与矩阵的乘法运算不满足交换律.

例 7　已知矩阵 $A = \begin{pmatrix}2 & 4\\-1 & -2\end{pmatrix}$,$B = \begin{pmatrix}1 & 2\\2 & 4\end{pmatrix}$,求积 AB 与 BA.

解:积

$$AB = \begin{pmatrix}2 & 4\\-1 & -2\end{pmatrix}\begin{pmatrix}1 & 2\\2 & 4\end{pmatrix} = \begin{pmatrix}10 & 20\\-5 & -10\end{pmatrix}$$

$$BA = \begin{pmatrix}1 & 2\\2 & 4\end{pmatrix}\begin{pmatrix}2 & 4\\-1 & -2\end{pmatrix} = \begin{pmatrix}0 & 0\\0 & 0\end{pmatrix} = O$$

例 8　已知矩阵 $A = \begin{pmatrix}1 & 1\\-1 & -1\end{pmatrix}$,$B = \begin{pmatrix}2 & 1\\4 & 1\end{pmatrix}$ 及 $C = \begin{pmatrix}6 & 2\\0 & 0\end{pmatrix}$,求积 AB 与 AC.

解:积

$$AB = \begin{pmatrix}1 & 1\\-1 & -1\end{pmatrix}\begin{pmatrix}2 & 1\\4 & 1\end{pmatrix} = \begin{pmatrix}6 & 2\\-6 & -2\end{pmatrix}$$

$$AC = \begin{pmatrix}1 & 1\\-1 & -1\end{pmatrix}\begin{pmatrix}6 & 2\\0 & 0\end{pmatrix} = \begin{pmatrix}6 & 2\\-6 & -2\end{pmatrix}$$

从例 7 可以看出:尽管矩阵 A,B 都不是零矩阵,但积 BA 却可以是零矩阵. 从例 8 可以看出:尽管矩阵 A 不是零矩阵,矩阵 B 与 C 不相等,但积 AB 与 AC 却可以相等. 这说明在一般情况下,矩阵与矩阵的乘法运算不满足消去律.

矩阵与矩阵的乘法同数与数的乘法在运算规律上有一致的地方,可以证明,矩阵与矩阵的乘法运算具有下列性质:

性质 1　满足结合律,即

$$(AB)C = A(BC)$$

性质 2　满足分配律,即

$$(A+B)C = AC + BC$$

$$A(B+C) = AB + AC$$

尤为重要的是,矩阵与矩阵的乘法运算不满足一些数与数的乘法运算规律,主要体现在**不满足交换律**，即在一般情况下，积 $\boldsymbol{AB}$ 不一定等于积 $\boldsymbol{BA}$. 也体现在**不满足消去律**，即在一般情况下，仅从 $\boldsymbol{AB}=\boldsymbol{O}$，不能得到 $\boldsymbol{A}=\boldsymbol{O}$ 或 $\boldsymbol{B}=\boldsymbol{O}$；仅从 $\boldsymbol{A}\neq\boldsymbol{O},\boldsymbol{AB}=\boldsymbol{AC}$，不能得到 $\boldsymbol{B}=\boldsymbol{C}$.

由于矩阵与矩阵的乘法运算不满足交换律，因而矩阵与矩阵相乘时必须注意顺序. 积 $\boldsymbol{AB}$ 称为用矩阵 $\boldsymbol{A}$ 左乘矩阵 $\boldsymbol{B}$，或称为用矩阵 $\boldsymbol{B}$ 右乘矩阵 $\boldsymbol{A}$.

可以得到，对于单位矩阵有

$$\boldsymbol{I}_m\boldsymbol{A}_{m\times n}=\boldsymbol{A}_{m\times n}$$
$$\boldsymbol{A}_{m\times n}\boldsymbol{I}_n=\boldsymbol{A}_{m\times n}$$

说明单位矩阵在矩阵与矩阵乘法中的作用相当于数 1 在数与数乘法中的作用.

例 9 已知矩阵 $\boldsymbol{A}=\begin{pmatrix}1 & -4 & 2\\ -1 & 4 & -2\end{pmatrix}$，$\boldsymbol{B}=\begin{pmatrix}1 & 2\\ -1 & 3\\ 5 & -2\end{pmatrix}$ 及 $\boldsymbol{C}=\begin{pmatrix}2 & 2\\ 1 & -1\\ 1 & -3\end{pmatrix}$，求：

(1) 差 $2\boldsymbol{B}-3\boldsymbol{C}$；

(2) 积 $\boldsymbol{A}(2\boldsymbol{B}-3\boldsymbol{C})$.

解：(1) 差

$$2\boldsymbol{B}-3\boldsymbol{C}$$
$$=2\begin{pmatrix}1 & 2\\ -1 & 3\\ 5 & -2\end{pmatrix}-3\begin{pmatrix}2 & 2\\ 1 & -1\\ 1 & -3\end{pmatrix}=\begin{pmatrix}2 & 4\\ -2 & 6\\ 10 & -4\end{pmatrix}-\begin{pmatrix}6 & 6\\ 3 & -3\\ 3 & -9\end{pmatrix}=\begin{pmatrix}-4 & -2\\ -5 & 9\\ 7 & 5\end{pmatrix}$$

(2) 积

$$\boldsymbol{A}(2\boldsymbol{B}-3\boldsymbol{C})=\begin{pmatrix}1 & -4 & 2\\ -1 & 4 & -2\end{pmatrix}\begin{pmatrix}-4 & -2\\ -5 & 9\\ 7 & 5\end{pmatrix}=\begin{pmatrix}30 & -28\\ -30 & 28\end{pmatrix}$$

例 10 单项选择题

已知关系式

$$(2\quad x)\begin{pmatrix}3 & 1\\ 0 & 1\end{pmatrix}=(6\quad 1)$$

则元素 $x=$（　　）.

(a) -2　　　　(b) 2

(c) -1　　　　(d) 1

解：计算积

$$(2\quad x)\begin{pmatrix}3 & 1\\ 0 & 1\end{pmatrix}=(6\quad 2+x)$$

根据已知关系式，有

$$(6\quad 2+x)=(6\quad 1)$$

从而得到关系式 $2+x=1$，因此元素

$$x=-1$$

这个正确答案恰好就是备选答案(c),所以选择(c).

4. 矩阵的转置

定义 2.6 已知 m 行 n 列矩阵

$$\boldsymbol{A}=\begin{pmatrix} a_{11} & a_{12} & \cdots & a_{1n} \\ a_{21} & a_{22} & \cdots & a_{2n} \\ \vdots & \vdots & & \vdots \\ a_{m1} & a_{m2} & \cdots & a_{mn} \end{pmatrix}$$

将行列依次互换,所得到的 n 行 m 列矩阵称为矩阵 $\boldsymbol{A}$ 的转置矩阵,记作

$$\boldsymbol{A}^{\mathrm{T}}=\begin{pmatrix} a_{11} & a_{21} & \cdots & a_{m1} \\ a_{12} & a_{22} & \cdots & a_{m2} \\ \vdots & \vdots & & \vdots \\ a_{1n} & a_{2n} & \cdots & a_{mn} \end{pmatrix}$$

例 11 已知矩阵 $\boldsymbol{A}=\begin{pmatrix} -1 & 5 \\ 6 & 0 \end{pmatrix}$,$\boldsymbol{B}=\begin{pmatrix} 1 & 2 \\ 3 & 4 \end{pmatrix}$,$\boldsymbol{C}=\begin{pmatrix} 0 & 1 \\ 1 & 0 \end{pmatrix}$,求和 $\boldsymbol{AB}^{\mathrm{T}}+4\boldsymbol{C}$.

解:和

$$\boldsymbol{AB}^{\mathrm{T}}+4\boldsymbol{C}=\begin{pmatrix} -1 & 5 \\ 6 & 0 \end{pmatrix}\begin{pmatrix} 1 & 3 \\ 2 & 4 \end{pmatrix}+4\begin{pmatrix} 0 & 1 \\ 1 & 0 \end{pmatrix}=\begin{pmatrix} 9 & 17 \\ 6 & 18 \end{pmatrix}+\begin{pmatrix} 0 & 4 \\ 4 & 0 \end{pmatrix}=\begin{pmatrix} 9 & 21 \\ 10 & 18 \end{pmatrix}$$

可以证明,矩阵的转置运算具有下列性质:

性质 1 $(\boldsymbol{A}^{\mathrm{T}})^{\mathrm{T}}=\boldsymbol{A}$

性质 2 $(\boldsymbol{A}+\boldsymbol{B})^{\mathrm{T}}=\boldsymbol{A}^{\mathrm{T}}+\boldsymbol{B}^{\mathrm{T}}$

性质 3 $(k\boldsymbol{A})^{\mathrm{T}}=k\boldsymbol{A}^{\mathrm{T}}$ (k 为数)

学问思辨

矩阵与行列式有何区别?

§ 2.2 矩阵的秩

在矩阵中,若一行的元素皆为零,则称这行为零行;若一行的元素不全为零,则称这行为非零行. 在非零行中,从左往右数,第一个不为零的元素称为首非零元素.

定义 2.7 已知矩阵 $\boldsymbol{A}$,若它同时满足:

(1) 各非零行首非零元素分布在不同列

(2) 当有零行时,零行在矩阵的最下端

则称矩阵 $\boldsymbol{A}$ 为阶梯形矩阵.

矩阵的秩

例 1 矩阵$\begin{pmatrix}1 & 5 & 21\\0 & -13 & -39\end{pmatrix}$，$\begin{pmatrix}3 & 4 & 1 & 2 & 3\\0 & 0 & 0 & 1 & 1\\0 & 0 & 0 & 0 & 0\end{pmatrix}$皆为阶梯形矩阵

矩阵$\begin{pmatrix}1 & 1 & -2 & -3\\0 & -1 & 3 & 7\\0 & -2 & 5 & 11\end{pmatrix}$为非阶梯形矩阵

定义 2.8 已知阶梯形矩阵 $\boldsymbol{A}$，若它同时还满足：

(1) 各非零行首非零元素皆为 1

(2) 各非零行首非零元素所在列的其他元素全为零

则进而称阶梯形矩阵 $\boldsymbol{A}$ 为简化阶梯形矩阵.

例 2 矩阵$\begin{pmatrix}1 & 0 & -1\\0 & 1 & 3\end{pmatrix}$，$\begin{pmatrix}1 & \frac{4}{3} & \frac{1}{3} & 0 & \frac{1}{3}\\0 & 0 & 0 & 1 & 1\\0 & 0 & 0 & 0 & 0\end{pmatrix}$皆为简化阶梯形矩阵

矩阵$\begin{pmatrix}1 & 1 & 1 & 1 & 4\\0 & 1 & 0 & 0 & 1\\0 & 0 & 1 & 1 & 2\end{pmatrix}$为阶梯形矩阵，但非简化阶梯形矩阵

定义 2.9 对矩阵施以下列三种变换：

(1) 交换矩阵的任意两行

(2) 矩阵的任意一行乘以非零数 k

(3) 矩阵任意一行的数 k 倍加到另外一行上去

称为矩阵的初等行变换.

考虑矩阵

$$\boldsymbol{A}=\begin{pmatrix}a_{11} & a_{12} & a_{13} & a_{14}\\a_{21} & a_{22} & a_{23} & a_{24}\\a_{31} & a_{32} & a_{33} & a_{34}\end{pmatrix},\boldsymbol{I}=\begin{pmatrix}1 & 0 & 0\\0 & 1 & 0\\0 & 0 & 1\end{pmatrix}$$

若将第 1 行与第 3 行交换，有

$$\boldsymbol{A}=\begin{pmatrix}a_{11} & a_{12} & a_{13} & a_{14}\\a_{21} & a_{22} & a_{23} & a_{24}\\a_{31} & a_{32} & a_{33} & a_{34}\end{pmatrix}\rightarrow\begin{pmatrix}a_{31} & a_{32} & a_{33} & a_{34}\\a_{21} & a_{22} & a_{23} & a_{24}\\a_{11} & a_{12} & a_{13} & a_{14}\end{pmatrix}=\boldsymbol{A}_1$$

$$\boldsymbol{I}=\begin{pmatrix}1 & 0 & 0\\0 & 1 & 0\\0 & 0 & 1\end{pmatrix}\rightarrow\begin{pmatrix}0 & 0 & 1\\0 & 1 & 0\\1 & 0 & 0\end{pmatrix}=\boldsymbol{B}_1$$

容易看出，积

$$\boldsymbol{B}_1\boldsymbol{A}=\begin{pmatrix}0 & 0 & 1\\0 & 1 & 0\\1 & 0 & 0\end{pmatrix}\begin{pmatrix}a_{11} & a_{12} & a_{13} & a_{14}\\a_{21} & a_{22} & a_{23} & a_{24}\\a_{31} & a_{32} & a_{33} & a_{34}\end{pmatrix}=\begin{pmatrix}a_{31} & a_{32} & a_{33} & a_{34}\\a_{21} & a_{22} & a_{23} & a_{24}\\a_{11} & a_{12} & a_{13} & a_{14}\end{pmatrix}=\boldsymbol{A}_1$$

这说明:交换矩阵 $\boldsymbol{A}$ 的第 1 行与第 3 行相当于用矩阵 $\boldsymbol{B}_1$ 左乘矩阵 $\boldsymbol{A}$.

若将第 2 行乘以非零数 k,有

$$\boldsymbol{A}=\begin{pmatrix}a_{11}&a_{12}&a_{13}&a_{14}\\a_{21}&a_{22}&a_{23}&a_{24}\\a_{31}&a_{32}&a_{33}&a_{34}\end{pmatrix}\rightarrow\begin{pmatrix}a_{11}&a_{12}&a_{13}&a_{14}\\ka_{21}&ka_{22}&ka_{23}&ka_{24}\\a_{31}&a_{32}&a_{33}&a_{34}\end{pmatrix}=\boldsymbol{A}_2$$

$$\boldsymbol{I}=\begin{pmatrix}1&0&0\\0&1&0\\0&0&1\end{pmatrix}\rightarrow\begin{pmatrix}1&0&0\\0&k&0\\0&0&1\end{pmatrix}=\boldsymbol{B}_2$$

容易看出,积

$$\boldsymbol{B}_2\boldsymbol{A}=\begin{pmatrix}1&0&0\\0&k&0\\0&0&1\end{pmatrix}\begin{pmatrix}a_{11}&a_{12}&a_{13}&a_{14}\\a_{21}&a_{22}&a_{23}&a_{24}\\a_{31}&a_{32}&a_{33}&a_{34}\end{pmatrix}=\begin{pmatrix}a_{11}&a_{12}&a_{13}&a_{14}\\ka_{21}&ka_{22}&ka_{23}&ka_{24}\\a_{31}&a_{32}&a_{33}&a_{34}\end{pmatrix}=\boldsymbol{A}_2$$

这说明:用非零数 k 乘矩阵 $\boldsymbol{A}$ 的第 2 行相当于用矩阵 $\boldsymbol{B}_2$ 左乘矩阵 $\boldsymbol{A}$.

若将第 1 行的 k 倍加到第 2 行上去,有

$$\boldsymbol{A}=\begin{pmatrix}a_{11}&a_{12}&a_{13}&a_{14}\\a_{21}&a_{22}&a_{23}&a_{24}\\a_{31}&a_{32}&a_{33}&a_{34}\end{pmatrix}$$

$$\rightarrow\begin{pmatrix}a_{11}&a_{12}&a_{13}&a_{14}\\a_{21}+ka_{11}&a_{22}+ka_{12}&a_{23}+ka_{13}&a_{24}+ka_{14}\\a_{31}&a_{32}&a_{33}&a_{34}\end{pmatrix}=\boldsymbol{A}_3$$

$$\boldsymbol{I}=\begin{pmatrix}1&0&0\\0&1&0\\0&0&1\end{pmatrix}\rightarrow\begin{pmatrix}1&0&0\\k&1&0\\0&0&1\end{pmatrix}=\boldsymbol{B}_3$$

容易看出,积

$$\boldsymbol{B}_3\boldsymbol{A}=\begin{pmatrix}1&0&0\\k&1&0\\0&0&1\end{pmatrix}\begin{pmatrix}a_{11}&a_{12}&a_{13}&a_{14}\\a_{21}&a_{22}&a_{23}&a_{24}\\a_{31}&a_{32}&a_{33}&a_{34}\end{pmatrix}$$

$$=\begin{pmatrix}a_{11}&a_{12}&a_{13}&a_{14}\\a_{21}+ka_{11}&a_{22}+ka_{12}&a_{23}+ka_{13}&a_{24}+ka_{14}\\a_{31}&a_{32}&a_{33}&a_{34}\end{pmatrix}=\boldsymbol{A}_3$$

这说明:矩阵 $\boldsymbol{A}$ 第 1 行的 k 倍加到第 2 行上去相当于用矩阵 $\boldsymbol{B}_3$ 左乘矩阵 $\boldsymbol{A}$.

从上面观察得到的结论,可以推广到一般情况,容易得到下面的定理.

定理 2.1 对任何矩阵 $\boldsymbol{A}$ 作若干次初等行变换得到矩阵 $\boldsymbol{C}$,相当于用单位矩阵 $\boldsymbol{I}$ 作同样若干次初等行变换所得到的矩阵 $\boldsymbol{B}$ 左乘矩阵 $\boldsymbol{A}$,即

$$\boldsymbol{BA}=\boldsymbol{C}$$

可以证明:任何一个矩阵 $\boldsymbol{A}=(a_{ij})_{m\times n}$ 经过若干次初等行变换,都可以化为阶梯形矩阵.具体方法是:首先观察第 1 列元素中有多少个非零行首非零元素,若不超过一个,则已符合

要求;若超过一个,不妨设 $a_{11} \neq 0, a_{l1} \neq 0, \cdots$,则将第1行的 $-\dfrac{a_{l1}}{a_{11}}$ 倍加到第 l 行上去,…,以使得第1列元素中非零行首非零元素为一个.然后再用同样方法依次观察和处理其他各列,直至使得非零行首非零元素在不同列为止.在对矩阵作初等行变换的过程中,若有零行出现,则适时将零行移至矩阵的最下端.

定义 2.10 已知矩阵 $\boldsymbol{A}$,当矩阵 $\boldsymbol{A}$ 为阶梯形矩阵,或矩阵 $\boldsymbol{A}$ 虽非阶梯形矩阵但可经过若干次初等行变换化为阶梯形矩阵.若阶梯形矩阵非零行为 r 行,则称矩阵 $\boldsymbol{A}$ 的秩为 r,记作

$$\mathrm{r}(\boldsymbol{A}) = r$$

例 3 填空题

已知矩阵

$$\boldsymbol{A} = \begin{pmatrix} 0 & 0 & 1 & 0 & 1 \\ 1 & 0 & 0 & 0 & 0 \\ 0 & 1 & 0 & 0 & 0 \\ 0 & 0 & 0 & 1 & 0 \end{pmatrix}$$

则秩 $\mathrm{r}(\boldsymbol{A}) =$ ______.

解: 容易看出,所给矩阵 $\boldsymbol{A}$ 中4行都是非零行,第1行首非零元素1在第3列,第2行首非零元素1在第1列,第3行首非零元素1在第2列,第4行首非零元素1在第4列,它们在不同列,因而矩阵 $\boldsymbol{A}$ 为阶梯形矩阵.又由于其非零行为4行,说明秩 $\mathrm{r}(\boldsymbol{A}) = 4$,于是应将"4"直接填在空内.

例 4 已知矩阵

$$\boldsymbol{A} = \begin{pmatrix} 3 & 1 & 4 & 5 & 7 \\ 0 & 2 & 1 & 0 & 5 \\ 0 & 3 & 4 & -2 & 6 \end{pmatrix}$$

求秩 $\mathrm{r}(\boldsymbol{A})$.

解: 容易看出,所给矩阵 $\boldsymbol{A}$ 中3行都是非零行,其中第2行与第3行的首非零元素同在第2列,因而矩阵 $\boldsymbol{A}$ 不为阶梯形矩阵,对矩阵 $\boldsymbol{A}$ 作初等行变换,化为阶梯形矩阵,有

$$\boldsymbol{A} = \begin{pmatrix} 3 & 1 & 4 & 5 & 7 \\ 0 & 2 & 1 & 0 & 5 \\ 0 & 3 & 4 & -2 & 6 \end{pmatrix}$$

(第2行乘以3,第3行乘以2)

$$\rightarrow \begin{pmatrix} 3 & 1 & 4 & 5 & 7 \\ 0 & 6 & 3 & 0 & 15 \\ 0 & 6 & 8 & -4 & 12 \end{pmatrix}$$

(第2行的−1倍加到第3行上去)

$$\rightarrow \begin{pmatrix} 3 & 1 & 4 & 5 & 7 \\ 0 & 6 & 3 & 0 & 15 \\ 0 & 0 & 5 & -4 & -3 \end{pmatrix}$$

由于阶梯形矩阵非零行为 3 行，于是秩 r($\boldsymbol{A}$) = 3.

例 5 已知矩阵

$$\boldsymbol{A}=\begin{pmatrix}1&1&3&-1&-2\\2&2&-1&2&3\\3&3&2&1&1\\1&1&-4&3&5\end{pmatrix}$$

求秩 r($\boldsymbol{A}$).

解: 容易看出，所给矩阵 $\boldsymbol{A}$ 中 4 行都是非零行，它们的首非零元素同在第 1 列，因而矩阵 $\boldsymbol{A}$ 不为阶梯形矩阵，对矩阵 $\boldsymbol{A}$ 作初等行变换，化为阶梯形矩阵. 有

$$\boldsymbol{A}=\begin{pmatrix}1&1&3&-1&-2\\2&2&-1&2&3\\3&3&2&1&1\\1&1&-4&3&5\end{pmatrix}$$

(第 1 行的 −2 倍加到第 2 行上去，第 1 行的 −3 倍加到第 3 行上去，第 1 行的 −1 倍加到第 4 行上去)

$$\rightarrow\begin{pmatrix}1&1&3&-1&-2\\0&0&-7&4&7\\0&0&-7&4&7\\0&0&-7&4&7\end{pmatrix}$$

(第 2 行的 −1 倍分别加到第 3 行与第 4 行上去)

$$\rightarrow\begin{pmatrix}1&1&3&-1&-2\\0&0&-7&4&7\\0&0&0&0&0\\0&0&0&0&0\end{pmatrix}$$

由于阶梯形矩阵非零行为 2 行，于是秩 r($\boldsymbol{A}$) = 2.

例 6 已知矩阵

$$\boldsymbol{A}=\begin{pmatrix}1&1&1&1&1&1\\0&1&2&2&6&3\\3&2&1&1&-3&x\\5&4&3&3&-1&2\end{pmatrix}$$

确定元素 x 的值，使得秩 r($\boldsymbol{A}$) = 2.

解: 对矩阵 $\boldsymbol{A}$ 作初等行变换，化为阶梯形矩阵. 有

$$\boldsymbol{A}=\begin{pmatrix}1&1&1&1&1&1\\0&1&2&2&6&3\\3&2&1&1&-3&x\\5&4&3&3&-1&2\end{pmatrix}$$

(第 1 行的 −3 倍加到第 3 行上去，第 1 行的 −5 倍加到第 4 行上去)

$$\rightarrow\begin{pmatrix}1&1&1&1&1&1\\0&1&2&2&6&3\\0&-1&-2&-2&-6&x-3\\0&-1&-2&-2&-6&-3\end{pmatrix}$$

（第 2 行分别加到第 3 行与第 4 行上去）

$$\rightarrow\begin{pmatrix}1&1&1&1&1&1\\0&1&2&2&6&3\\0&0&0&0&0&x\\0&0&0&0&0&0\end{pmatrix}$$

注意到第 1 行与第 2 行都是非零行，第 4 行是零行，欲使得秩 $r(\boldsymbol{A})=2$，第 3 行必须是零行. 所以元素 $x=0$，使得秩 $r(\boldsymbol{A})=2$.

可以证明，矩阵的秩具有下列性质：

性质 1　矩阵 $\boldsymbol{A}=(a_{ij})_{m\times n}$ 的秩不大于行数 m 且不大于列数 n，即秩

$$r(\boldsymbol{A})\leqslant\min\{m,n\}$$

性质 2　对于 m 行矩阵 $\boldsymbol{A}$，如果存在 m 列元素构成 m 阶行列式不为零，则秩

$$r(\boldsymbol{A})=m$$

性质 3　转置矩阵 $\boldsymbol{A}^{\mathrm{T}}$ 的秩等于矩阵 $\boldsymbol{A}$ 的秩，即秩

$$r(\boldsymbol{A}^{\mathrm{T}})=r(\boldsymbol{A})$$

例 7　已知矩阵

$$\boldsymbol{A}=\begin{pmatrix}3&5&-7\\0&4&1\\0&0&2\end{pmatrix}$$

求秩 $r(\boldsymbol{A}^{\mathrm{T}})$.

解：容易看出，矩阵 $\boldsymbol{A}$ 为阶梯形矩阵，由于其非零行为 3 行，于是秩 $r(\boldsymbol{A})=3$. 又因为 $r(\boldsymbol{A}^{\mathrm{T}})=r(\boldsymbol{A})$，所以秩 $r(\boldsymbol{A}^{\mathrm{T}})=3$.

§2.3　方阵的幂与伴随矩阵

下面讨论只针对方阵的有关运算.

定义 2.11　已知 n 阶方阵 $\boldsymbol{A}$，将 k 个 n 阶方阵 $\boldsymbol{A}$ 连乘，所得到的积仍是 n 阶方阵，称为 n 阶方阵 $\boldsymbol{A}$ 的 k 次幂，记作

$$\boldsymbol{A}^k=\underbrace{\boldsymbol{A}\boldsymbol{A}\cdots\boldsymbol{A}}_{k\text{个}}$$

例 1　已知二阶方阵 $\boldsymbol{A}=\begin{pmatrix}2&-1\\-3&3\end{pmatrix}$，$\boldsymbol{I}=\begin{pmatrix}1&0\\0&1\end{pmatrix}$，求代数和 $\boldsymbol{A}^2-5\boldsymbol{A}+3\boldsymbol{I}$.

解：代数和

$$\boldsymbol{A}^2-5\boldsymbol{A}+3\boldsymbol{I}=\boldsymbol{A}\boldsymbol{A}-5\boldsymbol{A}+3\boldsymbol{I}$$

$$=\begin{pmatrix}2&-1\\-3&3\end{pmatrix}\begin{pmatrix}2&-1\\-3&3\end{pmatrix}-5\begin{pmatrix}2&-1\\-3&3\end{pmatrix}+3\begin{pmatrix}1&0\\0&1\end{pmatrix}$$

$$=\begin{pmatrix}7&-5\\-15&12\end{pmatrix}-\begin{pmatrix}10&-5\\-15&15\end{pmatrix}+\begin{pmatrix}3&0\\0&3\end{pmatrix}=\begin{pmatrix}0&0\\0&0\end{pmatrix}=\boldsymbol{O}$$

例 2 已知三阶方阵 $\boldsymbol{A}=\begin{pmatrix}0&1&0\\-1&0&1\\1&2&0\end{pmatrix}$,求和 $\boldsymbol{A}^2+\boldsymbol{A}\boldsymbol{A}^{\mathrm{T}}$.

解:和

$$\boldsymbol{A}^2+\boldsymbol{A}\boldsymbol{A}^{\mathrm{T}}=\boldsymbol{A}\boldsymbol{A}+\boldsymbol{A}\boldsymbol{A}^{\mathrm{T}}$$

$$=\begin{pmatrix}0&1&0\\-1&0&1\\1&2&0\end{pmatrix}\begin{pmatrix}0&1&0\\-1&0&1\\1&2&0\end{pmatrix}+\begin{pmatrix}0&1&0\\-1&0&1\\1&2&0\end{pmatrix}\begin{pmatrix}0&-1&1\\1&0&2\\0&1&0\end{pmatrix}$$

$$=\begin{pmatrix}-1&0&1\\1&1&0\\-2&1&2\end{pmatrix}+\begin{pmatrix}1&0&2\\0&2&-1\\2&-1&5\end{pmatrix}=\begin{pmatrix}0&0&3\\1&3&-1\\0&0&7\end{pmatrix}$$

考虑 n 阶方阵 $\boldsymbol{A}$,$\boldsymbol{B}$,由于矩阵与矩阵的乘法运算满足结合律与分配律,于是得到

$$(\boldsymbol{AB})^2=(\boldsymbol{AB})(\boldsymbol{AB})=\boldsymbol{ABAB}$$

$$(\boldsymbol{A}+\boldsymbol{B})^2=(\boldsymbol{A}+\boldsymbol{B})(\boldsymbol{A}+\boldsymbol{B})=\boldsymbol{A}(\boldsymbol{A}+\boldsymbol{B})+\boldsymbol{B}(\boldsymbol{A}+\boldsymbol{B})=\boldsymbol{A}^2+\boldsymbol{AB}+\boldsymbol{BA}+\boldsymbol{B}^2$$

$$(\boldsymbol{A}+\boldsymbol{B})(\boldsymbol{A}-\boldsymbol{B})=\boldsymbol{A}(\boldsymbol{A}-\boldsymbol{B})+\boldsymbol{B}(\boldsymbol{A}-\boldsymbol{B})=\boldsymbol{A}^2-\boldsymbol{AB}+\boldsymbol{BA}-\boldsymbol{B}^2$$

由于矩阵与矩阵的乘法运算不满足交换律,即在一般情况下,积 $\boldsymbol{BA}$ 不一定等于积 $\boldsymbol{AB}$,所以有下列结论:

(1) 幂$(\boldsymbol{AB})^2$ 不一定等于积 $\boldsymbol{A}^2\boldsymbol{B}^2$;

(2) 幂$(\boldsymbol{A}+\boldsymbol{B})^2$ 不一定等于和 $\boldsymbol{A}^2+2\boldsymbol{AB}+\boldsymbol{B}^2$;

(3) 积$(\boldsymbol{A}+\boldsymbol{B})(\boldsymbol{A}-\boldsymbol{B})$ 不一定等于差 $\boldsymbol{A}^2-\boldsymbol{B}^2$.

上述讨论说明:对于数运算成立的积的平方公式、两项和的平方公式及平方差公式对于方阵运算是不适用的.

定义 2.12 已知 n 阶方阵

$$\boldsymbol{A}=\begin{pmatrix}a_{11}&a_{12}&\cdots&a_{1n}\\a_{21}&a_{22}&\cdots&a_{2n}\\\vdots&\vdots&&\vdots\\a_{n1}&a_{n2}&\cdots&a_{nn}\end{pmatrix}$$

伴随矩阵

将构成 n 阶方阵 $\boldsymbol{A}$ 的 n^2 个元素按照原来的顺序作一个 n 阶行列式,这个 n 阶行列式称为 n 阶方阵 $\boldsymbol{A}$ 的行列式,记作

$$|\boldsymbol{A}|=\begin{vmatrix}a_{11}&a_{12}&\cdots&a_{1n}\\a_{21}&a_{22}&\cdots&a_{2n}\\\vdots&\vdots&&\vdots\\a_{n1}&a_{n2}&\cdots&a_{nn}\end{vmatrix}$$

可以证明,方阵的行列式具有下列性质:

性质 1　已知方阵 $\boldsymbol{A}$,则行列式

$$|\boldsymbol{A}^{\mathrm{T}}| = |\boldsymbol{A}|$$

性质 2　如果方阵 $\boldsymbol{A}$ 为 n 阶方阵,k 为数,则行列式

$$|k\boldsymbol{A}| = k^n |\boldsymbol{A}|$$

性质 3　如果方阵 $\boldsymbol{A}$,$\boldsymbol{B}$ 为同阶方阵,则行列式

$$|\boldsymbol{AB}| = |\boldsymbol{A}||\boldsymbol{B}|$$

性质 1 实际上就是 §1.1 定理 1.1,性质 2 实际上就是 §1.2 行列式性质 2.

例 3　已知方阵 $\boldsymbol{A}$ 为 3 阶方阵,且行列式 $|\boldsymbol{A}| = 3$,求下列行列式的值:

(1) $|3\boldsymbol{A}^{\mathrm{T}}|$

(2) $|-\boldsymbol{A}|$

解:根据方阵的行列式性质,得到行列式

(1) $|3\boldsymbol{A}^{\mathrm{T}}| = 3^3 |\boldsymbol{A}^{\mathrm{T}}| = 3^3 |\boldsymbol{A}| = 3^3 \times 3 = 81$

(2) $|-\boldsymbol{A}| = (-1)^3 |\boldsymbol{A}| = (-1)^3 \times 3 = -3$

定义 2.13　已知 n 阶方阵

$$\boldsymbol{A} = \begin{pmatrix} a_{11} & a_{12} & \cdots & a_{1n} \\ a_{21} & a_{22} & \cdots & a_{2n} \\ \vdots & \vdots & & \vdots \\ a_{n1} & a_{n2} & \cdots & a_{nn} \end{pmatrix}$$

它的行列式为

$$|\boldsymbol{A}| = \begin{vmatrix} a_{11} & a_{12} & \cdots & a_{1n} \\ a_{21} & a_{22} & \cdots & a_{2n} \\ \vdots & \vdots & & \vdots \\ a_{n1} & a_{n2} & \cdots & a_{nn} \end{vmatrix}$$

将行列式 $|\boldsymbol{A}|$ 中元素 a_{ij} 的代数余子式 $\boldsymbol{A}_{ij}$ 放在第 i 行第 j 列位置上($i = 1,2,\cdots,n;j = 1,2,\cdots,n$),组成 n 阶方阵后再转置,所得到的这个 n 阶方阵称为 n 阶方阵 $\boldsymbol{A}$ 的伴随矩阵,记作

$$\boldsymbol{A}^* = \begin{pmatrix} A_{11} & A_{12} & \cdots & A_{1n} \\ A_{21} & A_{22} & \cdots & A_{2n} \\ \vdots & \vdots & & \vdots \\ A_{n1} & A_{n2} & \cdots & A_{nn} \end{pmatrix}^{\mathrm{T}} = \begin{pmatrix} A_{11} & A_{21} & \cdots & A_{n1} \\ A_{12} & A_{22} & \cdots & A_{n2} \\ \vdots & \vdots & & \vdots \\ A_{1n} & A_{2n} & \cdots & A_{nn} \end{pmatrix}$$

考虑二阶方阵

$$\boldsymbol{A} = \begin{pmatrix} a & b \\ c & d \end{pmatrix}$$

它的行列式

$$|\boldsymbol{A}| = \begin{vmatrix} a & b \\ c & d \end{vmatrix}$$

计算每个元素的代数余子式

$$\boldsymbol{A}_{11} = (-1)^{1+1} d = d$$

$$A_{12}=(-1)^{1+2}c=-c$$

$$A_{21}=(-1)^{2+1}b=-b$$

$$A_{22}=(-1)^{2+2}a=a$$

于是得到二阶方阵 $\boldsymbol{A}$ 的伴随矩阵

$$\boldsymbol{A}^*=\begin{pmatrix}A_{11} & A_{12}\\ A_{21} & A_{22}\end{pmatrix}^{\mathrm{T}}=\begin{pmatrix}A_{11} & A_{21}\\ A_{12} & A_{22}\end{pmatrix}=\begin{pmatrix}d & -b\\ -c & a\end{pmatrix}$$

根据上述结论，容易得到求二阶方阵 $\boldsymbol{A}$ 的伴随矩阵 $\boldsymbol{A}^*$ 的规律：将二阶方阵 $\boldsymbol{A}$ 中主对角线上两元素交换，次对角线上两元素变号，所得到的二阶方阵就是二阶方阵 $\boldsymbol{A}$ 的伴随矩阵 $\boldsymbol{A}^*$.

例 4 填空题

已知二阶方阵

$$\boldsymbol{A}=\begin{pmatrix}1 & 2\\ 3 & 4\end{pmatrix}$$

则二阶方阵 $\boldsymbol{A}$ 的伴随矩阵 $\boldsymbol{A}^*=$ ______.

解：根据上面的规律，因而伴随矩阵

$$\boldsymbol{A}^*=\begin{pmatrix}4 & -2\\ -3 & 1\end{pmatrix}$$

于是应将“$\begin{pmatrix}4 & -2\\ -3 & 1\end{pmatrix}$”直接填在空内.

例 5 已知三阶方阵

$$\boldsymbol{A}=\begin{pmatrix}-3 & 0 & 4\\ 5 & 0 & 3\\ 2 & -2 & 1\end{pmatrix}$$

求三阶方阵 $\boldsymbol{A}$ 的伴随矩阵 $\boldsymbol{A}^*$.

解：三阶方阵 $\boldsymbol{A}$ 的行列式

$$|\boldsymbol{A}|=\begin{vmatrix}-3 & 0 & 4\\ 5 & 0 & 3\\ 2 & -2 & 1\end{vmatrix}$$

计算行列式 $|\boldsymbol{A}|$ 中 9 个元素的代数余子式

$$A_{11}=(-1)^{1+1}\begin{vmatrix}0 & 3\\ -2 & 1\end{vmatrix}=6$$

$$A_{12}=(-1)^{1+2}\begin{vmatrix}5 & 3\\ 2 & 1\end{vmatrix}=1$$

$$A_{13}=(-1)^{1+3}\begin{vmatrix}5 & 0\\ 2 & -2\end{vmatrix}=-10$$

$$A_{21}=(-1)^{2+1}\begin{vmatrix}0 & 4\\ -2 & 1\end{vmatrix}=-8$$

$$A_{22}=(-1)^{2+2}\begin{vmatrix}-3 & 4\\ 2 & 1\end{vmatrix}=-11$$

$$A_{23}=(-1)^{2+3}\begin{vmatrix}-3 & 0\\ 2 & -2\end{vmatrix}=-6$$

$$A_{31}=(-1)^{3+1}\begin{vmatrix}0 & 4\\ 0 & 3\end{vmatrix}=0$$

$$A_{32}=(-1)^{3+2}\begin{vmatrix}-3 & 4\\ 5 & 3\end{vmatrix}=29$$

$$A_{33}=(-1)^{3+3}\begin{vmatrix}-3 & 0\\ 5 & 0\end{vmatrix}=0$$

于是三阶方阵 $\boldsymbol{A}$ 的伴随矩阵

$$\boldsymbol{A}^*=\begin{pmatrix}A_{11} & A_{12} & A_{13}\\ A_{21} & A_{22} & A_{23}\\ A_{31} & A_{32} & A_{33}\end{pmatrix}^{\mathrm{T}}=\begin{pmatrix}A_{11} & A_{21} & A_{31}\\ A_{12} & A_{22} & A_{32}\\ A_{13} & A_{23} & A_{33}\end{pmatrix}=\begin{pmatrix}6 & -8 & 0\\ 1 & -11 & 29\\ -10 & -6 & 0\end{pmatrix}$$

§2.4 方阵的逆矩阵

方阵的逆矩阵

下面讨论方阵的一种重要运算.

定义 2.14 已知 n 阶方阵 $\boldsymbol{A}$，若存在 n 阶方阵 $\boldsymbol{B}$，使得

$$\boldsymbol{AB}=\boldsymbol{BA}=\boldsymbol{I}$$

则称 n 阶方阵 $\boldsymbol{A}$ 可逆，并称 n 阶方阵 $\boldsymbol{B}$ 为 n 阶方阵 $\boldsymbol{A}$ 的逆矩阵，记作

$$\boldsymbol{A}^{-1}=\boldsymbol{B}$$

自然会提出这样一个问题：如果 n 阶方阵 $\boldsymbol{A}$ 可逆，那么它的逆矩阵是否唯一？设 n 阶方阵 $\boldsymbol{B}_1$ 与 $\boldsymbol{B}_2$ 都是 n 阶方阵 $\boldsymbol{A}$ 的逆矩阵，则有

$$\boldsymbol{AB}_1=\boldsymbol{B}_1\boldsymbol{A}=\boldsymbol{I}$$

$$\boldsymbol{AB}_2=\boldsymbol{B}_2\boldsymbol{A}=\boldsymbol{I}$$

于是得到 n 阶方阵

$$\boldsymbol{B}_1=\boldsymbol{B}_1\boldsymbol{I}=\boldsymbol{B}_1(\boldsymbol{AB}_2)=(\boldsymbol{B}_1\boldsymbol{A})\boldsymbol{B}_2=\boldsymbol{IB}_2=\boldsymbol{B}_2$$

这说明 n 阶方阵 $\boldsymbol{A}$ 的逆矩阵是唯一的.

下面需要解决两个问题：什么样的方阵可逆？逆矩阵的表达式是怎样的？根据 §1.3 定理 1.2 与 §1.2 行列式性质的推论，可以得到下面的定理.

定理 2.2 如果 n 阶方阵 $\boldsymbol{A}$ 可逆，则 n 阶方阵 $\boldsymbol{A}$ 的行列式 $|\boldsymbol{A}|\neq 0$；如果 n 阶方阵 $\boldsymbol{A}$ 的行列式 $|\boldsymbol{A}|\neq 0$，则 n 阶方阵 $\boldsymbol{A}$ 可逆，且逆矩阵

$$\boldsymbol{A}^{-1}=\frac{1}{|\boldsymbol{A}|}\boldsymbol{A}^*$$

例 1 已知二阶方阵

$$\boldsymbol{A}=\begin{pmatrix}2 & 3\\ 4 & 5\end{pmatrix}$$

(1) 判别二阶方阵 $\boldsymbol{A}$ 是否可逆?

(2) 若二阶方阵 $\boldsymbol{A}$ 可逆,则求逆矩阵 $\boldsymbol{A}^{-1}$.

解:(1) 计算二阶方阵 $\boldsymbol{A}$ 的行列式

$$|\boldsymbol{A}| = \begin{vmatrix} 2 & 3 \\ 4 & 5 \end{vmatrix} = -2 \neq 0$$

所以二阶方阵 $\boldsymbol{A}$ 可逆.

(2) 二阶方阵 $\boldsymbol{A}$ 的逆矩阵

$$\boldsymbol{A}^{-1} = \frac{1}{|\boldsymbol{A}|}\boldsymbol{A}^* = \frac{1}{-2}\begin{pmatrix} 5 & -3 \\ -4 & 2 \end{pmatrix} = \begin{pmatrix} -\frac{5}{2} & \frac{3}{2} \\ 2 & -1 \end{pmatrix}$$

例 2 已知三阶方阵

$$\boldsymbol{A} = \begin{pmatrix} 1 & 0 & 0 \\ 0 & -1 & 2 \\ 1 & 0 & 1 \end{pmatrix}$$

(1) 判别三阶方阵 $\boldsymbol{A}$ 是否可逆?

(2) 若三阶方阵 $\boldsymbol{A}$ 可逆,则求逆矩阵 $\boldsymbol{A}^{-1}$.

解:(1) 计算三阶方阵 $\boldsymbol{A}$ 的行列式

$$|\boldsymbol{A}| = \begin{vmatrix} 1 & 0 & 0 \\ 0 & -1 & 2 \\ 1 & 0 & 1 \end{vmatrix}$$

(按第 1 行展开)

$$= 1 \times (-1)^{1+1}\begin{vmatrix} -1 & 2 \\ 0 & 1 \end{vmatrix} = -1 \neq 0$$

所以三阶方阵 $\boldsymbol{A}$ 可逆.

(2) 计算行列式 $|\boldsymbol{A}|$ 中 9 个元素的代数余子式

$$A_{11} = (-1)^{1+1}\begin{vmatrix} -1 & 2 \\ 0 & 1 \end{vmatrix} = -1$$

$$A_{12} = (-1)^{1+2}\begin{vmatrix} 0 & 2 \\ 1 & 1 \end{vmatrix} = 2$$

$$A_{13} = (-1)^{1+3}\begin{vmatrix} 0 & -1 \\ 1 & 0 \end{vmatrix} = 1$$

$$A_{21} = (-1)^{2+1}\begin{vmatrix} 0 & 0 \\ 0 & 1 \end{vmatrix} = 0$$

$$A_{22} = (-1)^{2+2}\begin{vmatrix} 1 & 0 \\ 1 & 1 \end{vmatrix} = 1$$

$$A_{23} = (-1)^{2+3}\begin{vmatrix} 1 & 0 \\ 1 & 0 \end{vmatrix} = 0$$

$$A_{31} = (-1)^{3+1}\begin{vmatrix} 0 & 0 \\ -1 & 2 \end{vmatrix} = 0$$

$$A_{32}=(-1)^{3+2}\begin{vmatrix}1&0\\0&2\end{vmatrix}=-2$$

$$A_{33}=(-1)^{3+3}\begin{vmatrix}1&0\\0&-1\end{vmatrix}=-1$$

从而得到三阶方阵 $\boldsymbol{A}$ 的伴随矩阵

$$\boldsymbol{A}^*=\begin{pmatrix}A_{11}&A_{12}&A_{13}\\A_{21}&A_{22}&A_{23}\\A_{31}&A_{32}&A_{33}\end{pmatrix}^{\mathrm{T}}=\begin{pmatrix}A_{11}&A_{21}&A_{31}\\A_{12}&A_{22}&A_{32}\\A_{13}&A_{23}&A_{33}\end{pmatrix}=\begin{pmatrix}-1&0&0\\2&1&-2\\1&0&-1\end{pmatrix}$$

所以三阶方阵 $\boldsymbol{A}$ 的逆矩阵

$$\boldsymbol{A}^{-1}=\frac{1}{|\boldsymbol{A}|}\boldsymbol{A}^*=\frac{1}{-1}\begin{pmatrix}-1&0&0\\2&1&-2\\1&0&-1\end{pmatrix}=\begin{pmatrix}1&0&0\\-2&-1&2\\-1&0&1\end{pmatrix}$$

应该注意的是：在求出逆矩阵表达式后，应该进行验算，即计算原方阵与所求得逆矩阵的积，只有这个积等于单位矩阵，所求得逆矩阵表达式才是正确的. 例 1 与例 2 中，原方阵与所求得逆矩阵的积等于单位矩阵，说明所求得逆矩阵表达式正确无误.

考虑 n 阶方阵 $\boldsymbol{A}$ 可逆，用逆矩阵 $\boldsymbol{A}^{-1}$ 左乘 n 阶方阵 $\boldsymbol{A}$，有

$$\boldsymbol{A}^{-1}\boldsymbol{A}=\boldsymbol{I}$$

根据 §2.2 定理 2.1，说明 n 阶方阵 $\boldsymbol{A}$ 经过若干次初等行变换化为单位矩阵 $\boldsymbol{I}$，而乘在 n 阶方阵 $\boldsymbol{A}$ 左面的逆矩阵 $\boldsymbol{A}^{-1}$ 就是单位矩阵 $\boldsymbol{I}$ 作同样若干次初等行变换所得到的 n 阶方阵，于是得到应用矩阵的初等行变换求 n 阶方阵 $\boldsymbol{A}$ 的逆矩阵 $\boldsymbol{A}^{-1}$ 的方法：作 n 行 $2n$ 列矩阵 $(\boldsymbol{A}\,\vdots\,\boldsymbol{I})$，然后对 n 行 $2n$ 列矩阵 $(\boldsymbol{A}\,\vdots\,\boldsymbol{I})$ 作若干次初等行变换，使得前 n 列化为单位矩阵 $\boldsymbol{I}$，则同时后 n 列就化为逆矩阵 $\boldsymbol{A}^{-1}$，即

$$(\boldsymbol{A}\,\vdots\,\boldsymbol{I})\rightarrow\cdots\rightarrow(\boldsymbol{I}\,\vdots\,\boldsymbol{A}^{-1})$$

对 n 行 $2n$ 列矩阵 $(\boldsymbol{A}\,\vdots\,\boldsymbol{I})$ 作初等行变换，求逆矩阵 $\boldsymbol{A}^{-1}$ 的步骤如下：

步骤 1　在矩阵 $(\boldsymbol{A}\,\vdots\,\boldsymbol{I})$ 中，不妨设第 1 行第 1 列元素不为零，这时将第 1 行的适当若干倍分别加到其他各行上去，使得第 1 列除第 1 行第 1 列元素外，其余元素皆化为零；

步骤 2　在矩阵 $(\boldsymbol{A}\,\vdots\,\boldsymbol{I})$ 经步骤 1 得到的矩阵中，不妨设第 2 行第 2 列元素不为零，这时将第 2 行的适当若干倍分别加到其他各行上去，使得第 2 列除第 2 行第 2 列元素外，其余元素皆化为零；

……

如此继续下去，经过 $n-1$ 个步骤，就可以将矩阵 $(\boldsymbol{A}\,\vdots\,\boldsymbol{I})$ 前 n 列主对角线以外所有元素皆化为零.

在上述步骤中，可根据需要，穿插将矩阵 $(\boldsymbol{A}\,\vdots\,\boldsymbol{I})$ 前 n 列主对角线上元素适时化为 1，只需该元素所在行乘以它的倒数，或者另外一行的适当若干倍加到该元素所在行上去.

如果不知道方阵 $\boldsymbol{A}$ 是否可逆，也可以按上述方法去做，在做的过程中，只要矩阵 $(\boldsymbol{A}\,\vdots\,\boldsymbol{I})$ 前 n 列有一行（列）元素全化为零，说明方阵 $\boldsymbol{A}$ 不可能化为单位矩阵 $\boldsymbol{I}$，于是方阵 $\boldsymbol{A}$ 不可逆.

例 3 已知三阶方阵

$$A=\begin{pmatrix}1&2&3\\0&2&3\\0&0&3\end{pmatrix}$$

(1) 判别三阶方阵 $\boldsymbol{A}$ 是否可逆?

(2) 若三阶方阵 $\boldsymbol{A}$ 可逆,则求逆矩阵 $\boldsymbol{A}^{-1}$.

解:(1) 计算三阶方阵 $\boldsymbol{A}$ 的行列式

$$|\boldsymbol{A}|=\begin{vmatrix}1&2&3\\0&2&3\\0&0&3\end{vmatrix}=6\neq 0$$

所以三阶方阵 $\boldsymbol{A}$ 可逆.

(2) 对 3 行 6 列矩阵 $(\boldsymbol{A}\,\vdots\,\boldsymbol{I})$ 作初等行变换,使得前 3 列化为单位矩阵 $\boldsymbol{I}$,有

$$(\boldsymbol{A}\,\vdots\,\boldsymbol{I})=\left(\begin{array}{ccc:ccc}1&2&3&1&0&0\\0&2&3&0&1&0\\0&0&3&0&0&1\end{array}\right)$$

(第 2 行的 -1 倍加到第 1 行上去)

$$\rightarrow\left(\begin{array}{ccc:ccc}1&0&0&1&-1&0\\0&2&3&0&1&0\\0&0&3&0&0&1\end{array}\right)$$

(第 3 行的 -1 倍加到第 2 行上去)

$$\rightarrow\left(\begin{array}{ccc:ccc}1&0&0&1&-1&0\\0&2&0&0&1&-1\\0&0&3&0&0&1\end{array}\right)$$

$\left(\text{第 2 行乘以}\dfrac{1}{2},\text{第 3 行乘以}\dfrac{1}{3}\right)$

$$\rightarrow\left(\begin{array}{ccc:ccc}1&0&0&1&-1&0\\0&1&0&0&\dfrac{1}{2}&-\dfrac{1}{2}\\0&0&1&0&0&\dfrac{1}{3}\end{array}\right)$$

所以三阶方阵 $\boldsymbol{A}$ 的逆矩阵

$$\boldsymbol{A}^{-1}=\begin{pmatrix}1&-1&0\\0&\dfrac{1}{2}&-\dfrac{1}{2}\\0&0&\dfrac{1}{3}\end{pmatrix}$$

例 4 已知三阶方阵

$$\boldsymbol{A}=\begin{pmatrix}1&1&1\\-1&0&-1\\-1&-1&0\end{pmatrix}$$

(1) 判别三阶方阵 $\boldsymbol{A}$ 是否可逆？

(2) 若二阶方阵 $\boldsymbol{A}$ 可逆，则求逆矩阵 $\boldsymbol{A}^{-1}$.

解：(1) 计算三阶方阵 $\boldsymbol{A}$ 的行列式

$$|\boldsymbol{A}| = \begin{vmatrix} 1 & 1 & 1 \\ -1 & 0 & -1 \\ -1 & -1 & 0 \end{vmatrix}$$

（第 1 行分别加到第 2 行与第 3 行上去）

$$= \begin{vmatrix} 1 & 1 & 1 \\ 0 & 1 & 0 \\ 0 & 0 & 1 \end{vmatrix} = 1 \neq 0$$

所以三阶方阵 $\boldsymbol{A}$ 可逆.

(2) 对 3 行 6 列矩阵 $(\boldsymbol{A} \vdots \boldsymbol{I})$ 作初等行变换，使得前 3 列化为单位矩阵 $\boldsymbol{I}$，有

$$(\boldsymbol{A} \vdots \boldsymbol{I}) = \left(\begin{array}{ccc:ccc} 1 & 1 & 1 & 1 & 0 & 0 \\ -1 & 0 & -1 & 0 & 1 & 0 \\ -1 & -1 & 0 & 0 & 0 & 1 \end{array}\right)$$

（第 1 行分别加到第 2 行与第 3 行上去）

$$\to \left(\begin{array}{ccc:ccc} 1 & 1 & 1 & 1 & 0 & 0 \\ 0 & 1 & 0 & 1 & 1 & 0 \\ 0 & 0 & 1 & 1 & 0 & 1 \end{array}\right)$$

（第 2 行的 -1 倍加到第 1 行上去）

$$\to \left(\begin{array}{ccc:ccc} 1 & 0 & 1 & 0 & -1 & 0 \\ 0 & 1 & 0 & 1 & 1 & 0 \\ 0 & 0 & 1 & 1 & 0 & 1 \end{array}\right)$$

（第 3 行的 -1 倍加到第 1 行上去）

$$\to \left(\begin{array}{ccc:ccc} 1 & 0 & 0 & -1 & -1 & -1 \\ 0 & 1 & 0 & 1 & 1 & 0 \\ 0 & 0 & 1 & 1 & 0 & 1 \end{array}\right)$$

所以三阶方阵 $\boldsymbol{A}$ 的逆矩阵

$$\boldsymbol{A}^{-1} = \begin{pmatrix} -1 & -1 & -1 \\ 1 & 1 & 0 \\ 1 & 0 & 1 \end{pmatrix}$$

例 5　已知三阶方阵

$$\boldsymbol{A} = \begin{pmatrix} 1 & 1 & 0 \\ 1 & 2 & 2 \\ 2 & 3 & 2 \end{pmatrix}$$

(1) 判别三阶方阵 $\boldsymbol{A}$ 是否可逆？

(2) 若三阶方阵 $\boldsymbol{A}$ 可逆，则求逆矩阵 $\boldsymbol{A}^{-1}$.

解：(1) 计算三阶方阵 $\boldsymbol{A}$ 的行列式

$$|\boldsymbol{A}|=\begin{vmatrix}1&1&0\\1&2&2\\2&3&2\end{vmatrix}=4+4+0-0-2-6=0$$

所以三阶方阵 $\boldsymbol{A}$ 不可逆.

根据逆矩阵的定义,容易证明逆矩阵具有下列性质:

性质 1 如果方阵 $\boldsymbol{A}$ 可逆,则它的逆矩阵 $\boldsymbol{A}^{-1}$ 也可逆,且

$$(\boldsymbol{A}^{-1})^{-1}=\boldsymbol{A}$$

性质 2 如果方阵 $\boldsymbol{A}$ 可逆,则它的转置矩阵 $\boldsymbol{A}^{\mathrm{T}}$ 也可逆,且

$$(\boldsymbol{A}^{\mathrm{T}})^{-1}=(\boldsymbol{A}^{-1})^{\mathrm{T}}$$

在一定条件下,矩阵与矩阵的乘法运算能够满足消去律:如果方阵 $\boldsymbol{A}$ 可逆,从等式 $\boldsymbol{AB}=\boldsymbol{O}$ 出发,有 $\boldsymbol{A}^{-1}\boldsymbol{AB}=\boldsymbol{A}^{-1}\boldsymbol{O}$,即 $\boldsymbol{IB}=\boldsymbol{O}$,于是得到 $\boldsymbol{B}=\boldsymbol{O}$;如果方阵 $\boldsymbol{A}$ 可逆,从等式 $\boldsymbol{AB}=\boldsymbol{AC}$ 出发,有 $\boldsymbol{A}^{-1}\boldsymbol{AB}=\boldsymbol{A}^{-1}\boldsymbol{AC}$,即 $\boldsymbol{IB}=\boldsymbol{IC}$,于是得到 $\boldsymbol{B}=\boldsymbol{C}$.

考虑矩阵方程

$$\boldsymbol{AX}=\boldsymbol{B}$$

在方阵 $\boldsymbol{A}$ 可逆条件下,矩阵方程 $\boldsymbol{AX}=\boldsymbol{B}$ 等号两端皆左乘逆矩阵 $\boldsymbol{A}^{-1}$,得到它的解为

$$\boldsymbol{X}=\boldsymbol{A}^{-1}\boldsymbol{B}$$

考虑矩阵方程

$$\boldsymbol{XA}=\boldsymbol{B}$$

在方阵 $\boldsymbol{A}$ 可逆条件下,矩阵方程 $\boldsymbol{XA}=\boldsymbol{B}$ 等号两端皆右乘逆矩阵 $\boldsymbol{A}^{-1}$,得到它的解为

$$\boldsymbol{X}=\boldsymbol{BA}^{-1}$$

例 6 解矩阵方程

$$\begin{pmatrix}2&1\\1&2\end{pmatrix}\boldsymbol{X}=\begin{pmatrix}1&2\\-1&4\end{pmatrix}$$

解:所给矩阵方程的解为

$$\boldsymbol{X}=\begin{pmatrix}2&1\\1&2\end{pmatrix}^{-1}\begin{pmatrix}1&2\\-1&4\end{pmatrix}=\frac{1}{3}\begin{pmatrix}2&-1\\-1&2\end{pmatrix}\begin{pmatrix}1&2\\-1&4\end{pmatrix}=\frac{1}{3}\begin{pmatrix}3&0\\-3&6\end{pmatrix}=\begin{pmatrix}1&0\\-1&2\end{pmatrix}$$

最后考虑由 n 个线性方程式构成的 n 元线性方程组

$$\begin{cases}a_{11}x_1+a_{12}x_2+\cdots+a_{1n}x_n=b_1\\a_{21}x_1+a_{22}x_2+\cdots+a_{2n}x_n=b_2\\\quad\cdots\qquad\qquad\cdots\\a_{n1}x_1+a_{n2}x_2+\cdots+a_{nn}x_n=b_n\end{cases}$$

由未知量系数构成的 n 阶方阵称为系数矩阵,记作 $\boldsymbol{A}$,即矩阵

$$\boldsymbol{A}=\begin{pmatrix}a_{11}&a_{12}&\cdots&a_{1n}\\a_{21}&a_{22}&\cdots&a_{2n}\\\vdots&\vdots&&\vdots\\a_{n1}&a_{n2}&\cdots&a_{nn}\end{pmatrix}$$

由未知量构成的矩阵称为未知量矩阵,记作 $\boldsymbol{X}$;由常数项构成的矩阵称为常数项矩阵,记

作 $\boldsymbol{B}$. 即矩阵

$$\boldsymbol{X}=\begin{pmatrix}x_1\\x_2\\\vdots\\x_n\end{pmatrix} \text{与} \boldsymbol{B}=\begin{pmatrix}b_1\\b_2\\\vdots\\b_n\end{pmatrix}$$

这时此线性方程组可以表示为矩阵形式

$$\boldsymbol{AX}=\boldsymbol{B}$$

如果系数行列式 $|\boldsymbol{A}|\neq 0$,即系数矩阵 $\boldsymbol{A}$ 可逆,则此线性方程组有唯一解

$$\boldsymbol{X}=\boldsymbol{A}^{-1}\boldsymbol{B}$$

这个结论与 §1.4 克莱姆法则是一致的.

例 7 已知线性方程组

$$\begin{cases}3x_1+4x_2=9\\x_1+2x_2=5\end{cases}$$

(1) 判别有无唯一解;

(2) 若有唯一解,则求唯一解.

解:写出系数矩阵

$$\boldsymbol{A}=\begin{pmatrix}3&4\\1&2\end{pmatrix}$$

再写出未知量矩阵 $\boldsymbol{X}$ 与常数项矩阵 $\boldsymbol{B}$,即

$$\boldsymbol{X}=\begin{pmatrix}x_1\\x_2\end{pmatrix} \text{与} \boldsymbol{B}=\begin{pmatrix}9\\5\end{pmatrix}$$

这时此线性方程组可以表示为矩阵形式

$$\boldsymbol{AX}=\boldsymbol{B}$$

(1) 计算系数矩阵 $\boldsymbol{A}$ 的行列式即系数行列式

$$|\boldsymbol{A}|=\begin{vmatrix}3&4\\1&2\end{vmatrix}=2\neq 0$$

说明系数矩阵 $\boldsymbol{A}$ 可逆,所以此线性方程组有唯一解.

(2) 得到系数矩阵 $\boldsymbol{A}$ 的逆矩阵

$$\boldsymbol{A}^{-1}=\frac{1}{|\boldsymbol{A}|}\boldsymbol{A}^*=\frac{1}{2}\begin{pmatrix}2&-4\\-1&3\end{pmatrix}=\begin{pmatrix}1&-2\\-\frac{1}{2}&\frac{3}{2}\end{pmatrix}$$

所以此线性方程组的唯一解

$$\boldsymbol{X}=\boldsymbol{A}^{-1}\boldsymbol{B}=\begin{pmatrix}1&-2\\-\frac{1}{2}&\frac{3}{2}\end{pmatrix}\begin{pmatrix}9\\5\end{pmatrix}=\begin{pmatrix}-1\\3\end{pmatrix}$$

即有

$$\begin{cases}x_1=-1\\x_2=3\end{cases}$$

当然,此题也可以应用行列式求解,如 §1.4 例 1,得到同样的结果.

习 题 二

2.01　求下列矩阵的代数和:

(1) $\begin{pmatrix}1 & 2 & 3\\0 & -1 & 4\end{pmatrix}+\begin{pmatrix}2 & -2 & 4\\5 & 1 & -3\end{pmatrix}$　　(2) $2\begin{pmatrix}1 & 1 & 1\\2 & 2 & 2\\3 & 3 & 3\end{pmatrix}-3\begin{pmatrix}1 & 2 & 3\\3 & 1 & 2\\2 & 3 & 1\end{pmatrix}$

2.02　已知矩阵 $\boldsymbol{A}=\begin{pmatrix}2 & 2\\4 & 3\end{pmatrix}$,$\boldsymbol{B}=\begin{pmatrix}4 & 1\\2 & 3\end{pmatrix}$,若矩阵 $\boldsymbol{X}$ 满足关系式

$$3\boldsymbol{A}+\boldsymbol{X}=2\boldsymbol{B}$$

求矩阵 $\boldsymbol{X}$.

2.03　求下列矩阵与矩阵的积:

(1) $\begin{pmatrix}1 & 2\\3 & 4\end{pmatrix}\begin{pmatrix}0 & 1\\1 & 0\end{pmatrix}$　　(2) $\begin{pmatrix}0 & 1\\1 & 0\end{pmatrix}\begin{pmatrix}1 & 2\\3 & 4\end{pmatrix}$

(3) $\begin{pmatrix}1 & 1\\0 & 0\end{pmatrix}\begin{pmatrix}0 & 3\\0 & 4\end{pmatrix}$　　(4) $\begin{pmatrix}0 & 3\\0 & 4\end{pmatrix}\begin{pmatrix}1 & 1\\0 & 0\end{pmatrix}$

2.04　求下列矩阵与矩阵的积:

(1) $(1\quad 2)\begin{pmatrix}1 & 2 & -3 & -4\\2 & 3 & 4 & 5\end{pmatrix}$　　(2) $\begin{pmatrix}1 & 2 & -1\\0 & 1 & 2\\3 & 0 & 4\end{pmatrix}\begin{pmatrix}-1\\2\\5\end{pmatrix}$

(3) $\begin{pmatrix}1 & -2\\3 & 1\\0 & -1\end{pmatrix}\begin{pmatrix}1 & 2 & 1\\-2 & 1 & 3\end{pmatrix}$　　(4) $\begin{pmatrix}1 & 0 & -2\\0 & 1 & 3\end{pmatrix}\begin{pmatrix}0 & 2 & -1 & 3\\1 & 0 & 4 & 0\\0 & 3 & -2 & 4\end{pmatrix}$

2.05　已知矩阵 $\boldsymbol{A}=\begin{pmatrix}0 & 1 & 2\\3 & 2 & 1\end{pmatrix}$,$\boldsymbol{B}=\begin{pmatrix}4 & 5\\-3 & 2\\1 & -4\end{pmatrix}$及 $\boldsymbol{C}=\begin{pmatrix}1 & -1\\2 & -2\end{pmatrix}$,求和 $\boldsymbol{AB}+2\boldsymbol{C}$.

2.06　已知矩阵 $\boldsymbol{A}=\begin{pmatrix}4 & 3\\2 & -1\end{pmatrix}$,$\boldsymbol{B}=\begin{pmatrix}2 & -3\\1 & 4\end{pmatrix}$及 $\boldsymbol{C}=\begin{pmatrix}1 & 1\\1 & 1\end{pmatrix}$,求差 $\boldsymbol{A}^{\mathrm{T}}\boldsymbol{B}-3\boldsymbol{C}$.

2.07　求下列矩阵的秩:

(1) $\boldsymbol{A}=\begin{pmatrix}1 & 0 & 3 & 2 & -1\\4 & 2 & 2 & 1 & 4\end{pmatrix}$　　(2) $\boldsymbol{A}=\begin{pmatrix}1 & 2 & 3 & 4\\1 & -2 & 4 & 5\\1 & 10 & 1 & 2\end{pmatrix}$

(3) $\boldsymbol{A}=\begin{pmatrix}1 & 2 & 3 & 4\\-1 & -2 & -3 & -3\\1 & 3 & 3 & 3\\2 & 2 & 2 & 2\end{pmatrix}$　　(4) $\boldsymbol{A}=\begin{pmatrix}1 & 0 & 0 & 1 & 4\\0 & 1 & 0 & 2 & 5\\0 & 0 & 1 & 3 & 6\\1 & 2 & 3 & 14 & 32\end{pmatrix}$

2.08　已知矩阵

$$A=\begin{pmatrix}1 & 2 & -1 & 3 & 4\\ 1 & 3 & 4 & 6 & 5\\ 2 & 5 & 3 & 9 & k\end{pmatrix}$$

若秩 $r(A)=2$，求元素 k 的值.

2.09　求下列方阵的幂：

(1) $\begin{pmatrix}1 & 1 & 1\\ 0 & 1 & 1\\ 0 & 0 & 1\end{pmatrix}^2$　　(2) $\begin{pmatrix}a & 0 & 0\\ 0 & b & 0\\ 0 & 0 & c\end{pmatrix}^2$

2.10　已知二阶方阵 $A=\begin{pmatrix}2 & 5\\ 1 & 3\end{pmatrix}$，$I=\begin{pmatrix}1 & 0\\ 0 & 1\end{pmatrix}$，求代数和 $2A^2-4A^T+5I$.

2.11　已知三阶方阵 $A=\begin{pmatrix}1 & 0 & 1\\ 0 & 1 & 0\\ -1 & 0 & -1\end{pmatrix}$，求和 A^2+A^TA.

2.12　已知方阵 A 为四阶方阵，且行列式 $|A|=2$，求下列行列式的值：

(1) $|-A|$

(2) $|2A|$

(3) $|AA^T|$

(4) $|A^2|$

2.13　求下列二阶方阵 A 的伴随矩阵 A^*，并判别二阶方阵 A 是否可逆，若可逆，则求逆矩阵 A^{-1}：

(1) $A=\begin{pmatrix}1 & 2\\ 3 & 4\end{pmatrix}$　　(2) $A=\begin{pmatrix}2 & 3\\ 4 & 6\end{pmatrix}$

2.14　已知三阶方阵

$$A=\begin{pmatrix}2 & 2 & 3\\ 1 & -1 & 0\\ -1 & 2 & 1\end{pmatrix}$$

求三阶方阵 A 的伴随矩阵 A^*，并判别三阶方阵 A 是否可逆，若可逆，则求逆矩阵 A^{-1}.

2.15　判别下列三阶方阵 A 是否可逆，若可逆，则求逆矩阵 A^{-1}：

(1) $A=\begin{pmatrix}1 & 0 & 0\\ 1 & 2 & 0\\ 1 & 2 & 3\end{pmatrix}$　　(2) $A=\begin{pmatrix}1 & -2 & -1\\ 0 & -1 & 0\\ 0 & 2 & 1\end{pmatrix}$

(3) $A=\begin{pmatrix}1 & 0 & -2\\ -1 & 2 & 2\\ -1 & 0 & 3\end{pmatrix}$　　(4) $A=\begin{pmatrix}4 & -3 & 2\\ -3 & 3 & -2\\ 1 & -1 & 1\end{pmatrix}$

2.16 解下列矩阵方程：

(1) $\boldsymbol{X}\begin{pmatrix}2&1\\1&2\end{pmatrix}=\begin{pmatrix}1&2\\-1&4\end{pmatrix}$　　(2) $\begin{pmatrix}1&2\\3&5\end{pmatrix}\boldsymbol{X}+\begin{pmatrix}3&1\\1&-2\end{pmatrix}=\begin{pmatrix}2&4\\-1&1\end{pmatrix}$

2.17 填空题

(1) 若矩阵 $\boldsymbol{A}$ 与 $\boldsymbol{B}$ 的积 $\boldsymbol{AB}$ 为 3 行 4 列矩阵，则矩阵 $\boldsymbol{A}$ 的行数是______.

(2) 若矩阵 $\boldsymbol{A}=\begin{pmatrix}1&-4&2\\-1&4&-2\end{pmatrix}$，$\boldsymbol{B}=\begin{pmatrix}1&2\\-1&3\\5&-2\end{pmatrix}$，则积 $\boldsymbol{C}=\boldsymbol{AB}$ 第 2 行第 1 列的元素 $c_{21}=$______.

(3) 若等式 $\begin{pmatrix}1&0&a\\2&-1&0\\0&1&1\end{pmatrix}\begin{pmatrix}1\\0\\-1\end{pmatrix}=\begin{pmatrix}a\\2\\-1\end{pmatrix}$ 成立，则元素 $a=$______.

(4) 若矩阵 $\boldsymbol{A}=\begin{pmatrix}1&0&0&0&0\\0&0&1&0&0\\0&1&0&1&1\end{pmatrix}$，则矩阵 $\boldsymbol{A}$ 的转置矩阵 $\boldsymbol{A}^{\mathrm{T}}$ 的秩 $\mathrm{r}(\boldsymbol{A}^{\mathrm{T}})=$______.

(5) 幂 $\begin{pmatrix}1&\lambda\\0&1\end{pmatrix}^2=$______.

(6) 若 n 阶方阵 $\boldsymbol{A}$ 的行列式 $|\boldsymbol{A}|=2$，n 阶方阵 $\boldsymbol{B}$ 的行列式 $|\boldsymbol{B}|=4$，则积 $\boldsymbol{AB}$ 的行列式 $|\boldsymbol{AB}|=$______.

(7) 若三阶方阵 $\boldsymbol{A}$ 的逆矩阵 $\boldsymbol{A}^{-1}=\begin{pmatrix}1&2&3\\3&1&2\\2&3&1\end{pmatrix}$，则三阶方阵 $\boldsymbol{A}$ 的转置矩阵 $\boldsymbol{A}^{\mathrm{T}}$ 的逆矩阵 $(\boldsymbol{A}^{\mathrm{T}})^{-1}=$______.

(8) 已知方阵 $\boldsymbol{A}$，$\boldsymbol{B}$，$\boldsymbol{C}$ 皆为 n 阶方阵，若 n 阶方阵 $\boldsymbol{A}$，$\boldsymbol{B}$ 皆可逆，则矩阵方程 $\boldsymbol{AXB}=\boldsymbol{C}$ 的解 $\boldsymbol{X}=$______.

2.18 单项选择题

(1) 已知矩阵 $\boldsymbol{A}=\begin{pmatrix}a_{11}&a_{12}&a_{13}\\a_{21}&a_{22}&a_{23}\end{pmatrix}$，则下列矩阵中(　　)能乘在矩阵 $\boldsymbol{A}$ 的右边.

(a) $\begin{pmatrix}b_1\\b_2\\b_3\end{pmatrix}$　　(b) $(b_1\quad b_2\quad b_3)$

(c) $\begin{pmatrix}b_{11}&b_{12}&b_{13}\\b_{21}&b_{22}&b_{23}\end{pmatrix}$　　(d) $\begin{pmatrix}b_{11}&b_{12}\\b_{21}&b_{22}\end{pmatrix}$

(2) 已知矩阵 $\boldsymbol{A}=(1\quad 2\quad 3\quad 4)$，$\boldsymbol{B}=(1\quad 2\quad 3)$，则使得和 $\boldsymbol{A}^{\mathrm{T}}\boldsymbol{B}+\boldsymbol{C}$ 有意义的矩阵 $\boldsymbol{C}$ 是(　　)矩阵.

(a)1 行 3 列　　(b)3 行 1 列

(c)3 行 4 列　　(d)4 行 3 列

(3) 若方阵 $\boldsymbol{A},\boldsymbol{B},\boldsymbol{C}$ 皆为 n 阶方阵,则下列关系式中(　　)非恒成立.

(a)$\boldsymbol{A}+\boldsymbol{B}=\boldsymbol{B}+\boldsymbol{A}$　　(b)$(\boldsymbol{A}+\boldsymbol{B})+\boldsymbol{C}=\boldsymbol{A}+(\boldsymbol{B}+\boldsymbol{C})$

(c)$\boldsymbol{AB}=\boldsymbol{BA}$　　(d)$(\boldsymbol{AB})\boldsymbol{C}=\boldsymbol{A}(\boldsymbol{BC})$

(4) 已知矩阵 $\boldsymbol{A}=\begin{pmatrix}1 & 1 & 1\\ 2 & 1 & 1\\ 3 & 2 & x+1\end{pmatrix}$,若矩阵 $\boldsymbol{A}$ 的秩 $\mathrm{r}(\boldsymbol{A})=2$,则数 $x=$(　　).

(a)0　　(b)1

(c)2　　(d)3

(5) 若方阵 $\boldsymbol{A},\boldsymbol{B}$ 皆为 n 阶方阵,则关系式 $(\boldsymbol{A}+\boldsymbol{B})(\boldsymbol{A}-\boldsymbol{B})=$(　　)恒成立.

(a)$(\boldsymbol{A}-\boldsymbol{B})(\boldsymbol{A}+\boldsymbol{B})$　　(b)$\boldsymbol{A}^2-\boldsymbol{B}^2$

(c)$\boldsymbol{A}^2+\boldsymbol{AB}-\boldsymbol{BA}-\boldsymbol{B}^2$　　(d)$\boldsymbol{A}^2-\boldsymbol{AB}+\boldsymbol{BA}-\boldsymbol{B}^2$

(6) 若方阵 $\boldsymbol{A}$ 为二阶方阵,且二阶方阵 $\boldsymbol{A}$ 的行列式 $|\boldsymbol{A}|=-2$,则行列式 $|-2\boldsymbol{A}^{\mathrm{T}}|=$(　　).

(a)-8　　(b)8

(c)-4　　(d)4

(7) 已知二阶方阵 $\boldsymbol{A}=\begin{pmatrix}2 & 3\\ 3 & 4\end{pmatrix}$,则二阶方阵 $\boldsymbol{A}$ 的逆矩阵 $\boldsymbol{A}^{-1}=$(　　).

(a)$\begin{pmatrix}-4 & -3\\ -3 & -2\end{pmatrix}$　　(b)$\begin{pmatrix}-4 & 3\\ 3 & -2\end{pmatrix}$

(c)$\begin{pmatrix}4 & -3\\ -3 & 2\end{pmatrix}$　　(d)$\begin{pmatrix}4 & 3\\ 3 & 2\end{pmatrix}$

(8) 若方阵 $\boldsymbol{A},\boldsymbol{B}$ 皆为 n 阶方阵,且 n 阶方阵 $\boldsymbol{A}$ 可逆,则下列关系式中(　　)非恒成立.

(a)$(\boldsymbol{AB})^2=\boldsymbol{A}^2\boldsymbol{B}^2$　　(b)$|\boldsymbol{AB}|=|\boldsymbol{A}||\boldsymbol{B}|$

(c)$(\boldsymbol{A}^{-1})^{-1}=\boldsymbol{A}$　　(d)$(\boldsymbol{A}^{\mathrm{T}})^{-1}=(\boldsymbol{A}^{-1})^{\mathrm{T}}$

2.19　应用题——加密与解密问题

密码在军事和商业上是一种保密通信技术,而矩阵在保密通信中发挥了重要作用.如传递信息"*How are you*"可以编码为

$$7,10,6,18,5,21,8,10,9$$

如果直接传送这组整数,信息很容易根据数字出现的频率被破译,我们可以用矩阵乘法对信息进行进一步加密或伪装.

将需要编码的信息构造为矩阵 $B=\begin{pmatrix}7 & 18 & 8\\ 10 & 5 & 10\\ 6 & 21 & 9\end{pmatrix}$,若矩阵 $A=\begin{pmatrix}1 & 2 & 1\\ 1 & 3 & 1\\ 2 & 5 & 3\end{pmatrix}$

(1) 请用矩阵 A 对矩阵 B 进行乘法加密,计算得到的伪码矩阵 AB;

(2) 接收方要想对收到的伪装信息进行解密,只要用 A^{-1} 乘以这个信息即可复原,请计算矩阵 A^{-1}.

拓展阅读

行列式的起源及应用

矩阵是数学中的一个重要概念，是代数学的一个主要研究对象，也是数学研究和应用的一个重要工具．根据世界数学发展史记载，矩阵概念产生于19世纪50年代，是为了解线性方程组的需要而产生的．然而在公元前我国就已经有了矩阵的萌芽，在《九章算术》一书中已经有所描述．

例如第一章行列式中引导案例提到的“谷物称重问题”．

解线性方程组 $\begin{cases} x+2y+3z=26 \\ 2x+3y+z=34 \\ 3x+2y+z=39 \end{cases}$

《九章算术》里没有表示未知数的符号，而是把未知数的系数和常数垂直排列成一个矩阵图表，即

1	2	3
2	3	2
3	1	1
26	34	39

再通过相当于现在的“加减消元”，以“一面乘”的方法累减，即“直除法”把此“方程”的前三行转化为只有反对角线上有非零元，即

0	0	4
0	4	0
4	0	0
11	17	37

从而得出答案．消元法在西方被称为高斯消元法，而“方程术”则被称为中国数学史上的一颗明珠．值得一提的是，我国南宋数学家秦九韶采用的“互乘对减”也给出了解法．他在解题中用到相当于增广矩阵的初等变换，只要把原式稍加改变，加上矩阵符号即可，只是他没有将它作为一个独立的概念加以研究，而仅用它解决实际问题，所以没能形成独立的矩阵理论．

“矩阵”这个词是由英国数学家西尔维斯特首先使用的．1850年，西尔维斯特在研究方程的个数与未知数的个数不相同的线性方程组时，由于无法使用行列式，为了将数字的矩形阵列区别于行列式而发明了这个术语．在逻辑上，矩阵的概念应先于行列式的概念，然而在历史上次序正好相反．1855年，英国数学家凯莱在研究线性变换下的不变量时，为了简洁、方便，引入了矩阵的概念．1858年，凯莱在《矩阵论的研究报告》中定义了两个矩阵相等、相加以及数与矩阵的数乘等运算，同时定义了零矩阵、单位阵等特殊矩阵．更重要的是，他在该文中给出了矩阵相乘、矩阵可逆等概念以及利用伴随矩阵求逆矩阵的方法；证明了有关的算律，如矩阵乘法有结合律、没有交换律，两个非零阵乘积可以为零矩阵等结论；定义了转置阵、对称阵、反对称阵等概念．

矩阵的理论发展非常迅速，到19世纪末，矩阵理论体系已基本形成．到20世纪，矩阵理

论得到了进一步的发展. 目前它已经发展成为在物理、控制论、机器人学、生物学、经济学等学科中有大量应用的数学分支.

以矩阵在计算机图形学中的应用为例:

任何学习计算机语言的学生,至少要学会如何应用二维图形. 在最简单的二维图形符号中,字母用于在屏幕上做标记,某些字母作为线框对象存储,其他有弯曲部分的字母还要将曲线的数学公式也存储进去.

如大写字母N由八个点或顶点确定,这些点的坐标可存储在一个数据矩阵D中. 除D之外,还要说明哪些顶点用线相连,待我们省略这些细节(如图 2-1).

$$\begin{matrix} \text{顶点} & 1 & 2 & 3 & 4 & 5 & 6 & 7 & 8 \end{matrix}$$

$$\begin{matrix} x\text{ 坐标} \\ y\text{ 坐标} \end{matrix} = \begin{bmatrix} 0 & 0.5 & 0.5 & 6 & 6 & 5.5 & 5.5 & 0 \\ 0 & 0 & 6.42 & 0 & 8 & 8 & 1.58 & 8 \end{bmatrix}$$

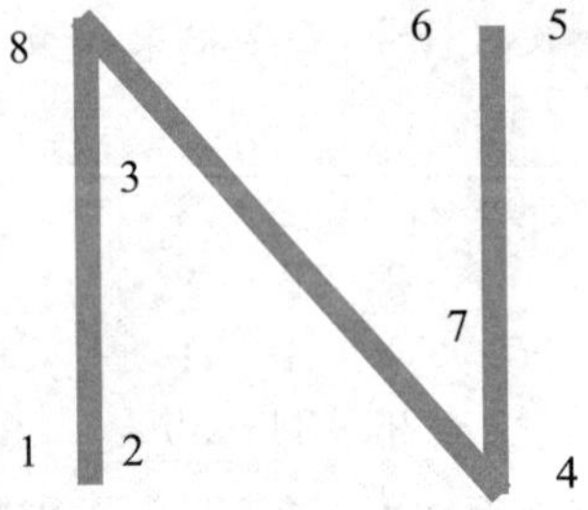

图 2-1

给定矩阵 $A=\begin{pmatrix} 1 & 0.25 \\ 0 & 1 \end{pmatrix}$,描述剪切变换 $x \to Ax$ 对上面字母 N 的作用

解:由矩阵乘法的定义,乘积 AD 的各列给出了字母 N 各顶点的像

$$AD=\begin{bmatrix} 1 & 2 & 3 & 4 & 5 & 6 & 7 & 8 \\ 0 & 0.5 & 2.105 & 6 & 8 & 7.5 & 5.895 & 2 \\ 0 & 0 & 6.420 & 0 & 8 & 8 & 1.580 & 8 \end{bmatrix}$$

则变换后的顶点画在图中,同时还画上相应于原来图形中的连线的线段(如图 2-2).

可见,计算机图形学中的数学与矩阵乘法紧密联系.

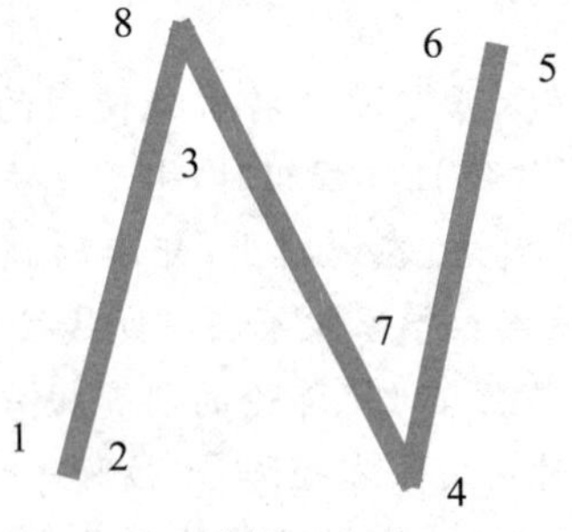

图 2-2

第三章

线性方程组

教学目标

知识目标

了解线性方程组的一般解法.

理解线性方程组的解的判别.

熟练掌握齐次线性方程组的解法.

能力目标

会用矩阵的初等行变换确定线性方程组解的结构及求出方程组的解.

能熟练地解决投入产出等实际应用问题.

素养目标

通过“线性方程组”的学习和训练,让学生了解线性方程组理论的发展及许多科学技术问题,最后归结为求线性方程组问题,体会线性方程组蕴含的统一美、对称美和形式美.线性方程组的求解过程,主要是通过矩阵的初等行变换完成,体现了唯物辩证法中“世界的普遍联系”,引导学生用普遍联系的观点看待问题,避免片面性,培养学生科学严谨、勇于创新的精神.

思维导图

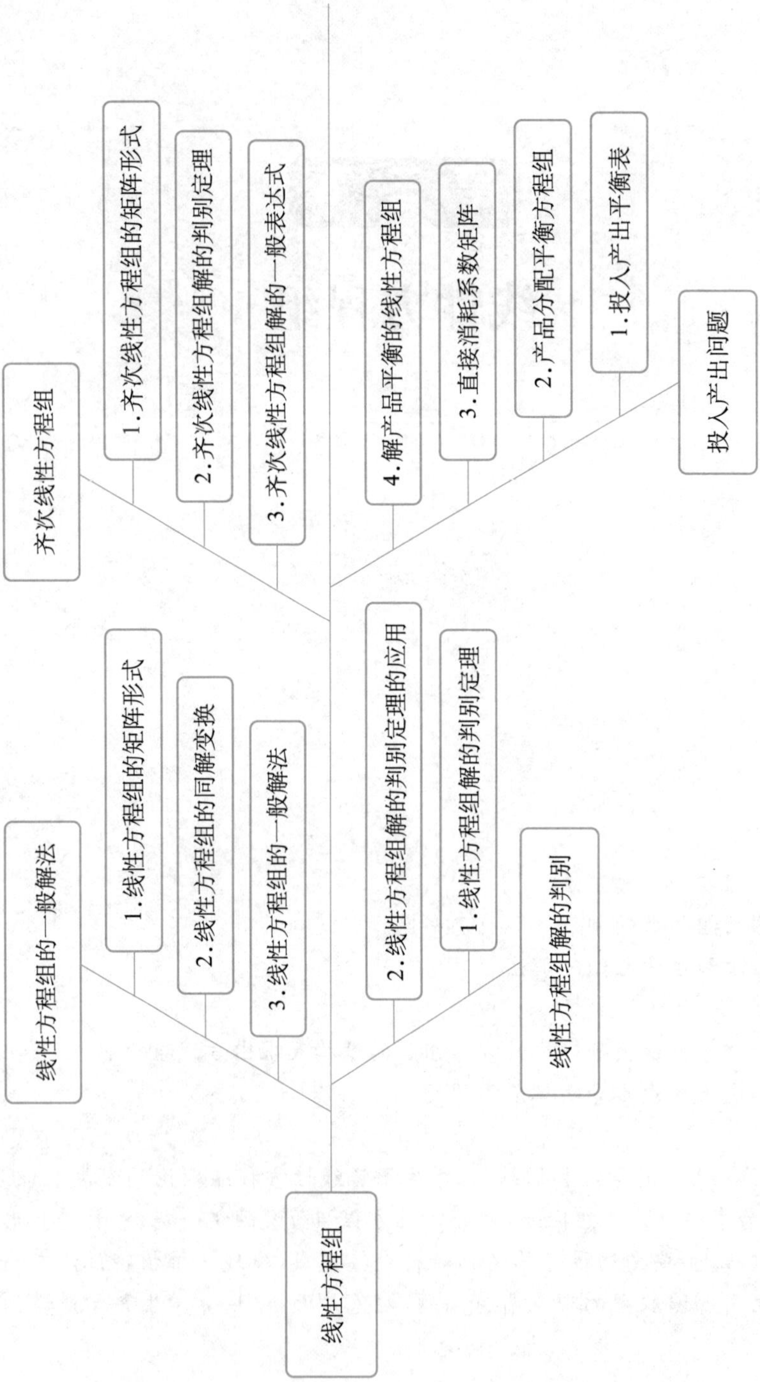

本章知识思维导图

引导案例

经济学中的投入产出模型

在经济学中，投入产出模型是一种量化的经济技术，是对市场进行研究的重大成果，它代表了国民经济不同部门或不同区域经济之间的相互依赖关系．哈佛大学教授华西里·列昂惕夫(*Wassily Leontief*)是投入产出分析方法的创始人，因其发展了这一类型的分析而获得了 1973 年的诺贝尔经济学奖．

我们先看一个简单模型：假设一个经济系统由煤炭、电力和钢铁三个部门组成，每个部门的年度总产出已知，并且每个部门的总产出在各部门之间分配已知，如表 3－1：

表 3－1

产出 / 投入		消费部门			总产出
		煤炭	电力	钢铁	
生产部门	煤炭	0	60%	40%	x_1
	电力	40%	10%	50%	x_2
	钢铁	60%	20%	20%	x_3
总分配		x_1	x_2	x_3	

因所有产出都必须分配，求出平衡价格使得每个部门的收支平衡．

分析：分别用 x_1, x_2, x_3 表示煤炭、电力和钢铁部门年度总产出的价格，因所有产出都必须分配，则煤炭部门的总收入等于它的总支出，有

煤炭部门的收支平衡条件是 $x_1 = 0.4x_2 + 0.6x_3$ (1)

电力部门的收支平衡条件是 $x_2 = 0.6x_1 + 0.1x_2 + 0.2x_3$ (2)

钢铁部门的收支平衡条件是 $x_3 = 0.4x_1 + 0.5x_2 + 0.2x_3$ (3)

为使每个部门的收支都平衡，就是联立上面三式组成线性方程组，将所有未知量移到方程左端并合并同类项，就是本章要学习的

齐次线性方程组 $\begin{cases} x_1 - 0.4x_2 - 0.6x_3 = 0 \\ -0.6x_1 + 0.9x_2 - 0.2x_3 = 0 \\ -0.4x_1 - 0.5x_2 + 0.8x_3 = 0 \end{cases}$ 的求解问题．

§3.1 线性方程组的一般解法

线性方程组的一般解法

考虑由 m 个线性方程式构成的 n 元线性方程组

$$\begin{cases} a_{11}x_1 + a_{12}x_2 + \cdots + a_{1n}x_n = b_1 \\ a_{21}x_1 + a_{22}x_2 + \cdots + a_{2n}x_n = b_2 \\ \qquad \cdots \qquad\qquad \cdots \\ a_{m1}x_1 + a_{m2}x_2 + \cdots + a_{mn}x_n = b_m \end{cases}$$

由未知量系数构成的 m 行 n 列矩阵称为系数矩阵，记作 $\boldsymbol{A}$，即矩阵

$$\boldsymbol{A}=\begin{pmatrix} a_{11} & a_{12} & \cdots & a_{1n} \\ a_{21} & a_{22} & \cdots & a_{2n} \\ \vdots & \vdots & & \vdots \\ a_{m1} & a_{m2} & \cdots & a_{mn} \end{pmatrix}$$

由未知量构成的矩阵称为未知量矩阵，记作 $\boldsymbol{X}$；由常数项构成的矩阵称为常数项矩阵，记作 $\boldsymbol{B}$. 即矩阵

$$\boldsymbol{X}=\begin{pmatrix} x_1 \\ x_2 \\ \vdots \\ x_n \end{pmatrix} \text{与} \boldsymbol{B}=\begin{pmatrix} b_1 \\ b_2 \\ \vdots \\ b_m \end{pmatrix}$$

这时此线性方程组可以表示为矩阵形式

$$\boldsymbol{AX}=\boldsymbol{B}$$

显然，线性方程组解的情况取决于未知量系数与常数项.

定义 3.1 已知由 m 个线性方程式构成的 n 元线性方程组 $\boldsymbol{AX}=\boldsymbol{B}$，由未知量系数与常数项构成的 m 行 $n+1$ 列矩阵称为增广矩阵，记作

$$\overline{\boldsymbol{A}}=\left(\begin{array}{cccc:c} a_{11} & a_{12} & \cdots & a_{1n} & b_1 \\ a_{21} & a_{22} & \cdots & a_{2n} & b_2 \\ \vdots & \vdots & & \vdots & \vdots \\ a_{m1} & a_{m2} & \cdots & a_{mn} & b_m \end{array}\right)$$

解线性方程组最常用的方法是消元法，即对线性方程组作同解变换.

定义 3.2 对线性方程组施以下列三种变换：

(1) 交换线性方程组的任意两个线性方程式

(2) 线性方程组的任意一个线性方程式乘以非零常数 k

(3) 线性方程组任意一个线性方程式的常数 k 倍加到另外一个线性方程式上去

称为线性方程组的同解变换.

为了找出解线性方程组的一般规律，下面应用同解变换解线性方程组.

例 1 解线性方程组

$$\begin{cases} 3x_1+4x_2=9 \\ x_1+2x_2=5 \end{cases}$$

解：首先交换第 1 个线性方程式与第 2 个线性方程式，得到

$$\begin{cases} x_1+2x_2=5 \\ 3x_1+4x_2=9 \end{cases}$$

再将第 1 个线性方程式的 -3 倍加到第 2 个线性方程式上去，得到

$$\begin{cases} x_1+2x_2=5 \\ \quad\ -2x_2=-6 \end{cases}$$

至此第 2 个线性方程式不含未知量 x_1，只含未知量 x_2，可以解出未知量 x_2 的值，由于系数行列式

$$D=\begin{vmatrix}1 & 2\\0 & -2\end{vmatrix}=-2\neq 0$$

根据 §1.4 克莱姆法则，此线性方程组有唯一解. 然后第 2 个线性方程式乘以$-\frac{1}{2}$，得到

$$\begin{cases}x_1+2x_2=5\\ \qquad\ x_2=3\end{cases}$$

最后将第 2 个线性方程式的 -2 倍加到第 1 个线性方程式上去，得到

$$\begin{cases}x_1 \qquad =-1\\ \qquad x_2=3\end{cases}$$

即为此线性方程组的唯一解.

对线性方程组作同解变换，只是使得未知量系数与常数项改变，而未知量记号不会改变. 因此在求解过程中，不必写出未知量记号，而只需写出由未知量系数与常数项构成的增广矩阵，它代表线性方程组. 这时上面的求解过程可以表示为矩阵形式：

$$\overline{\boldsymbol{A}}=\left(\begin{array}{cc:c}3 & 4 & 9\\1 & 2 & 5\end{array}\right)$$

(交换第 1 行与第 2 行)

$$\rightarrow\left(\begin{array}{cc:c}1 & 2 & 5\\3 & 4 & 9\end{array}\right)$$

(第 1 行的 -3 倍加到第 2 行上去)

$$\rightarrow\left(\begin{array}{cc:c}1 & 2 & 5\\0 & -2 & -6\end{array}\right)$$

(至此化为阶梯形矩阵，根据 §1.4 克莱姆法则，此线性方程组有唯一解)

$\left(\text{第 2 行乘以}-\frac{1}{2}\right)$

$$\rightarrow\left(\begin{array}{cc:c}1 & 2 & 5\\0 & 1 & 3\end{array}\right)$$

(第 2 行的 -2 倍加到第 1 行上去)

$$\rightarrow\left(\begin{array}{cc:c}1 & 0 & -1\\0 & 1 & 3\end{array}\right)$$

这时已将增广矩阵 $\overline{\boldsymbol{A}}$ 化为简化阶梯形矩阵，它代表线性方程组

$$\begin{cases}1x_1+0x_2=-1\\0x_1+1x_2=3\end{cases}$$

所以此线性方程组的唯一解为

$$\begin{cases}x_1=-1\\x_2=3\end{cases}$$

对比例 1 求解过程的两种形式，不难看出：交换线性方程组的任意两个线性方程式，意味着交换增广矩阵的相应两行；线性方程组的任意一个线性方程式乘以非零常数 k，意味着增广矩阵的相应一行乘以非零常数 k；线性方程组任意一个线性方程式的常数 k 倍加到另外一

个线性方程式上去，意味着增广矩阵相应一行的常数 k 倍加到另外相应一行上去. 这说明：对线性方程组作同解变换，相当于对增广矩阵作初等行变换.

上面的求解过程可以推广到一般情况，得到线性方程组 $\boldsymbol{AX}=\boldsymbol{B}$ 的一般解法：对增广矩阵 $\overline{\boldsymbol{A}}$ 作若干次初等行变换，化为阶梯形矩阵，这时判别解的情况，若有解，再对增广矩阵 $\overline{\boldsymbol{A}}$ 继续作若干次初等行变换，化为简化阶梯形矩阵，还原为线性方程组后，从而得到此线性方程组的解，即

$$\overline{\boldsymbol{A}}\to\cdots\to\text{阶梯形矩阵（若有解）}\to\cdots\to\text{简化阶梯形矩阵}$$

如何将一个矩阵经若干次初等行变换化为阶梯形矩阵？这个问题在 §2.2 中已经作了讨论，得到了解决. 下面讨论如何将阶梯形矩阵经若干次初等行变换化为简化阶梯形矩阵，这时应该从右到左依次将非零行首非零元素所在列其余元素全化为零，只需将此非零行的适当若干倍分别加到其他各行上去. 在上述步骤中，可根据需要，穿插将非零行首非零元素适时化为 1，只需非零行乘以其首非零元素的倒数，或者另外一行的适当若干倍加到此行上去.

值得注意的是：由于此题所给线性方程组有唯一解，从而也可以应用行列式求解，如 §1.4 例 1；当然，还可以应用逆矩阵求解，如 §2.4 例 7，都得到同样的结果.

例 2　解线性方程组

$$\begin{cases} x_1-2x_2+4x_3=3 \\ 3x_1-7x_2+6x_3=5 \\ -x_1+x_2-10x_3=-7 \end{cases}$$

解：对增广矩阵 $\overline{\boldsymbol{A}}$ 作初等行变换，化为阶梯形矩阵，有

$$\overline{\boldsymbol{A}}=\left(\begin{array}{ccc:c} 1 & -2 & 4 & 3 \\ 3 & -7 & 6 & 5 \\ -1 & 1 & -10 & -7 \end{array}\right)$$

（第 1 行的 −3 倍加到第 2 行上去，第 1 行加到第 3 行上去）

$$\to\left(\begin{array}{ccc:c} 1 & -2 & 4 & 3 \\ 0 & -1 & -6 & -4 \\ 0 & -1 & -6 & -4 \end{array}\right)$$

（第 2 行的 −1 倍加到第 3 行上去）

$$\to\left(\begin{array}{ccc:c} 1 & -2 & 4 & 3 \\ 0 & -1 & -6 & -4 \\ 0 & 0 & 0 & 0 \end{array}\right)$$

对于全体未知量 x_1,x_2,x_3，其系数行列式 $D=0$，根据 §1.4 克莱姆法则，此线性方程组无唯一解. 注意到所得阶梯形矩阵第 3 行是零行，它代表第 3 个线性方程式

$$0x_1+0x_2+0x_3=0$$

这是恒等关系式，对线性方程组的求解不起作用，是多余线性方程式. 这意味着构成此线性方程组的 3 个线性方程式不是完全有效的，其中 1 个线性方程式（如第 3 个线性方程式）可以去掉，而其余 2 个线性方程式（如第 1 个线性方程式与第 2 个线性方程式）是有效线性方程式，它们不能完全约束 3 个未知量的取值，只能完全约束其中 2 个未知量的取值，而另外 1 个未知量可以自由取值. 自由取值的未知量称为自由未知量，非自由取值的未知量称为非自由

未知量. 选择非自由未知量所依据的原则是:其系数行列式不为零. 当然,这种选择不唯一,习惯于将脚标较大的未知量选作自由未知量,而将脚标较小的未知量选作非自由未知量. 所得阶梯形矩阵第 1 行与第 2 行代表 2 个有效线性方程式构成的线性方程组

$$\begin{cases}1x_1-2x_2+4x_3=3\\0x_1-1x_2-6x_3=-4\end{cases}$$

将含未知量 x_3 的项都移到等号的右端,有

$$\begin{cases}x_1-2x_2=-4x_3+3\\\quad\ \ -x_2=6x_3-4\end{cases}$$

对于未知量 x_1,x_2,其系数行列式

$$\begin{vmatrix}1&-2\\0&-1\end{vmatrix}=-1\neq 0$$

任给未知量 x_3 的一个值,根据 §1.4 克莱姆法则,得到未知量 x_1,x_2 的唯一解,它们构成此线性方程组的一组解,这说明此线性方程组有无穷多解.

对所得阶梯形矩阵继续作初等行变换,化为简化阶梯形矩阵,有

$$\bar{\mathbf{A}}\to\left(\begin{array}{ccc:c}1&-2&4&3\\0&-1&-6&-4\\0&0&0&0\end{array}\right)$$

(第 2 行乘以 -1)

$$\to\left(\begin{array}{ccc:c}1&-2&4&3\\0&1&6&4\\0&0&0&0\end{array}\right)$$

(第 2 行的 2 倍加到第 1 行上去)

$$\to\left(\begin{array}{ccc:c}1&0&16&11\\0&1&6&4\\0&0&0&0\end{array}\right)$$

所得简化阶梯形矩阵第 1 行与第 2 行代表线性方程组

$$\begin{cases}x_1\qquad +16x_3=11\\\qquad x_2+6x_3=4\end{cases}$$

选择未知量 x_3 为自由未知量,未知量 x_1,x_2 为非自由未知量,非自由未知量 x_1,x_2 用自由未知量 x_3 表示,其表达式为

$$\begin{cases}x_1=-16x_3+11\\x_2=-\ 6x_3+4\end{cases}$$

自由未知量 x_3 取任意常数 c,所以此线性方程组无穷多解的一般表达式为

$$\begin{cases}x_1=-16c+11\\x_2=-6c+4\qquad (c\text{ 为任意常数})\\x_3=c\end{cases}$$

当然,解线性方程组的具体过程不是唯一的.

例 3 解线性方程组

$$\begin{cases}2x_1 - x_2 + 3x_3 = 1 \\ 4x_1 - 2x_2 + 5x_3 = 4 \\ 2x_1 - x_2 + 4x_3 = 0\end{cases}$$

解：对增广矩阵 $\overline{\mathbf{A}}$ 作初等行变换，化为阶梯形矩阵，有

$$\overline{\mathbf{A}} = \left(\begin{array}{ccc:c} 2 & -1 & 3 & 1 \\ 4 & -2 & 5 & 4 \\ 2 & -1 & 4 & 0 \end{array}\right)$$

（第 1 行的 −2 倍加到第 2 行上去，第 1 行的 −1 倍加到第 3 行上去）

$$\to \left(\begin{array}{ccc:c} 2 & -1 & 3 & 1 \\ 0 & 0 & -1 & 2 \\ 0 & 0 & 1 & -1 \end{array}\right)$$

（第 2 行加到第 3 行上去）

$$\to \left(\begin{array}{ccc:c} 2 & -1 & 3 & 1 \\ 0 & 0 & -1 & 2 \\ 0 & 0 & 0 & 1 \end{array}\right)$$

对于全体未知量 x_1, x_2, x_3，其系数行列式 $D=0$，根据 §1.4 克莱姆法则，此线性方程组无唯一解. 注意到所得阶梯形矩阵第 3 行代表第 3 个线性方程式

$$0x_1 + 0x_2 + 0x_3 = 1$$

即有

$$0 = 1$$

得到矛盾的结果，这是线性方程组中一些线性方程式相互矛盾的反映，说明未知量的任何一组取值都不能同时满足所有线性方程式，所以此线性方程组无解.

经过计算容易得到例 2 与例 3 所给线性方程组的系数行列式皆为零，根据 §1.4 克莱姆法则仅能判别其无唯一解，现在进一步得到例 2 有无穷多解，而例 3 无解.

学问思辨

应用克莱姆法则与应用初等行变换方法求解线性方程组有何区别？

§3.2　线性方程组解的判别

在 §3.1 中讨论了线性方程组解的各种情况，那么在什么情况下，线性方程组有解；在什么情况下，线性方程组无解；如果有解，在什么情况下有唯一解，在什么情况下有无穷多解. 这些都需要从理论上给出解答. 下面通过具体的讨论，得到线性方程组解的判别理论.

线性方程组解的判别

例 1　解线性方程组

$$\begin{cases}x_1 - x_2 + x_3 = 1 \\ \qquad x_2 + 3x_3 = 0 \\ 2x_1 \qquad + 7x_3 = 4\end{cases}$$

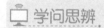

解:对增广矩阵 $\overline{\boldsymbol{A}}$ 作初等行变换,化为阶梯形矩阵,有

$$\overline{\boldsymbol{A}}=\left(\begin{array}{ccc:c}1&-1&1&1\\0&1&3&0\\2&0&7&4\end{array}\right)$$

(第 1 行的 -2 倍加到第 3 行上去)

$$\rightarrow\left(\begin{array}{ccc:c}1&-1&1&1\\0&1&3&0\\0&2&5&2\end{array}\right)$$

(第 2 行的 -2 倍加到第 3 行上去)

$$\rightarrow\left(\begin{array}{ccc:c}1&-1&1&1\\0&1&3&0\\0&0&-1&2\end{array}\right)$$

注意到增广矩阵 $\overline{\boldsymbol{A}}$ 去掉最后一列就是系数矩阵 $\boldsymbol{A}$,此时系数矩阵 $\boldsymbol{A}$ 也经过同样初等行变换化为阶梯形矩阵. 容易看出,增广矩阵 $\overline{\boldsymbol{A}}$ 的秩与系数矩阵 $\boldsymbol{A}$ 的秩都等于 3,即秩

$$\mathrm{r}(\overline{\boldsymbol{A}})=\mathrm{r}(\boldsymbol{A})=3$$

又未知量的个数 n 也为 3,有秩

$$\mathrm{r}(\overline{\boldsymbol{A}})=\mathrm{r}(\boldsymbol{A})=n$$

对于全体未知量 x_1,x_2,x_3,其系数行列式

$$D=\begin{vmatrix}1&-1&1\\0&1&3\\0&0&-1\end{vmatrix}=-1\neq 0$$

根据 §1.4 克莱姆法则,此线性方程组有唯一解.

对所得阶梯形矩阵继续作初等行变换,化为简化阶梯形矩阵,有

$$\overline{\boldsymbol{A}}\rightarrow\left(\begin{array}{ccc:c}1&-1&1&1\\0&1&3&0\\0&0&-1&2\end{array}\right)$$

(第 3 行乘以 -1)

$$\rightarrow\left(\begin{array}{ccc:c}1&-1&1&1\\0&1&3&0\\0&0&1&-2\end{array}\right)$$

(第 3 行的 -1 倍加到第 1 行上去,第 3 行的 -3 倍加到第 2 行上去)

$$\rightarrow\left(\begin{array}{ccc:c}1&-1&0&3\\0&1&0&6\\0&0&1&-2\end{array}\right)$$

(第 2 行加到第 1 行上去)

$$\rightarrow\left(\begin{array}{ccc:c}1&0&0&9\\0&1&0&6\\0&0&1&-2\end{array}\right)$$

所以此线性方程组的唯一解为

$$\begin{cases} x_1 = 9 \\ x_2 = 6 \\ x_3 = -2 \end{cases}$$

例 2 解线性方程组

$$\begin{cases} x_1 + 2x_2 - x_3 = 2 \\ \qquad -x_2 + x_3 = -1 \end{cases}$$

解：写出增广矩阵 $\bar{\boldsymbol{A}}$，它已经是阶梯形矩阵，有

$$\bar{\boldsymbol{A}} = \left(\begin{array}{ccc:c} 1 & 2 & -1 & 2 \\ 0 & -1 & 1 & -1 \end{array}\right)$$

对于未知量 x_1, x_2，其系数行列式

$$\begin{vmatrix} 1 & 2 \\ 0 & -1 \end{vmatrix} = -1 \neq 0$$

容易看出，增广矩阵 $\bar{\boldsymbol{A}}$ 的秩与系数矩阵 $\boldsymbol{A}$ 的秩都等于 2，即秩

$$\mathrm{r}(\bar{\boldsymbol{A}}) = \mathrm{r}(\boldsymbol{A}) = 2$$

但未知量的个数 n 为 3，有秩

$$\mathrm{r}(\bar{\boldsymbol{A}}) = \mathrm{r}(\boldsymbol{A}) < n$$

任给未知量 x_3 的一个值，根据 §1.4 克莱姆法则，得到未知量 x_1, x_2 的唯一解，它们构成此线性方程组的一组解，这说明此线性方程组有无穷多解，且有 $3-2=1$ 个自由未知量.

对所得阶梯形矩阵继续作初等行变换，化为简化阶梯形矩阵，有

$$\bar{\boldsymbol{A}} \to \left(\begin{array}{ccc:c} 1 & 2 & -1 & 2 \\ 0 & -1 & 1 & -1 \end{array}\right)$$

（第 2 行的 2 倍加到第 1 行上去）

$$\to \left(\begin{array}{ccc:c} 1 & 0 & 1 & 0 \\ 0 & -1 & 1 & -1 \end{array}\right)$$

（第 2 行乘以 −1）

$$\to \left(\begin{array}{ccc:c} 1 & 0 & 1 & 0 \\ 0 & 1 & -1 & 1 \end{array}\right)$$

所得简化阶梯形矩阵代表线性方程组

$$\begin{cases} x_1 \qquad + x_3 = 0 \\ \qquad x_2 - x_3 = 1 \end{cases}$$

选择未知量 x_3 为自由未知量，未知量 x_1, x_2 为非自由未知量，非自由未知量 x_1, x_2 用自由未知量 x_3 表示，其表达式为

$$\begin{cases} x_1 = -x_3 \\ x_2 = x_3 + 1 \end{cases}$$

自由未知量 x_3 取任意常数 c，所以此线性方程组无穷多解的一般表达式为

$$\begin{cases} x_1 = -c \\ x_2 = c + 1 \quad (c \text{ 为任意常数}) \\ x_3 = c \end{cases}$$

例 3　解线性方程组

$$\begin{cases} x_1 - 2x_2 + 3x_3 = 1 \\ 3x_1 - x_2 + 5x_3 = 6 \\ 2x_1 + x_2 + 2x_3 = 3 \end{cases}$$

解:对增广矩阵 $\overline{\mathbf{A}}$ 作初等行变换,化为阶梯形矩阵,有

$$\overline{\mathbf{A}} = \left(\begin{array}{ccc:c} 1 & -2 & 3 & 1 \\ 3 & -1 & 5 & 6 \\ 2 & 1 & 2 & 3 \end{array}\right)$$

(第 1 行的 -3 倍加到第 2 行上去,第 1 行的 -2 倍加到第 3 行上去)

$$\rightarrow \left(\begin{array}{ccc:c} 1 & -2 & 3 & 1 \\ 0 & 5 & -4 & 3 \\ 0 & 5 & -4 & 1 \end{array}\right)$$

(第 2 行的 -1 倍加到第 3 行上去)

$$\rightarrow \left(\begin{array}{ccc:c} 1 & -2 & 3 & 1 \\ 0 & 5 & -4 & 3 \\ 0 & 0 & 0 & -2 \end{array}\right)$$

容易看出,增广矩阵 $\overline{\mathbf{A}}$ 的秩 $\mathrm{r}(\overline{\mathbf{A}}) = 3$,而系数矩阵 $\mathbf{A}$ 的秩 $\mathrm{r}(\mathbf{A}) = 2$,有秩

$$\mathrm{r}(\overline{\mathbf{A}}) \neq \mathrm{r}(\mathbf{A})$$

所得阶梯形矩阵第 3 行代表第 3 个线性方程式

$$0 = -2$$

得到矛盾的结果,这是线性方程组中一些线性方程式相互矛盾的反映,说明未知量的任何一组取值都不能同时满足所有线性方程式,所以此线性方程组无解.

上面的讨论可以推广到一般情况,得到线性方程组解的判别理论.

定理 3.1　已知 n 元线性方程组 $\mathbf{AX} = \mathbf{B}$,增广矩阵为 $\overline{\mathbf{A}}$,那么:

(1) 如果秩 $\mathrm{r}(\overline{\mathbf{A}}) = \mathrm{r}(\mathbf{A}) = n$,则此线性方程组有唯一解;

(2) 如果秩 $\mathrm{r}(\overline{\mathbf{A}}) = \mathrm{r}(\mathbf{A}) < n$,则此线性方程组有无穷多解,且有 $n - \mathrm{r}(\mathbf{A})$ 个自由未知量;

(3) 如果秩 $\mathrm{r}(\overline{\mathbf{A}}) \neq \mathrm{r}(\mathbf{A})$,则此线性方程组无解.

例 4　已知线性方程组

$$\begin{cases} x_1 - x_2 + x_3 - x_4 = 0 \\ x_1 \qquad + x_3 - x_4 = 1 \\ x_1 + x_2 + x_3 - x_4 = 2 \end{cases}$$

(1) 求增广矩阵 $\overline{\mathbf{A}}$ 的秩 $\mathrm{r}(\overline{\mathbf{A}})$ 与系数矩阵 $\mathbf{A}$ 的秩 $\mathrm{r}(\mathbf{A})$;

(2) 判别线性方程组解的情况,若有解,则求解.

解:(1) 对增广矩阵 $\overline{\mathbf{A}}$ 作初等行变换,化为阶梯形矩阵,有

$$\overline{\mathbf{A}} = \left(\begin{array}{cccc:c} 1 & -1 & 1 & -1 & 0 \\ 1 & 0 & 1 & -1 & 1 \\ 1 & 1 & 1 & -1 & 2 \end{array}\right)$$

(第 1 行的 -1 倍分别加到第 2 行与第 3 行上去)

$$\rightarrow\left(\begin{array}{cccc:c}1 & -1 & 1 & -1 & 0\\0 & 1 & 0 & 0 & 1\\0 & 2 & 0 & 0 & 2\end{array}\right)$$

(第 2 行的 -2 倍加到第 3 行上去)

$$\rightarrow\left(\begin{array}{cccc:c}1 & -1 & 1 & -1 & 0\\0 & 1 & 0 & 0 & 1\\0 & 0 & 0 & 0 & 0\end{array}\right)$$

所以秩 $\mathrm{r}(\overline{\boldsymbol{A}})=2$,秩 $\mathrm{r}(\boldsymbol{A})=2$.

(2) 由于秩 $\mathrm{r}(\overline{\boldsymbol{A}})=\mathrm{r}(\boldsymbol{A})=2<n=4$,所以此线性方程组有无穷多解.对所得阶梯形矩阵继续作初等行变换,化为简化阶梯形矩阵,有

$$\overline{A}\rightarrow\left(\begin{array}{cccc:c}1 & -1 & 1 & -1 & 0\\0 & 1 & 0 & 0 & 1\\0 & 0 & 0 & 0 & 0\end{array}\right)$$

(第 2 行加到第 1 行上去)

$$\rightarrow\left(\begin{array}{cccc:c}1 & 0 & 1 & -1 & 1\\0 & 1 & 0 & 0 & 1\\0 & 0 & 0 & 0 & 0\end{array}\right)$$

得到线性方程组

$$\begin{cases}x_1 \qquad +x_3-x_4=1\\ \quad x_2 \qquad\qquad =1\end{cases}$$

选择未知量 x_3,x_4 为自由未知量,未知量 x_1,x_2 为非自由未知量,非自由未知量 x_1,x_2 用自由未知量 x_3,x_4 表示,其表达式为

$$\begin{cases}x_1=-x_3+x_4+1\\x_2=1\end{cases}$$

自由未知量 x_3 取任意常数 c_1,自由未知量 x_4 取任意常数 c_2,所以此线性方程组无穷多解的一般表达式为

$$\begin{cases}x_1=-c_1+c_2+1\\x_2=1\\x_3=c_1\\x_4=c_2\end{cases}\qquad(c_1,c_2\text{ 为任意常数})$$

注意:对于线性方程组有无穷多解的情况,由于自由未知量的选择不是唯一的,因而无穷多解的一般表达式也不是唯一的.在例 4 中,也可以选择未知量 x_1,x_4 为自由未知量,相应的无穷多解的一般表达式为

$$\begin{cases}x_1=c_1\\x_2=1\\x_3=-c_1+c_2+1\\x_4=c_2\end{cases}\qquad(c_1,c_2\text{ 为任意常数})$$

例 5 已知线性方程组

$$\begin{cases} x_1+x_2-4x_3=5 \\ x_2+2x_3=6 \\ \lambda(\lambda-1)x_3=\lambda^2 \end{cases}$$

讨论当常数λ为何值时,它有唯一解、有无穷多解或无解.

解:写出增广矩阵

$$\overline{\boldsymbol{A}}=\left(\begin{array}{ccc:c} 1 & 1 & -4 & 5 \\ 0 & 1 & 2 & 6 \\ 0 & 0 & \lambda(\lambda-1) & \lambda^2 \end{array}\right)$$

容易看出,无论常数λ取什么数值,增广矩阵$\overline{\boldsymbol{A}}$总是阶梯形矩阵.当然,系数矩阵$\boldsymbol{A}$也总是阶梯形矩阵.

当常数$\lambda\neq 0$且常数$\lambda\neq 1$时,有秩

$$\mathrm{r}(\overline{\boldsymbol{A}})=\mathrm{r}(\boldsymbol{A})=n=3$$

所以此线性方程组有唯一解;

当常数$\lambda=0$时,有秩

$$\mathrm{r}(\overline{\boldsymbol{A}})=\mathrm{r}(\boldsymbol{A})=2<n=3$$

所以此线性方程组有无穷多解;

当常数$\lambda=1$时,有秩

$$\mathrm{r}(\overline{\boldsymbol{A}})=3\neq\mathrm{r}(\boldsymbol{A})=2$$

所以此线性方程组无解.

例 6 已知线性方程组

$$\begin{cases} x_1-x_2=1 \\ 3x_2+x_3=3 \\ x_1+2x_2+x_3=\lambda \end{cases}$$

有解,求常数λ的值.

解:对增广矩阵$\overline{\boldsymbol{A}}$作初等行变换,化为阶梯形矩阵,有

$$\overline{\boldsymbol{A}}=\left(\begin{array}{ccc:c} 1 & -1 & 0 & 1 \\ 0 & 3 & 1 & 3 \\ 1 & 2 & 1 & \lambda \end{array}\right)$$

(第 1 行的-1倍加到第 3 行上去)

$$\rightarrow\left(\begin{array}{ccc:c} 1 & -1 & 0 & 1 \\ 0 & 3 & 1 & 3 \\ 0 & 3 & 1 & \lambda-1 \end{array}\right)$$

(第 2 行的-1倍加到第 3 行上去)

$$\rightarrow\left(\begin{array}{ccc:c} 1 & -1 & 0 & 1 \\ 0 & 3 & 1 & 3 \\ 0 & 0 & 0 & \lambda-4 \end{array}\right)$$

容易看出，系数矩阵 $\boldsymbol{A}$ 的秩 $r(\boldsymbol{A})=2$. 由于此线性方程组有解，因而秩 $r(\overline{\boldsymbol{A}})=r(\boldsymbol{A})$，于是秩 $r(\overline{\boldsymbol{A}})=2$，这意味着增广矩阵 $\overline{\boldsymbol{A}}$ 经初等行变换化为阶梯形矩阵后，非零行应为 2 行，从而第 3 行应为零行，得到关系式 $\lambda-4=0$，所以常数

$$\lambda=4$$

考虑由 n 个线性方程式构成的 n 元线性方程组 $\boldsymbol{AX}=\boldsymbol{B}$，其中系数矩阵 $\boldsymbol{A}$ 显然是 n 阶方阵. 注意到方阵经初等行变换后，其行列式是否等于零是不会改变的，如果系数行列式不等于零，则系数矩阵 $\boldsymbol{A}$ 经初等行变换化为阶梯形矩阵后，其行列式的值虽然有可能改变，但仍不等于零，这意味着没有零行，即 n 行都是非零行，从而系数矩阵 $\boldsymbol{A}$ 的秩 $r(\boldsymbol{A})$ 为 n，当然增广矩阵 $\overline{\boldsymbol{A}}$ 的秩 $r(\overline{\boldsymbol{A}})$ 也为 n，即秩

$$r(\overline{\boldsymbol{A}})=r(\boldsymbol{A})=n$$

所以此线性方程组有唯一解，这与 §1.4 克莱姆法则的结论是一致的.

§3.3 齐次线性方程组

齐次线性方程组

在 §1.4 中讨论了由 n 个齐次线性方程式构成的 n 元齐次线性方程组存在非零解的问题，下面考虑由 m 个齐次线性方程式构成的 n 元齐次线性方程组

$$\begin{cases} a_{11}x_1+a_{12}x_2+\cdots+a_{1n}x_n=0 \\ a_{21}x_1+a_{22}x_2+\cdots+a_{2n}x_n=0 \\ \qquad\cdots\qquad\qquad\cdots \\ a_{m1}x_1+a_{m2}x_2+\cdots+a_{mn}x_n=0 \end{cases}$$

它可以表示为矩阵形式

$$\boldsymbol{AX}=\boldsymbol{O}$$

其中矩阵 $\boldsymbol{A}$ 为系数矩阵，即矩阵

$$\boldsymbol{A}=\begin{pmatrix} a_{11} & a_{12} & \cdots & a_{1n} \\ a_{21} & a_{22} & \cdots & a_{2n} \\ \vdots & \vdots & & \vdots \\ a_{m1} & a_{m2} & \cdots & a_{mn} \end{pmatrix}$$

矩阵 $\boldsymbol{X}$ 为未知量矩阵，零矩阵 $\boldsymbol{O}$ 为常数项矩阵，即矩阵

$$\boldsymbol{X}=\begin{pmatrix} x_1 \\ x_2 \\ \vdots \\ x_n \end{pmatrix} \text{与 } \boldsymbol{O}=\begin{pmatrix} 0 \\ 0 \\ \vdots \\ 0 \end{pmatrix}$$

当然，增广矩阵

$$\overline{\boldsymbol{A}}=\left(\begin{array}{cccc:c} a_{11} & a_{12} & \cdots & a_{1n} & 0 \\ a_{21} & a_{22} & \cdots & a_{2n} & 0 \\ \vdots & \vdots & & \vdots & \vdots \\ a_{m1} & a_{m2} & \cdots & a_{mn} & 0 \end{array}\right)$$

由于增广矩阵 $\overline{\boldsymbol{A}}$ 的最后一列元素全为零，显然恒有秩

$$r(\overline{\boldsymbol{A}}) = r(\boldsymbol{A})$$

根据 §3.2 定理 3.1，齐次线性方程组恒有解，即至少有零解：如果秩 $r(\boldsymbol{A}) < n$，则有无穷多解，意味着除有零解外，还有非零解；如果秩 $r(\boldsymbol{A}) = n$，则有唯一解，意味着仅有零解，说明无非零解. 显然，如果有非零解，则秩 $r(\boldsymbol{A}) < n$. 根据上述讨论得到下面的定理，作为 §1.4 定理 1.3 的推广.

定理 3.2 已知由 m 个齐次线性方程式构成的 n 元齐次线性方程组 $\boldsymbol{AX} = \boldsymbol{O}$，那么：

(1) 如果秩 $r(\boldsymbol{A}) < n$，则此齐次线性方程组有非零解；

(2) 如果此齐次线性方程组有非零解，则秩 $r(\boldsymbol{A}) < n$.

推论 当齐次线性方程式的个数少于未知量的个数即 $m < n$ 时，齐次线性方程组有非零解.

考虑由 n 个齐次线性方程式构成的 n 元齐次线性方程组 $\boldsymbol{AX} = \boldsymbol{O}$，其中系数矩阵 $\boldsymbol{A}$ 显然是 n 阶方阵，如果系数行列式等于零，则系数矩阵 $\boldsymbol{A}$ 经初等行变换化为阶梯形矩阵后，其行列式的值仍然等于零，这意味着有零行，从而系数矩阵 $\boldsymbol{A}$ 的秩

$$r(\boldsymbol{A}) < n$$

所以此齐次线性方程组有非零解，这与 §1.4 定理 1.3 的结论是一致的.

如何解齐次线性方程组？仍然是对增广矩阵作若干次初等行变换，化为阶梯形矩阵，这时判别有无非零解，若有非零解，再对增广矩阵继续作若干次初等行变换，化为简化阶梯形矩阵，还原为线性方程组后，从而得到齐次线性方程组的解.

例 1 已知齐次线性方程组

$$\begin{cases} -2x + y + z = 0 \\ x - 2y + z = 0 \\ x + y - 2z = 0 \end{cases}$$

(1) 判别有无非零解；

(2) 若有非零解，则求解的一般表达式.

解：(1) 对增广矩阵 $\overline{\boldsymbol{A}}$ 作初等行变换，化为阶梯形矩阵，有

$$\overline{\boldsymbol{A}} = \left(\begin{array}{ccc:c} -2 & 1 & 1 & 0 \\ 1 & -2 & 1 & 0 \\ 1 & 1 & -2 & 0 \end{array}\right)$$

（交换第 1 行与第 3 行）

$$\rightarrow \left(\begin{array}{ccc:c} 1 & 1 & -2 & 0 \\ 1 & -2 & 1 & 0 \\ -2 & 1 & 1 & 0 \end{array}\right)$$

（第 1 行与第 2 行皆加到第 3 行上去，第 1 行的 -1 倍加到第 2 行上去）

$$\rightarrow \left(\begin{array}{ccc:c} 1 & 1 & -2 & 0 \\ 0 & -3 & 3 & 0 \\ 0 & 0 & 0 & 0 \end{array}\right)$$

容易看出，系数矩阵 $\boldsymbol{A}$ 的秩 $r(\boldsymbol{A}) = 2$，而未知量的个数 $n = 3$，有秩

$$r(\boldsymbol{A}) = 2 < n = 3$$

所以此齐次线性方程组有非零解.

(2) 对所得阶梯形矩阵继续作初等行变换,化为简化阶梯形矩阵,有

$$\bar{\boldsymbol{A}} \to \left(\begin{array}{ccc:c} 1 & 1 & -2 & 0 \\ 0 & -3 & 3 & 0 \\ 0 & 0 & 0 & 0 \end{array}\right)$$

$\left(第2行乘以-\dfrac{1}{3}\right)$

$$\to \left(\begin{array}{ccc:c} 1 & 1 & -2 & 0 \\ 0 & 1 & -1 & 0 \\ 0 & 0 & 0 & 0 \end{array}\right)$$

(第2行的-1倍加到第1行上去)

$$\to \left(\begin{array}{ccc:c} 1 & 0 & -1 & 0 \\ 0 & 1 & -1 & 0 \\ 0 & 0 & 0 & 0 \end{array}\right)$$

得到线性方程组

$$\begin{cases} x \quad -z = 0 \\ \quad y - z = 0 \end{cases}$$

选择未知量 z 为自由未知量,未知量 x,y 为非自由未知量,非自由未知量 x,y 用自由未知量 z 表示,其表达式为

$$\begin{cases} x = z \\ y = z \end{cases}$$

自由未知量 z 取任意常数 c,所以此齐次线性方程组无穷多解的一般表达式为

$$\begin{cases} x = c \\ y = c \quad (c\text{ 为任意常数}) \\ z = c \end{cases}$$

通过计算容易得到此齐次线性方程组的系数行列式为零,根据 §1.4 定理 1.3 仅能判别其有非零解,却无法得到解的一般表达式,而现在根据定理 3.2 不仅能判别其有非零解,还能求得解的一般表达式.

例 2　已知齐次线性方程组

$$\begin{cases} x_1 + 2x_2 + x_3 + x_4 = 0 \\ 3x_1 + 6x_2 + 2x_3 - x_4 = 0 \\ -x_1 - 2x_2 + x_3 + 7x_4 = 0 \end{cases}$$

(1) 判别有无非零解;

(2) 若有非零解,则求解的一般表达式.

解:(1) 由于齐次线性方程式的个数 m 少于未知量的个数 n,即

$$m = 3 < n = 4$$

所以此齐次线性方程组有非零解.

(2) 对增广矩阵 $\bar{\boldsymbol{A}}$ 作初等行变换,直至化为简化阶梯形矩阵,有

$$\bar{\boldsymbol{A}}=\left(\begin{array}{cccc:c}1&2&1&1&0\\3&6&2&-1&0\\-1&-2&1&7&0\end{array}\right)$$

（第 1 行的 -3 倍加到第 2 行上去，第 1 行加到第 3 行上去）

$$\rightarrow\left(\begin{array}{cccc:c}1&2&1&1&0\\0&0&-1&-4&0\\0&0&2&8&0\end{array}\right)$$

（第 2 行的 2 倍加到第 3 行上去）

$$\rightarrow\left(\begin{array}{cccc:c}1&2&1&1&0\\0&0&-1&-4&0\\0&0&0&0&0\end{array}\right)$$

（第 2 行乘以 -1）

$$\rightarrow\left(\begin{array}{cccc:c}1&2&1&1&0\\0&0&1&4&0\\0&0&0&0&0\end{array}\right)$$

（第 2 行的 -1 倍加到第 1 行上去）

$$\rightarrow\left(\begin{array}{cccc:c}1&2&0&-3&0\\0&0&1&4&0\\0&0&0&0&0\end{array}\right)$$

得到线性方程组

$$\begin{cases}x_1+2x_2\qquad -3x_4=0\\ \qquad\qquad x_3+4x_4=0\end{cases}$$

选择 x_2,x_4 为自由未知量，x_1,x_3 为非自由未知量，非自由未知量 x_1,x_3 用自由未知量 x_2,x_4 表示，其表达式为

$$\begin{cases}x_1=-2x_2+3x_4\\x_3=-4x_4\end{cases}$$

自由未知量 x_2 取任意常数 c_1，自由未知量 x_4 取任意常数 c_2，所以此齐次线性方程组无穷多解的一般表达式为

$$\begin{cases}x_1=-2c_1+3c_2\\x_2=c_1\\x_3=-4c_2\\x_4=c_2\end{cases}\qquad (c_1,c_2\text{ 为任意常数})$$

案例解决　经济学中的投入产出模型

解齐次线性方程组 $\begin{cases}x_1-0.4x_2-0.6x_3=0\\-0.6x_1+0.9x_2-0.2x_3=0\\-0.4x_1-0.5x_2+0.8x_3=0\end{cases}$

解：对增广矩阵 $\bar{A}$ 作初等行变换，化为阶梯形矩阵，为简明起见，数值舍入到小数点后两位，有

$$\overline{A}=\begin{pmatrix}1 & -0.4 & -0.6 & 0\\ -0.6 & 0.9 & -0.2 & 0\\ -0.4 & -0.5 & 0.8 & 0\end{pmatrix}\to\begin{pmatrix}1 & -0.4 & -0.6 & 0\\ 0 & 0.66 & -0.56 & 0\\ 0 & -0.66 & 0.56 & 0\end{pmatrix}$$

$$\to\begin{pmatrix}1 & -0.4 & -0.6 & 0\\ 0 & 0.66 & -0.56 & 0\\ 0 & 0 & 0 & 0\end{pmatrix}\to\begin{pmatrix}1 & -0.4 & -0.6 & 0\\ 0 & 1 & -0.85 & 0\\ 0 & 0 & 0 & 0\end{pmatrix}$$

$$\to\begin{pmatrix}1 & 0 & -0.94 & 0\\ 0 & 1 & -0.85 & 0\\ 0 & 0 & 0 & 0\end{pmatrix}.$$

则方程组通解为 $x_1=0.94x_3, x_2=0.85x_3$，其中 x_3 是自由变量，我们可以根据 x_3 的任意一个（非负的）取值算出这个经济问题的平衡价格的一种取值.

§3.4 投入产出问题

作为线性方程组的应用，下面讨论投入产出问题.

考虑一个经济系统，它由 n 个部门组成，这 n 个部门之间在产品的生产与分配上有着复杂的经济与技术联系，这种联系可以按实物表现，也可以按价值表现. 下面的讨论采用价值表现，即所有数值都按价值单位计量. 在复杂的联系中，每一个部门都有双重身份，一方面作为生产者将自己的产品分配给各部门，并提供最终产品，它们之和即为此部门的总产出；另一方面作为消费者消耗各部门的产品，即接收各部门的投入，同时创造价值，它们之和即为对此部门的总投入. 当然，一个部门的总产出应该等于对它的总投入.

首先考察各部门作为生产者的情况：

第 1 部门分配给第 1 部门的产品为 x_{11}，分配给第 2 部门的产品为 x_{12}，…，分配给第 n 部门的产品为 x_{1n}，最终产品为 y_1，总产出为 x_1；

第 2 部门分配给第 1 部门的产品为 x_{21}，分配给第 2 部门的产品为 x_{22}，…，分配给第 n 部门的产品为 x_{2n}，最终产品为 y_2，总产出为 x_2；

……

第 n 部门分配给第 1 部门的产品为 x_{n1}，分配给第 2 部门的产品为 x_{n2}，…，分配给第 n 部门的产品为 x_{nn}，最终产品为 y_n，总产出为 x_n.

其次考察各部门作为消费者的情况：

第 1 部门消耗第 1 部门的产品为 x_{11}，消耗第 2 部门的产品为 x_{21}，…，消耗第 n 部门的产品为 x_{n1}，创造价值为 z_1，得到的总投入为它的总产出 x_1；

第 2 部门消耗第 1 部门的产品为 x_{12}，消耗第 2 部门的产品为 x_{22}，…，消耗第 n 部门的产品为 x_{n2}，创造价值为 z_2，得到的总投入为它的总产出 x_2；

……

第 n 部门消耗第 1 部门的产品为 x_{1n}，消耗第 2 部门的产品为 x_{2n}，…，消耗第 n 部门的产品为 x_{nn}，创造价值为 z_n，得到的总投入为它的总产出 x_n.

在上面的讨论中，第 i 部门分配给第 j 部门的产品 x_{ij}，当然也就是第 j 部门消耗第 i 部门的产品 $(i=1,2,\cdots,n;j=1,2,\cdots,n)$，这是容易理解的.

将上面的数据列成一张表，这张表称为投入产出平衡表，如表 3-2：

表 3-2

投入		产出					
		消费部门				终产品	总产出
		1	2	…	n		
生产部门	1	x_{11}	x_{12}	…	x_{1n}	y_1	x_1
	2	x_{21}	x_{22}	…	x_{2n}	y_2	x_2
	⋮	⋮	⋮		⋮	⋮	⋮
	n	x_{n1}	x_{n2}	…	x_{nn}	y_n	x_n
创造价值		z_1	z_2	…	z_n		
总投入		x_1	x_2	…	x_n		

在表 3-2 的前 n 行中，每一行都反映出该部门作为生产者将自己的产品分配给各部门，这些产品加上该部门的最终产品应该等于它的总产出，即

$$\begin{cases} x_1 = x_{11} + x_{12} + \cdots + x_{1n} + y_1 \\ x_2 = x_{21} + x_{22} + \cdots + x_{2n} + y_2 \\ \qquad \cdots \qquad \cdots \\ x_n = x_{n1} + x_{n2} + \cdots + x_{nn} + y_n \end{cases}$$

这个方程组称为产品分配平衡方程组.

在表 3-2 的前 n 列中，每一列都反映出该部门作为消费者消耗各部门的产品，即接收各部门对它的投入，这些投入加上该部门的创造价值就是对它的总投入，应该等于它的总产出，即

$$\begin{cases} x_1 = x_{11} + x_{21} + \cdots + x_{n1} + z_1 \\ x_2 = x_{12} + x_{22} + \cdots + x_{n2} + z_2 \\ \qquad \cdots \qquad \cdots \\ x_n = x_{1n} + x_{2n} + \cdots + x_{nn} + z_n \end{cases}$$

这个方程组称为产品消耗平衡方程组.

比较两个方程组，容易看出：在一般情况下，一个部门的最终产品并不恒等于它的创造价值，即等式 $y_i = z_i(i=1,2,\cdots,n)$ 非恒成立. 但是，所有部门的最终产品之和一定等于它们的创造价值之和，即

$$y_1 + y_2 + \cdots + y_n = z_1 + z_2 + \cdots + z_n$$

为了揭示部门间流量与总投入的内在联系，还要考虑一个部门消耗各部门的产品在对该部门的总投入中占有多大比重，于是引进下面的概念.

定义 3.3 第 j 部门消耗第 i 部门的产品 x_{ij} 在对第 j 部门的总投入 x_j 中占有的比重，称为第 j 部门对第 i 部门的直接消耗系数，记作

$$a_{ij} = \frac{x_{ij}}{x_j} \quad (i=1,2,\cdots,n;j=1,2,\cdots,n)$$

在表 3-2 中，每个部门间流量除以所在列的总投入，就得到部门间的直接消耗系数，共有 n^2 个，它们构成一个 n 阶方阵，称为直接消耗系数矩阵，记作 $\mathbf{A}=(a_{ij})_{n\times n}$，即

$$\mathbf{A}=\begin{pmatrix} a_{11} & a_{12} & \cdots & a_{1n} \\ a_{21} & a_{22} & \cdots & a_{2n} \\ \vdots & \vdots & & \vdots \\ a_{n1} & a_{n2} & \cdots & a_{nn} \end{pmatrix}=\begin{pmatrix} \dfrac{x_{11}}{x_1} & \dfrac{x_{12}}{x_2} & \cdots & \dfrac{x_{1n}}{x_n} \\ \dfrac{x_{21}}{x_1} & \dfrac{x_{22}}{x_2} & \cdots & \dfrac{x_{2n}}{x_n} \\ \vdots & \vdots & & \vdots \\ \dfrac{x_{n1}}{x_1} & \dfrac{x_{n2}}{x_2} & \cdots & \dfrac{x_{nn}}{x_n} \end{pmatrix}$$

直接消耗系数具有下列性质：

性质 1 $0\leqslant a_{ij}<1 \quad (i=1,2,\cdots,n;j=1,2,\cdots,n)$

性质 2 $a_{1j}+a_{2j}+\cdots+a_{nj}<1 \quad (j=1,2,\cdots,n)$

例 1 已知一个经济系统包括三个部门，报告期的投入产出平衡表如表 3-3：

表 3-3

投入		产出				
		消费部门			终产品	总产出
		1	2	3		
生产部门	1	30	40	15	215	300
	2	30	20	30	120	200
	3	30	20	30	70	150
创造价值		210	120	75		
总投入		300	200	150		

求报告期的直接消耗系数矩阵 **A**.

解：根据直接消耗系数的定义，得到报告期的直接消耗系数矩阵

$$\mathbf{A}=\begin{pmatrix} \dfrac{30}{300} & \dfrac{40}{200} & \dfrac{15}{150} \\ \dfrac{30}{300} & \dfrac{20}{200} & \dfrac{30}{150} \\ \dfrac{30}{300} & \dfrac{20}{200} & \dfrac{30}{150} \end{pmatrix}=\begin{pmatrix} 0.1 & 0.2 & 0.1 \\ 0.1 & 0.1 & 0.2 \\ 0.1 & 0.1 & 0.2 \end{pmatrix}$$

直接消耗系数基本上是技术性的，因而是相对稳定的，在短期内变化很小. 根据直接消耗系数的定义，有

$$x_{ij}=a_{ij}x_j \quad (i=1,2,\cdots,n;j=1,2,\cdots,n)$$

代入到产品分配平衡方程组，得到

$$\begin{cases} x_1=a_{11}x_1+a_{12}x_2+\cdots+a_{1n}x_n+y_1 \\ x_2=a_{21}x_1+a_{22}x_2+\cdots+a_{2n}x_n+y_2 \\ \qquad\cdots\qquad\qquad\cdots \\ x_n=a_{n1}x_1+a_{n2}x_2+\cdots+a_{nn}x_n+y_n \end{cases}$$

它可以表示为矩阵形式

$$X = AX + Y$$

即有

$$(I - A)X = Y$$

其中矩阵 A 为直接消耗系数矩阵,即矩阵

$$A = \begin{pmatrix} a_{11} & a_{12} & \cdots & a_{1n} \\ a_{21} & a_{22} & \cdots & a_{2n} \\ \vdots & \vdots & & \vdots \\ a_{n1} & a_{n2} & \cdots & a_{nn} \end{pmatrix}$$

矩阵 X 为总产出矩阵,矩阵 Y 为最终产品矩阵,即矩阵

$$X = \begin{pmatrix} x_1 \\ x_2 \\ \vdots \\ x_n \end{pmatrix} \text{与} Y = \begin{pmatrix} y_1 \\ y_2 \\ \vdots \\ y_n \end{pmatrix}$$

应用投入产出方法所要解决的一个重要问题是:已知经济系统在报告期内的直接消耗系数矩阵 A,各部门在计划期内的最终产品 Y,预测各部门在计划期内的总产出 X. 由于直接消耗系数在短期内变化很小,因而可以认为计划期内的直接消耗系数矩阵与报告期内的直接消耗系数矩阵是一样的. 所以这个问题就化为解计划期内产品分配平衡的线性方程组

$$(I - A)X = Y$$

根据直接消耗系数的性质,经过比较复杂的推导,可以得到下面的定理.

定理 3.3 产品分配平衡的线性方程组

$$(I - A)X = Y$$

有唯一解且为非负解.

当然,解这个线性方程组的方法仍然是:对增广矩阵作初等行变换,直至化为简化阶梯形矩阵.

例 2 已知一个经济系统包括三个部门,在报告期内的直接消耗系数矩阵

$$A = \begin{pmatrix} 0.2 & 0.1 & 0.2 \\ 0.1 & 0.2 & 0.2 \\ 0.1 & 0.1 & 0.1 \end{pmatrix}$$

若各部门在计划期内的最终产品为 $y_1 = 75, y_2 = 120, y_3 = 225$,预测各部门在计划期内的总产出 x_1, x_2, x_3.

解:写出总产出矩阵 X 与最终产品矩阵 Y,有

$$X = \begin{pmatrix} x_1 \\ x_2 \\ x_3 \end{pmatrix} \text{与} Y = \begin{pmatrix} 75 \\ 120 \\ 225 \end{pmatrix}$$

容易得到矩阵

$$I - A = \begin{pmatrix} 1 & 0 & 0 \\ 0 & 1 & 0 \\ 0 & 0 & 1 \end{pmatrix} - \begin{pmatrix} 0.2 & 0.1 & 0.2 \\ 0.1 & 0.2 & 0.2 \\ 0.1 & 0.1 & 0.1 \end{pmatrix} = \begin{pmatrix} 0.8 & -0.1 & -0.2 \\ -0.1 & 0.8 & -0.2 \\ -0.1 & -0.1 & 0.9 \end{pmatrix}$$

解线性方程组

$$(\boldsymbol{I}-\boldsymbol{A})\boldsymbol{X}=\boldsymbol{Y}$$

对增广矩阵作初等行变换，直至化为简化阶梯形矩阵，有

$$\left[\begin{array}{ccc:c} 0.8 & -0.1 & -0.2 & 75 \\ -0.1 & 0.8 & -0.2 & 120 \\ -0.1 & -0.1 & 0.9 & 225 \end{array}\right]$$

（第1行至第3行各行分别乘以－10）

$$\to\left[\begin{array}{ccc:c} -8 & 1 & 2 & -750 \\ 1 & -8 & 2 & -1\,200 \\ 1 & 1 & -9 & -2\,250 \end{array}\right]$$

（交换第1行与第3行）

$$\to\left[\begin{array}{ccc:c} 1 & 1 & -9 & -2\,250 \\ 1 & -8 & 2 & -1\,200 \\ -8 & 1 & 2 & -750 \end{array}\right]$$

（第1行的－1倍加到第2行上去，第1行的8倍加到第3行上去）

$$\to\left[\begin{array}{ccc:c} 1 & 1 & -9 & -2\,250 \\ 0 & -9 & 11 & 1\,050 \\ 0 & 9 & -70 & -18\,750 \end{array}\right]$$

（第2行加到第3行上去）

$$\to\left[\begin{array}{ccc:c} 1 & 1 & -9 & -2\,250 \\ 0 & -9 & 11 & 1\,050 \\ 0 & 0 & -59 & -17\,700 \end{array}\right]$$

$\left(\text{第3行乘以}-\dfrac{1}{59}\right)$

$$\to\left[\begin{array}{ccc:c} 1 & 1 & -9 & -2\,250 \\ 0 & -9 & 11 & 1\,050 \\ 0 & 0 & 1 & 300 \end{array}\right]$$

（第3行的9倍加到第1行上去，第3行的－11倍加到第2行上去）

$$\to\left[\begin{array}{ccc:c} 1 & 1 & 0 & 450 \\ 0 & -9 & 0 & -2\,250 \\ 0 & 0 & 1 & 300 \end{array}\right]$$

$\left(\text{第2行乘以}-\dfrac{1}{9}\right)$

$$\to\left[\begin{array}{ccc:c} 1 & 1 & 0 & 450 \\ 0 & 1 & 0 & 250 \\ 0 & 0 & 1 & 300 \end{array}\right]$$

（第2行的－1倍加到第1行上去）

$$\to\left[\begin{array}{ccc:c} 1 & 0 & 0 & 200 \\ 0 & 1 & 0 & 250 \\ 0 & 0 & 1 & 300 \end{array}\right]$$

所以此线性方程组的解为

$$\begin{cases} x_1 = 200 \\ x_2 = 250 \\ x_3 = 300 \end{cases}$$

即各部门在计划期内总产出的预测值为 $x_1 = 200, x_2 = 250, x_3 = 300$. 这个结果说明：若各部门在计划期内向市场提供的商品量为 $y_1 = 75, y_2 = 120, y_3 = 225$，则应向它们下达生产计划指标 $x_1 = 200, x_2 = 250, x_3 = 300$.

投入产出方法在经济领域内有着广泛的应用.

习题三

3.01 已知线性方程组

$$\begin{cases} x_1 + x_2 + 2x_3 = 1 \\ 2x_1 - x_2 + 2x_3 = 4 \\ 4x_1 + x_2 + 4x_3 = 2 \end{cases}$$

(1) 求增广矩阵 $\overline{A}$ 的秩 $r(\overline{A})$ 与系数矩阵 A 的秩 $r(A)$；

(2) 判别此线性方程组解的情况，若有解，则求解.

3.02 已知线性方程组

$$\begin{cases} x_1 + x_2 + 2x_3 + 3x_4 = 1 \\ x_1 + 2x_2 + 3x_3 - x_4 = -4 \\ 3x_1 - x_2 - x_3 - 2x_4 = -4 \\ 2x_1 + 3x_2 - x_3 - x_4 = -6 \end{cases}$$

(1) 求增广矩阵 $\overline{\mathbf{A}}$ 的秩 $r(\overline{\mathbf{A}})$ 与系数矩阵 $\mathbf{A}$ 的秩 $r(\mathbf{A})$；

(2) 判别此线性方程组解的情况，若有解，则求解.

3.03 已知线性方程组

$$\begin{cases} x_1 + x_3 = 5 \\ 3x_1 + 2x_2 + 7x_3 = 9 \end{cases}$$

(1) 求增广矩阵 $\overline{\mathbf{A}}$ 的秩 $r(\overline{\mathbf{A}})$ 与系数矩阵 $\mathbf{A}$ 的秩 $r(\mathbf{A})$；

(2) 判别此线性方程组解的情况，若有解，则求解.

3.04 已知线性方程组

$$\begin{cases} x_1 - 2x_2 + 3x_3 - 4x_4 = 4 \\ x_2 - x_3 + x_4 = -3 \\ x_1 + 3x_2 - 3x_4 = 1 \\ -7x_2 + 3x_3 + x_4 = -3 \end{cases}$$

(1) 求增广矩阵 $\overline{\mathbf{A}}$ 的秩 $r(\overline{\mathbf{A}})$ 与系数矩阵 $\mathbf{A}$ 的秩 $r(\mathbf{A})$；

(2) 判别此线性方程组解的情况，若有解，则求解.

3.05　已知线性方程组

$$\begin{cases} x_1+x_2+x_3+x_4=3 \\ x_1+x_2+2x_3+x_4=3 \\ -x_1+2x_2+5x_3-x_4=0 \end{cases}$$

(1) 求增广矩阵 $\bar{\boldsymbol{A}}$ 的秩 $\mathrm{r}(\bar{\boldsymbol{A}})$ 与系数矩阵 $\boldsymbol{A}$ 的秩 $\mathrm{r}(\boldsymbol{A})$；

(2) 判别此线性方程组解的情况，若有解，则求解.

3.06　已知线性方程组

$$\begin{cases} x_1+x_2+x_3+x_4=7 \\ 3x_1+2x_2+x_3+x_4=-2 \\ 5x_1+4x_2+3x_3+3x_4=12 \\ x_2+2x_3+2x_4=23 \end{cases}$$

(1) 求增广矩阵 $\bar{\boldsymbol{A}}$ 的秩 $\mathrm{r}(\bar{\boldsymbol{A}})$ 与系数矩阵 $\boldsymbol{A}$ 的秩 $\mathrm{r}(\boldsymbol{A})$；

(2) 判别此线性方程组的解情况，若有解，则求解.

3.07　已知线性方程组

$$\begin{cases} 3x_1+4x_2+x_3+2x_4=3 \\ 6x_1+8x_2+2x_3+5x_4=7 \\ 9x_1+12x_2+3x_3+10x_4=13 \end{cases}$$

(1) 求增广矩阵 $\bar{\boldsymbol{A}}$ 的秩 $\mathrm{r}(\bar{\boldsymbol{A}})$ 与系数矩阵 $\boldsymbol{A}$ 的秩 $\mathrm{r}(\boldsymbol{A})$；

(2) 判别此线性方程组解的情况，若有解，则求解.

3.08　已知线性方程组

$$\begin{cases} x_1+2x_2-2x_3+3x_4=2 \\ 2x_1+4x_2-3x_3+4x_4=5 \\ 3x_1+6x_2-5x_3+7x_4=8 \end{cases}$$

(1) 求增广矩阵 $\bar{\boldsymbol{A}}$ 的秩 $\mathrm{r}(\bar{\boldsymbol{A}})$ 与系数矩阵 $\boldsymbol{A}$ 的秩 $\mathrm{r}(\boldsymbol{A})$；

(2) 判别此线性方程组解的情况，若有解，则求解.

3.09　已知线性方程组

$$\begin{cases} x_1+2x_3=\lambda \\ 2x_2-x_3=\lambda^2 \\ 2x_1+\lambda^2x_3=4 \end{cases}$$

讨论当常数 λ 为何值时，它有唯一解、有无穷多解或无解.

3.10　已知线性方程组

$$\begin{cases} x_1+2x_2-x_3+4x_4=2 \\ 2x_1+5x_2+x_3+15x_4=7 \\ x_1+3x_2+2x_3+11x_4=\lambda \end{cases}$$

有解，求常数 λ 的值.

3.11　已知齐次线性方程组

$$\begin{cases} x_1 + x_3 = 0 \\ 3x_1 + x_2 + 2x_3 = 0 \\ -x_2 + x_3 = 0 \end{cases}$$

(1) 判别有无非零解；

(2) 若有非零解，则求解的一般表达式.

3.12　已知齐次线性方程组

$$\begin{cases} x_1 + x_2 + x_3 + x_4 = 0 \\ 3x_1 + 2x_2 + x_3 = 0 \\ x_2 + 2x_3 + 3x_4 = 0 \\ x_1 + 2x_2 + 3x_3 + 4x_4 = 0 \end{cases}$$

(1) 判别有无非零解；

(2) 若有非零解，则求解的一般表达式.

3.13　已知齐次线性方程组

$$\begin{cases} x_1 + 3x_2 - 2x_3 = 0 \\ -2x_1 - 5x_2 + x_3 = 0 \end{cases}$$

(1) 判别有无非零解；

(2) 若有非零解，则求解的一般表达式.

3.14　已知齐次线性方程组

$$\begin{cases} x_1 + x_2 - 2x_3 + 4x_4 = 0 \\ x_1 + 2x_2 - 2x_3 + 5x_4 = 0 \end{cases}$$

(1) 判别有无非零解；

(2) 若有非零解，则求解的一般表达式.

3.15　已知一个经济系统包括三个部门，报告期的投入产出平衡表如表 3-4：

表 3-4

投　入		产　出				
		消　费　部　门			终产品	总产出
		1	2	3		
生产部门	1	32	10	10	28	80
	2	8	40	5	47	100
	3	8	10	15	17	50
创造价值		32	40	20		
总 投 入		80	100	50		

求报告期的直接消耗系数矩阵 **A**.

3.16　已知一个经济系统包括三个部门，在报告期内的直接消耗系数矩阵

$$\boldsymbol{A}=\begin{pmatrix}0.6 & 0.1 & 0.1\\ 0.1 & 0.6 & 0.1\\ 0.1 & 0.1 & 0.6\end{pmatrix}$$

若各部门在计划期内的最终产品为 $y_1=30, y_2=40, y_3=30$，预测各部门在计划期内的总产出 x_1, x_2, x_3.

3.17　填空题

(1) 若线性方程组 $\boldsymbol{AX}=\boldsymbol{B}$ 的增广矩阵 $\overline{\boldsymbol{A}}$ 经初等行变换化为

$$\overline{\boldsymbol{A}}\rightarrow\left(\begin{array}{ccc:c}1 & 0 & 0 & 3\\ 0 & 2 & 0 & 2\\ 0 & 0 & 3 & 0\end{array}\right)$$

则此线性方程组的解为______.

(2) 若线性方程组 $\boldsymbol{AX}=\boldsymbol{B}$ 的增广矩阵 $\overline{\boldsymbol{A}}$ 经初等行变换化为

$$\overline{\boldsymbol{A}}\rightarrow\left(\begin{array}{ccc:c}1 & 0 & 0 & 1\\ 0 & 0 & 1 & 2\end{array}\right)$$

则此线性方程组的解为______.

(3) 已知线性方程组 $\boldsymbol{AX}=\boldsymbol{B}$ 有解，若系数矩阵 $\boldsymbol{A}$ 的秩 $\mathrm{r}(\boldsymbol{A})=4$，则增广矩阵 $\overline{\boldsymbol{A}}$ 的秩 $\mathrm{r}(\overline{\boldsymbol{A}})=$ ______.

(4) 若线性方程组 $\boldsymbol{AX}=\boldsymbol{B}$ 的增广矩阵 $\overline{\boldsymbol{A}}$ 经初等行变换化为

$$\overline{\boldsymbol{A}}\rightarrow\left(\begin{array}{cc:c}1 & 3 & 0\\ 0 & 2 & 1\\ 0 & 0 & a-2\end{array}\right)$$

则当常数 $a=$ ______时，此线性方程组有唯一解.

(5) 若线性方程组 $\boldsymbol{AX}=\boldsymbol{B}$ 的增广矩阵 $\overline{\boldsymbol{A}}$ 经初等行变换化为

$$\overline{\boldsymbol{A}}\rightarrow\left(\begin{array}{ccc:c}1 & 2 & 3 & 4\\ 0 & 0 & 1 & 2\\ 0 & 0 & \lambda & 12\end{array}\right)$$

则当常数 $\lambda=$ ______时，此线性方程组有无穷多解.

(6) 若线性方程组 $\boldsymbol{AX}=\boldsymbol{B}$ 的增广矩阵 $\overline{\boldsymbol{A}}$ 经初等行变换化为

$$\overline{\boldsymbol{A}}\rightarrow\left(\begin{array}{ccc:c}3 & 2 & 0 & 0\\ 0 & 0 & a+1 & 1\end{array}\right)$$

则当常数 $a=$ ______时，此线性方程组无解.

(7) 已知五元齐次线性方程组 $\boldsymbol{AX}=\boldsymbol{O}$，若它仅有零解，则系数矩阵 $\boldsymbol{A}$ 的秩 $\mathrm{r}(\boldsymbol{A})=$ ______.

(8) 齐次线性方程组

$$\begin{cases}x_1 \quad -x_3=0\\ \quad x_2 \quad =0\end{cases}$$

的解为______.

3.18 单项选择题

(1) 已知线性方程组$\boldsymbol{AX}=\boldsymbol{B}$,其中系数矩阵$\boldsymbol{A}=\begin{pmatrix}1 & 0\\ -2 & 1\end{pmatrix}$,若$\boldsymbol{X}_0=\begin{pmatrix}1\\2\end{pmatrix}$为它的解,则常数项矩阵$\boldsymbol{B}=$(　　).

(a)$\begin{pmatrix}1\\-2\end{pmatrix}$　　(b)$\begin{pmatrix}0\\1\end{pmatrix}$

(c)$\begin{pmatrix}1\\2\end{pmatrix}$　　(d)$\begin{pmatrix}1\\0\end{pmatrix}$

(2) 已知n元线性方程组$\boldsymbol{AX}=\boldsymbol{B}$,其增广矩阵为$\overline{\boldsymbol{A}}$,则当秩(　　)时,此线性方程组有解.

(a)$\mathrm{r}(\overline{\boldsymbol{A}})=n$　　(b)$\mathrm{r}(\overline{\boldsymbol{A}})\neq n$

(c)$\mathrm{r}(\overline{\boldsymbol{A}})=\mathrm{r}(\boldsymbol{A})$　　(d)$\mathrm{r}(\overline{\boldsymbol{A}})\neq \mathrm{r}(\boldsymbol{A})$

(3) 已知三元线性方程组$\boldsymbol{AX}=\boldsymbol{B}$,若系数矩阵$\boldsymbol{A}$的秩$\mathrm{r}(\boldsymbol{A})$与增广矩阵$\overline{\boldsymbol{A}}$的秩$\mathrm{r}(\overline{\boldsymbol{A}})$皆等于2,则此线性方程组(　　).

(a) 有唯一解　　(b) 有无穷多解且有1个自由未知量

(c) 有无穷多解且有2个自由未知量　　(d) 无解

(4) 若线性方程组$\boldsymbol{AX}=\boldsymbol{B}$的增广矩阵$\overline{\boldsymbol{A}}$经初等行变换化为

$$\overline{\boldsymbol{A}}\rightarrow\left(\begin{array}{ccc:c}2 & 0 & 2 & 3\\ 0 & \lambda & \lambda & 1\\ 0 & 0 & 0 & \lambda\end{array}\right)$$

其中λ为常数,则此线性方程组(　　).

(a) 可能有无穷多解　　(b) 一定有无穷多解

(c) 可能无解　　(d) 一定无解

(5) 已知线性方程组

$$\begin{cases}x_1-x_2 & =-1\\ x_2-x_3 & =2\\ x_3-x_4 & =1\\ -x_1+x_4 & =a\end{cases}$$

则当常数$a=$(　　)时,此线性方程组有解.

(a)-2　　(b)2

(c)-1　　(d)1

(6) 若线性方程组

$$\begin{cases} x_1 + x_2 + x_3 + \qquad x_4 - 2 \\ \qquad 2x_2 + 3x_3 + \qquad 4x_4 = a - 2 \\ \qquad\qquad (a^2 - 1)x_4 = a(a-1)^2 \end{cases}$$

无解,则常数 $a = ($　　$)$.

(a) -1　　　　(b) 0

(c) 1　　　　(d) 2

(7) 已知四元齐次线性方程组 $\boldsymbol{AX} = \boldsymbol{O}$,若系数矩阵 $\boldsymbol{A}$ 的秩 $\mathrm{r}(\boldsymbol{A}) = 1$,则自由未知量的个数是(　　).

(a) 1　　　　(b) 2

(c) 3　　　　(d) 4

(8) 已知齐次线性方程组

$$\begin{cases} x_1 + 2x_2 + 3x_3 = 0 \\ \qquad x_2 + 3x_3 = 0 \\ \qquad 2x_2 + 7x_3 = 0 \end{cases}$$

则此齐次线性方程组(　　).

(a) 仅有零解　　　　(b) 有非零解且有 1 个自由未知量

(c) 有非零解且有 2 个自由未知量　　　　(d) 无解

3.19　应用题——配平化学方程式

当丙烷(C_3H_8)气体燃烧时,它与氧气(O_2)结合生成二氧化碳(CO_2)和水(H_2O),化学方程式如下:

$$x_1 C_3H_8 + x_2 O_2 \rightarrow x_3 CO_2 + x_4 H_2O$$

为"配平"方程式,我们必须求出 x_1, x_2, x_3, x_4 的全体数量,使得方程式左边的碳(C)、氢(H)、氧(O) 原子的总数等于右边相应原子的总数.

即:把所有项移到等号左边,按照上述方程式中每个分子中包含碳、氢、氧的顺序及原子数,求解如下矩阵表示的方程组:

$$x_1 \begin{pmatrix} 3 \\ 8 \\ 0 \end{pmatrix} + x_2 \begin{pmatrix} 0 \\ 0 \\ 2 \end{pmatrix} + x_3 \begin{pmatrix} -1 \\ 0 \\ -2 \end{pmatrix} + x_4 \begin{pmatrix} 0 \\ -2 \\ -1 \end{pmatrix} = \begin{pmatrix} 0 \\ 0 \\ 0 \end{pmatrix}$$

拓展阅读

线性方程组的应用

线性方程组是线性代数的核心.历史上线性代数的起源就是为了求解联立方程组,只不过随着研究的深入,人们发现它还有更广泛的用途,这里介绍来自网络流的应用.

如当监控一个城市网格状的市区道路的交通流量模式时、当计算流经电路的电流时、当分析分销商和零售商的销售网络时等,网络流的假设条件是网络的总流入量等于总流出量,且流经一个节点的总输入等于总输出,如图 3-1.

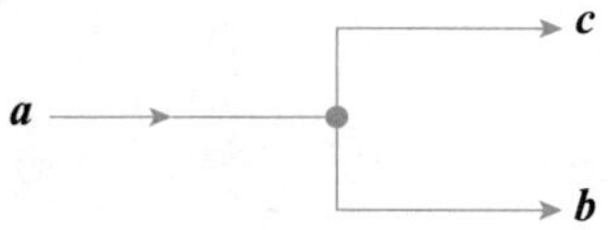

图 3-1

a 经过一个分支流入一个节点，该节点经过两个分支分别流出为 b 和 c，因为流量在每个节点中是守恒的，所以有 $a=b+c$ 成立. 类似地，每个节点的流量都可以用一个方程描述，一个网络是包含着多个节点的点集，由此就涉及多个方程组成的方程组问题.

图 3-2 中的网络是某市区一些单行道在某时间段内的交通流量，请计算该网络的车流量.

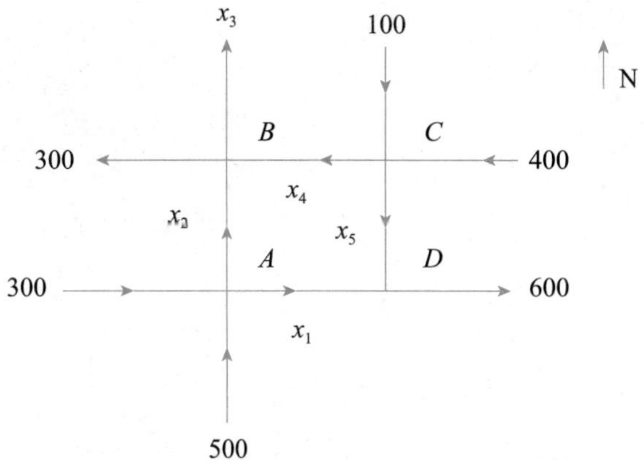

图 3-2

分析：由题意，网络中的总流入量 $(500+300+100+400)$ 等于总流出量 $(300+x_3+600)$，简化得 $x_3=400$，又在每个交叉口，令其车辆驶入数目等于车辆驶出数目，则可以联立写出该流量的方程组：

$$\begin{cases} x_1+x_2=800 \\ x_2-x_3+x_4=300 \\ x_4+x_5=500 \\ x_1+x_5=600 \\ x_3=400 \end{cases}$$

可求出其通解，得到该网络得车流量为：

$$\begin{cases} x_1=600-x_5 \\ x_2=200+x_5 \\ x_3=400 \\ x_4=500-x_5 \\ x_5\text{ 是自由变量} \end{cases}$$

概率论部分

预备知识

排列组合

教学目标

知识目标

理解加法原理与乘法原理的使用区别.

了解排列与组合的定义及使用区别.

能力目标

对于实际问题,能正确判别是排列问题还是组合问题,并能熟练计算.

素养目标

通过“排列组合”的学习和训练,让学生明白做任何事情之前都要认真观察,学会理性分析,依法依规计算,养成做事有理有据的良好职业素养及用科学方法做事的习惯.

思维导图

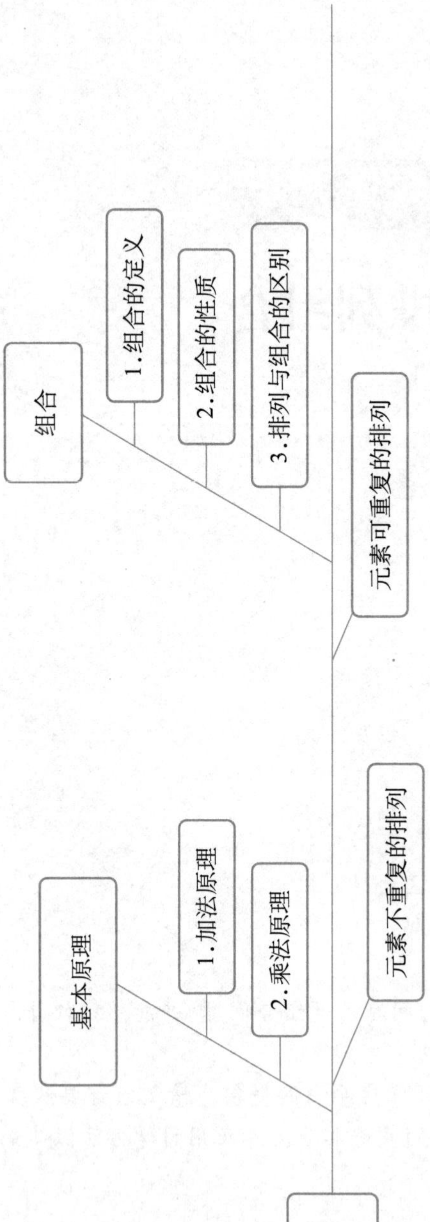

本章知识思维导图

学习概率论要用到排列组合的基本知识，更重要的是要用排列组合的思维方法，因此将排列组合的内容归纳总结如下.

加法原理与乘法原理

1. 基本原理

例 1 从甲村到乙村共有两类方式：第 1 类方式是走旱路，有 3 条路线；第 2 类方式是走水路，有 2 条路线，如图预-1. 问从甲村到乙村共有多少种走法？

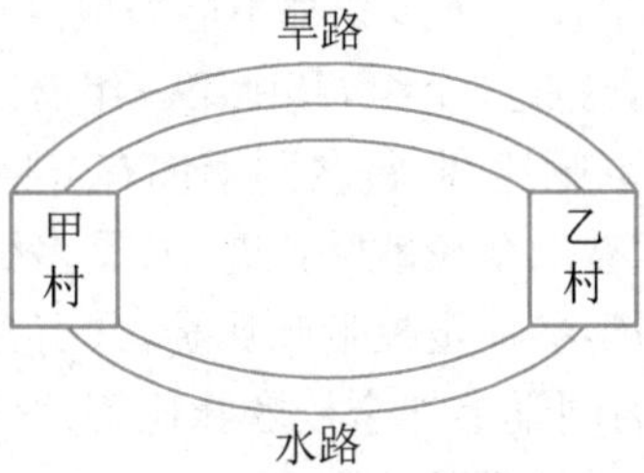

图预-1

解：完成从甲村到乙村这件事情，走旱路与走水路这两类方式是并列的，沿着它们中的每一条路线都可以到达目的地，因此从甲村到乙村共有

$$3+2=5$$

种走法.

这样的例子是很多的，概括起来，就得到加法原理.

加法原理 完成一件事情共有 r 类方式：第 1 类方式有 m_1 种方法，第 2 类方式有 m_2 种方法，…，第 r 类方式有 m_r 种方法，则完成这件事情共有

$$m_1+m_2+\cdots+m_r$$

种方法.

例 2 从甲村到丙村必须经过乙村，而从甲村到乙村有 5 条路线，从乙村到丙村有 4 条路线，如图预-2. 问从甲村到丙村共有多少种走法？

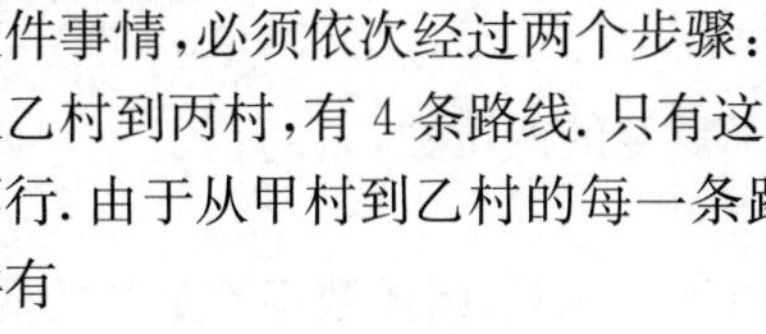

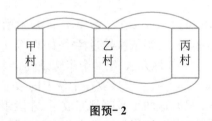

图预-2

解：完成从甲村到丙村这件事情，必须依次经过两个步骤：第 1 个步骤是从甲村到乙村，有 5 条路线；第 2 个步骤是从乙村到丙村，有 4 条路线. 只有这两个步骤都完成了，才能到达目的地，缺少哪一个步骤都不行. 由于从甲村到乙村的每一条路线都对应从甲村到丙村的 4 条路线，因此从甲村到丙村共有

$$5\times4=20$$

种走法.

这样的例子是很多的，概括起来，就得到乘法原理.

乘法原理 完成一件事情必须依次经过 l 个步骤：第 1 个步骤有 n_1 种方法，第 2 个步骤

有 n_2 种方法，…，第 l 个步骤有 n_l 种方法，则完成这件事情共有

$$n_1 n_2 \cdots n_l$$

种方法.

在应用基本原理时，必须注意加法原理与乘法原理的根本区别. 若完成一件事情有多类方式，其中每一类方式的任一种方法都可以完成这件事情，则用加法原理；若完成一件事情必须依次经过多个步骤，缺少其中任一个步骤都不能完成这件事情，则用乘法原理.

例 3 某班共有 26 名同学，分成 3 个组，其中第一组有 9 名同学，第二组有 8 名同学，第三组有 9 名同学，现在全校举行歌咏比赛，每名同学都有资格参加. 问：

(1) 若从全班选派 1 名同学参加全校歌咏比赛，共有多少种选法？

(2) 若从每组各选派 1 名同学参加全校歌咏比赛，共有多少种选法？

解：(1) 完成从全班选派 1 名同学参加全校歌咏比赛这件事情，共有三类方式：第 1 类方式是从第一组选派 1 名同学参加全校歌咏比赛，有 9 种选法；第 2 类方式是从第二组选派 1 名同学参加全校歌咏比赛，有 8 种选法；第 3 类方式是从第三组选派 1 名同学参加全校歌咏比赛，有 9 种选法. 这三类方式是并列的，其中每一类方式的任一种选法都可以完成这件事情，根据加法原理，所以从全班选派 1 名同学参加全校歌咏比赛共有

$$9+8+9=26$$

种选法. 其实，从全班 26 名同学中选派 1 名同学参加全校歌咏比赛，当然有 26 种选法.

(2) 完成从每组各选派 1 名同学参加全校歌咏比赛这件事情，必须依次经过三个步骤：第 1 个步骤是从第一组选派 1 名同学参加全校歌咏比赛，有 9 种选法；第 2 个步骤是从第二组选派 1 名同学参加全校歌咏比赛，有 8 种选法；第 3 个步骤是从第三组选派 1 名同学参加全校歌咏比赛，有 9 种选法. 这三个步骤是必须依次完成的，缺少其中任一个步骤都不能完成这件事情，根据乘法原理，所以从每组各选派 1 名同学参加全校歌咏比赛共有

$$9\times 8\times 9=648$$

种选法.

2. 元素不重复的排列

例 4 用 3 个数字 5，7，9 可以组成多少个数字不重复的两位数？

解：组成数字不重复的两位数，必须依次经过两个步骤：第 1 个步骤是确定十位数，这时数字 5，7，9 都可以放在十位上，有 3 种方法；第 2 个步骤是确定个位数，由于要求个位数与十位数不能重复，这时只能从所给 3 个数字去掉放在十位上的数字后剩余 2 个数字中取出 1 个数字放在个位上，有 2 种方法. 只有这两个步骤都完成了，才能组成数字不重复的两位数，缺少哪一个步骤都不行. 根据乘法原理，所以组成数字不重复的两位数共有

$$3\times 2=6$$

种方法，即可以组成 6 个数字不重复的两位数，它们是

$$57,59,75,79,95,97$$

在例 4 中，数字 5，7，9 可以称为元素，组成数字不重复的两位数就是从这 3 个不同元素中每次取出 2 个不同元素排队，排在前面的是十位数，排在后面的是个位数. 由于这样的排列与数字不重复的两位数是一一对应的，因此求数字不重复两位数的个数等价于求这样排列的个数.

定义预.1 从 n 个不同元素中，每次取出 $m(m\leqslant n)$ 个不同元素排成一列，所有这样排

列的个数称为排列数，记作 P_n^m.

如何计算排列数 P_n^m？从 n 个不同元素中取出 m 个不同元素排成一列，必须依次经过 m 个步骤：第 1 个步骤是确定排列第 1 位置上的元素，这时是从 n 个不同元素中取出 1 个元素放在这个位置上，有 n 种方法；第 2 个步骤是确定排列第 2 位置上的元素，考虑到排列第 1 位置上已经占用了 1 个元素，这时是从剩余的 $n-1$ 个不同元素中取出 1 个元素放在这个位置上，有 $n-1$ 种方法；…；第 m 个步骤是确定排列第 m 位置上的元素，考虑到排列前 $m-1$ 个位置上已经占用了 $m-1$ 个元素，这时是从剩余的 $n-(m-1)=n-m+1$ 个不同元素中取出 1 个元素放在这个位置上，有 $n-m+1$ 种方法. 根据乘法原理，共有

$$n(n-1)\cdots(n-m+1)$$

种方法. 由于一种方法对应一个排列，所以所有这样排列的个数即排列数

$$P_n^m = n(n-1)\cdots(n-m+1)$$

若 $m<n$，则称排列为选排列；若 $m=n$，则称排列为全排列，这时排列数

$$P_n^n = n(n-1)\cdots\cdot 1 = n!$$

例 5　根据排列数的计算公式，有排列数

(1) $P_5^2 = 5\times 4 = 20$

(2) $P_7^3 = 7\times 6\times 5 = 210$

(3) $P_6^1 = 6$

(4) $P_4^4 = 4! = 4\times 3\times 2\times 1 = 24$

例 6　从 10 人中选举正副组长各 1 名，问共有多少种选举结果？

解：从 10 人中选举正副组长各 1 名，意味着从 10 人中选出 2 人排队，不妨规定排在前面的是正组长，排在后面的是副组长，相当于从 10 个不同元素中每次取出 2 个不同元素的元素不重复选排列，这样的排列共有 P_{10}^2 个. 由于一个排列对应一种选举结果，所以共有

$$P_{10}^2 = 10\times 9 = 90$$

种选举结果.

值得注意的是：在甲、乙都当选的情况下，甲为正组长、乙为副组长与乙为正组长、甲为副组长是两种选举结果.

例 7　6 台不同品牌的洗衣机摆在展厅内排成一列，问：

(1) 共有多少种排法？

(2) 若要求其中某一台洗衣机摆在中间位置，有多少种排法？

解：(1) 6 台不同品牌的洗衣机排成一列，相当于从 6 个不同元素中每次取出 6 个不同元素的元素不重复全排列，所以共有

$$P_6^6 = 6! = 6\times 5\times 4\times 3\times 2\times 1 = 720$$

种排法.

(2) 要求 6 台不同品牌洗衣机中某一台洗衣机摆在中间位置，必须依次经过两个步骤：第 1 个步骤是将这台洗衣机摆在中间位置中的一个位置，有 2 种方法；第 2 个步骤是将其余 5 台洗衣机摆在其他 5 个位置上，相当于从 5 个不同元素中每次取出 5 个不同元素的元素不重复全排列，有 P_5^5 种方法. 根据乘法原理，有

$$2P_5^5 = 2\times 5! = 2\times 5\times 4\times 3\times 2\times 1 = 2\times 120 = 240$$

种方法，即有 240 种排法.

例 8 小赵、小钱、小孙、小李及小周五位青年坐成一排照相，问：

(1) 若小赵与小钱相邻，有多少种排法？

(2) 若小赵与小钱不相邻且他们之间只安排小李或小周，有多少种排法？

(3) 若小赵与小钱不相邻且他们之间只安排小李与小周，有多少种排法？

(4) 若小赵、小钱在小孙的同一侧，共有多少种排法？

解：(1) 完成五位青年坐成一排照相且小赵与小钱相邻这件事情，必须依次经过两个步骤：第 1 个步骤是将相邻的小赵与小钱看成一个元素，他们与其他三位青年坐成一排，相当于从 4 个不同元素中每次取出 4 个不同元素的元素不重复全排列，有 P_4^4 种排法；第 2 个步骤是将相邻的小赵与小钱交换位置，有 2 种方法. 根据乘法原理，完成五位青年坐成一排照相且小赵与小钱相邻这件事情，有

$$P_4^4 \times 2 = 24 \times 2 = 48$$

种排法.

(2) 完成五位青年坐成一排照相且小赵与小钱不相邻但他们之间只安排小李或小周这件事情，必须依次经过三个步骤：第 1 个步骤是将相邻的小赵、小李及小钱看成一个元素，他们与其他两位青年坐成一排，相当于从 3 个不同元素中每次取出 3 个不同元素的元素不重复全排列，有 P_3^3 种排法；第 2 个步骤是将不相邻的小赵与小钱交换位置，有 2 种方法；第 3 个步骤是将不相邻的小李与小周交换位置，有 2 种方法. 根据乘法原理，完成五位青年坐成一排照相且小赵与小钱不相邻但他们之间只安排小李或小周这件事情，有

$$P_3^3 \times 2 \times 2 = 6 \times 2 \times 2 = 24$$

种排法.

(3) 完成五位青年坐成一排照相且小赵与小钱不相邻但他们之间只安排小李与小周这件事情，必须依次经过三个步骤：第 1 个步骤是将相邻的小赵、小李、小周及小钱看成一个元素，他们与小孙坐成一排，相当于从 2 个不同元素中每次取出 2 个不同元素的元素不重复全排列，有 P_2^2 种排法；第 2 个步骤是将不相邻的小赵与小钱交换位置，有 2 种方法；第 3 个步骤是将相邻的小李与小周交换位置，有 2 种方法. 根据乘法原理，完成五位青年坐成一排照相且小赵与小钱不相邻但他们之间只安排小李与小周这件事情，有

$$P_2^2 \times 2 \times 2 = 2 \times 2 \times 2 = 8$$

种排法.

(4) 完成五位青年坐成一排照相且小赵、小钱在小孙的同一侧这件事情，共有三类方式：第 1 类方式是小赵与小钱相邻，有 $P_4^4 \times 2 = 48$ 种排法；第 2 类方式是小赵与小钱不相邻但他们之间只安排小李或小周，有 $P_3^3 \times 2 \times 2 = 24$ 种排法；第 3 类方式是小赵与小钱不相邻但他们之间只安排小李与小周，有 $P_2^2 \times 2 \times 2 = 8$ 种排法. 这三类方式是并列的，其中每一类方式的任一种排法都可以完成这件事情，根据加法原理，所以完成五位青年坐成一排照相且小赵、小钱在小孙的同一侧这件事情，共有

$$P_4^4 \times 2 + P_3^3 \times 2 \times 2 + P_2^2 \times 2 \times 2 = 48 + 24 + 8 = 80$$

种排法.

3. 元素可重复的排列

元素可重复包括元素重复与元素不重复两种情况，元素可重复的排列是指在排列中允许出现相同元素.

例 9 北京市电话号码为八位，问电话局 8461 支局共有多少个电话号码？

解：由于 8461 支局的电话号码前四位为 8461，因此只需确定后四位的数字，就组成 8461 支局电话号码. 显然，在电话号码中允许出现相同数字.

组成 8461 支局的电话号码，必须依次经过四个步骤：第 1 个步骤是确定电话号码第五位上的数字，这时是从 0 至 9 这 10 个数字中取出 1 个数字放在这个位置上，有 10 种方法；第 2 个步骤是确定电话号码第六位上的数字，考虑到在电话号码中允许出现相同数字，这时也是从 0 至 9 这 10 个数字中取出 1 个数字放在这个位置上，有 10 种方法；第 3 个步骤是确定电话号码第七位上的数字，也有 10 种方法；第 4 个步骤是确定电话号码第八位上的数字，也有 10 种方法. 因此这个问题相当于从 10 个不同元素中每次取出 4 个元素的元素可重复排列，根据乘法原理，共有

$$10 \times 10 \times 10 \times 10 = 10\,000$$

种方法. 由于一种方法对应一个电话号码，所以 8461 支局共有10 000 个电话号码.

定义预.2 从 n 个不同元素中，每次可以重复地取出 m 个元素排成一列，所有这样排列的个数称为从 n 个不同元素中取出 m 个元素的元素可重复排列数.

如何计算从 n 个不同元素中取出 m 个元素的元素可重复排列数？从 n 个不同元素中取出 m 个元素排成一列，必须依次经过 m 个步骤：第 1 个步骤是确定排列第 1 位置上的元素，这时是从 n 个不同元素中取出 1 个元素放在这个位置上，有 n 种方法；第 2 个步骤是确定排列第 2 位置上的元素，由于在排列中允许出现相同元素，因而这时还是从 n 个不同元素中取出 1 个元素放在这个位置上，也有 n 种方法；…；第 m 个步骤是确定排列第 m 位置上的元素，由于在排列中允许出现相同元素，因而这时仍然是从 n 个不同元素中取出 1 个元素放在这个位置上，当然有 n 种方法. 根据乘法原理，共有

$$\underbrace{nn\cdots n}_{m\text{个}} = n^m$$

种方法. 由于一种方法对应一个排列，所以所有这样排列的个数等于 n^m，即从 n 个不同元素中取出 m 个元素的元素可重复排列数等于 n^m.

例 10 邮政大厅有 4 个邮筒，现将三封信逐一投入邮筒，问共有多少种投法？

解：将三封信逐一投入邮筒，必须依次经过三个步骤：第 1 个步骤是将第一封信投入 4 个邮筒中的 1 个邮筒，有 4 种方法；第 2 个步骤是将第二封信投入 4 个邮筒中的 1 个邮筒，也有 4 种方法；第 3 个步骤是将第三封信投入 4 个邮筒中的 1 个邮筒，也有 4 种方法. 若以邮筒作为元素，则这个问题相当于从 4 个不同元素中每次取出 3 个元素的元素可重复排列. 根据乘法原理，共有

$$4 \times 4 \times 4 = 4^3 = 64$$

种方法，即共有 64 种投法.

例 11 用 3 个数字 1，2，3 组成三位数，问：

(1) 可以组成多少个数字可重复的三位数？

(2) 可以组成多少个数字一定重复的三位数？

解：(1) 用 3 个数字 1,2,3 组成数字可重复的三位数，相当于从 3 个不同元素中每次取出 3 个元素的元素可重复排列，这样的排列共有 3^3 个，所以可以组成

$$3^3 = 27$$

个数字可重复的三位数.

(2) 注意到用 3 个数字 1,2,3 组成的数字可重复的三位数包括两部分：一部分是数字不重复的三位数，这样的三位数有 P_3^3 个；另一部分则是数字一定重复的三位数. 说明所求数字一定重复的三位数的个数等于数字可重复的三位数的个数减去数字不重复的三位数的个数，所以可以组成

$$3^3 - P_3^3 = 27 - 3! = 27 - 3\times2\times1 = 27 - 6 = 21$$

个数字一定重复的三位数.

4. 组合

例 12 从 10 人中选举 2 名代表参加座谈会，问共有多少种选举结果？

解：这个问题同例 6 中选举正副组长各 1 名是不一样的，尽管都是选出 2 人，但在选举正副组长各 1 名时，这 2 人须排队，不妨规定排在前面的是正组长，排在后面的是副组长；而在选举 2 名代表时，这 2 人不需排队.

设从 10 人中选举 2 名代表共有 x 种选举结果. 考虑从 10 人中选举正副组长各 1 名的排列问题，在例 6 中已经得到共有 P_{10}^2 种选举结果，还可以依次经过下面两个步骤解决这个问题：第 1 个步骤是从 10 人中选出 2 人，相当于从 10 人中选举 2 名代表，已设有 x 种方法；第 2 个步骤是当选的 2 人分工，相当于 2 人排队，有 P_2^2 种方法. 根据乘法原理，共有 xP_2^2 种方法，即共有 xP_2^2 种选举结果. 于是有关系式

$$xP_2^2 = P_{10}^2$$

得到

$$x = \frac{P_{10}^2}{P_2^2} = \frac{10\times9}{2\times1} = 45$$

所以从 10 人中选举 2 名代表共有 45 种选举结果.

这是容易理解的，如甲、乙当选，对于选举正副组长各 1 名，有两种选举结果；而对于选举 2 名代表，却只是一种选举结果. 说明选举正副组长各 1 名的每两种选举结果对应选举 2 名代表的一种选举结果，由于选举正副组长各 1 名共有 90 种选举结果，所以选举 2 名代表当然共有 45 种选举结果.

定义预.3 从 n 个不同元素中，每次取出 $m(m\leqslant n)$ 个不同元素并成一组，所有这样组的个数称为组合数，记作 C_n^m.

如何计算组合数 C_n^m？考虑从 n 个不同元素中每次取出 $m(m\leqslant n)$ 个不同元素的排列问题，共有 P_n^m 种方法，还可以依次经过下面两个步骤解决这个问题：第 1 个步骤是从 n 个不同元素中取出 m 个不同元素并成一组，有 C_n^m 种方法；第 2 个步骤是取出的 m 个不同元素排成一列，有 P_m^m 种方法. 根据乘法原理，共有 $C_n^mP_m^m$ 种方法. 于是有关系式

$$C_n^mP_m^m = P_n^m$$

所以得到组合数

$$C_n^m = \frac{P_n^m}{P_m^m} = \frac{n(n-1)\cdots(n-m+1)}{m(m-1)\cdots\cdot 1}$$

同时规定 $C_n^0 = 1$. 组合数 C_n^m 还可以表示为

$$C_n^m = \frac{n(n-1)\cdots(n-m+1)}{m(m-1)\cdots\cdot 1} = \frac{n(n-1)\cdots(n-m+1)(n-m)\cdots\cdot 1}{m(m-1)\cdots\cdot 1\cdot(n-m)\cdots\cdot 1}$$

$$= \frac{n!}{m!(n-m)!}$$

性质　组合数满足关系式

$$C_n^m = C_n^{n-m}$$

证:将组合数 C_n^m 表示为

$$C_n^m = \frac{n!}{m!(n-m)!}$$

从而可将组合数 C_n^{n-m} 表示为

$$C_n^{n-m} = \frac{n!}{(n-m)![n-(n-m)]!} = \frac{n!}{(n-m)!m!} = \frac{n!}{m!(n-m)!}$$

所以得到关系式

$$C_n^m = C_n^{n-m}$$

当 $m > \frac{n}{2}$ 时,利用组合性质计算组合数 C_n^m,可以减少计算量.

例 13　根据组合数的计算公式,有组合数

(1)$C_5^2 = \frac{5\times 4}{2\times 1} = 10$

(2)$C_{10}^3 = \frac{10\times 9\times 8}{3\times 2\times 1} = 120$

(3)$C_8^4 = \frac{8\times 7\times 6\times 5}{4\times 3\times 2\times 1} = 70$

(4)$C_4^1 = \frac{4}{1} = 4$

根据组合性质,有组合数

(5)$C_6^4 = C_6^2 = \frac{6\times 5}{2\times 1} = 15$

(6)$C_3^3 = C_3^0 = 1$

对于实际问题,必须正确判别是排列问题还是组合问题,关键在于要不要计较所取出元素的先后顺序,即要不要将所取出元素排队. 若要排队,则是排列问题;若不要排队,则是组合问题.

学问思辨

排列与组合的区别是什么?

例 14　已知 100 件产品中有 3 件是次品,其余 97 件是合格品,问:若任意抽取 3 件产品

中恰好有 1 件次品，有多少种取法？

解：从 100 件产品中任意抽取 3 件产品，并不计较所取产品的次序，从而这个问题是组合问题，从 100 件产品抽取 3 件产品中恰好有 1 件次品，意味着抽取 3 件产品中有 1 件次品与 2 件合格品. 完成这件事情必须依次经过两个步骤：第 1 个步骤是从 3 件次品中取到 1 件次品，有 C_3^1 种取法；第 2 个步骤是从 97 件合格品中取到 2 件合格品，有 C_{97}^2 种取法. 根据乘法原理，所以任意抽取 3 件产品中恰好有 1 件次品，有

$$C_3^1C_{97}^2=3\times\frac{97\times 96}{2\times 1}=3\times 4\,656=13\,968$$

种取法.

例 15　7 支足球队进行比赛，问：

(1) 若采用主客场赛制，共有多少场比赛？

(2) 若采用单循环赛制，共有多少场比赛？

解：(1) 采用主客场赛制意味着每两支球队之间进行两场比赛，比赛双方各有一个主场. 这时从 7 支球队中每次挑选 2 支球队进行比赛，要计较所挑选球队的顺序，即需要将它们排队，不妨规定排在前面的球队是在主场比赛，因此这个问题是排列问题. 由于一个排列对应一场比赛，所以共有

$$P_7^2=7\times 6=42$$

场比赛.

(2) 采用单循环赛制意味着每两支球队之间只进行一场比赛. 这时从 7 支球队中每次挑选 2 支球队进行比赛，不计较所挑选球队的顺序，即不需要将它们排队，因此这个问题是组合问题. 由于一个组合对应一场比赛，所以共有

$$C_7^2=\frac{7\times 6}{2\times 1}=21$$

场比赛.

例 16　书桌上有 11 本不同的书，问：

(1) 从中任取 3 本书，共有多少种取法？

(2) 从中任取 3 本书分给甲、乙、丙三个人，每人一本，共有多少种分法？

解：(1) 由于从 11 本不同的书中任取 3 本书，并不计较所取出书的先后顺序，即不需要将它们排队，因此这个问题是组合问题. 由于一个组合对应一种取法，所以共有

$$C_{11}^3=\frac{11\times 10\times 9}{3\times 2\times 1}=165$$

种取法.

(2) 由于从 11 本不同的书中任取 3 本书分给甲、乙、丙三个人，每人一本，相当于从 11 本不同的书中任取 3 本不同的书排队，不妨规定排在前面、中间、后面位置的书分别分给甲、乙、丙，因此这个问题是排列问题. 由于一个排列对应一种分法，所以共有

$$P_{11}^3=11\times 10\times 9=990$$

种分法.

例 17　口袋里装有 5 个黑球与 4 个白球，任取 4 个球，问：

(1) 共有多少种取法?

(2) 其中恰好有 1 个黑球,有多少种取法?

(3) 其中至少有 3 个黑球,有多少种取法?

(4) 其中至多有 1 个黑球,有多少种取法?

解:由于在取球时不计较所取出球的先后顺序,即不需要将它们排队,因此这个问题是组合问题.

(1) 从 9 个球中任取 4 个球,共有

$$C_9^4=\frac{9\times8\times7\times6}{4\times3\times2\times1}=126$$

种取法.

(2) 任取 4 个球中恰好有 1 个黑球,意味着所取 4 个球中有 1 个黑球与 3 个白球,完成这件事情必须依次经过两个步骤:第 1 个步骤是从 5 个黑球中取出 1 个黑球,有 C_5^1 种取法;第 2 个步骤是从 4 个白球中取出 3 个白球,有 C_4^3 种取法. 根据乘法原理,有

$$C_5^1C_4^3=C_5^1C_4^1=5\times4=20$$

种取法.

(3) 任取 4 个球中至少有 3 个黑球,包括恰好有 3 个黑球与恰好有 4 个黑球两类情况,完成这件事情有两类方式:第 1 类方式是任取 4 个球中恰好有 3 个黑球,即所取 4 个球中有 3 个黑球与 1 个白球,有 $C_5^3C_4^1$ 种取法;第 2 类方式是任取 4 个球中恰好有 4 个黑球,即所取 4 个球中有 4 个黑球与 0 个白球,有 $C_5^4C_4^0$ 种取法. 根据加法原理,有

$$C_5^3C_4^1+C_5^4C_4^0=C_5^2C_4^1+C_5^1C_4^0=\frac{5\times4}{2\times1}\times4+5\times1=10\times4+5\times1=45$$

种取法.

(4) 任取 4 个球中至多有 1 个黑球,包括恰好有 1 个黑球与没有黑球两类情况,完成这件事情有两类方式:第 1 类方式是任取 4 个球中恰好有 1 个黑球,即所取 4 个球中有 1 个黑球与 3 个白球,有 $C_5^1C_4^3$ 种取法;第 2 类方式是任取 4 个球中没有黑球,即所取 4 个球中有 0 个黑球与 4 个白球,有 $C_5^0C_4^4$ 种取法. 根据加法原理,有

$$C_5^1C_4^3+C_5^0C_4^4=C_5^1C_4^1+C_5^0C_4^0=5\times4+1\times1=21$$

种取法.

例 18 从 3 名男生、4 名女生中任意挑选 4 名学生参加座谈会,问:

(1) 共有多少种选法?

(2) 其中至少有 1 名男生,有多少种选法?

解:由于在挑选学生时不计较所挑选学生的先后顺序,即不需要将它们排队,因此这个问题是组合问题.

(1) 从 7 名学生中任意挑选 4 名学生,共有

$$C_7^4=C_7^3=\frac{7\times6\times5}{3\times2\times1}=35$$

种选法.

(2) 任意挑选 4 名学生中至少有 1 名男生，包括恰好有 1 名男生、恰好有 2 名男生及恰好有 3 名男生三类情况，完成这件事情有三类方式：第 1 类方式是任意挑选 4 名学生中恰好有 1 名男生，即所挑选 4 名学生中有 1 名男生与 3 名女生，有 $C_3^1C_4^3$ 种选法；第 2 类方式是任意挑选 4 名学生中恰好有 2 名男生，即所挑选 4 名学生中有 2 名男生与 2 名女生，有 $C_3^2C_4^2$ 种选法；第 3 类方式是任意挑选 4 名学生中恰好有 3 名男生，即所挑选 4 名学生中有 3 名男生与 1 名女生，有 $C_3^3C_4^1$ 种选法. 根据加法原理，有

$$C_3^1C_4^3+C_3^2C_4^2+C_3^3C_4^1=C_3^1C_4^1+C_3^1C_4^2+C_3^0C_4^1=3\times4+3\times\frac{4\times3}{2\times1}+1\times4=34$$

种选法.

此题尚有简便解法：注意到符合要求即任意挑选 4 名学生中至少有 1 名男生包括三类情况，由于包括情况比较多，从而直接计算其选法比较麻烦，而不符合要求意味着挑选 4 名学生中没有男生，即所挑选 4 名学生中有 0 名男生与 4 名女生，只包括一类情况，有 $C_3^0C_4^4$ 种选法，计算其选法当然比较简单. 显然，符合要求的选法种数等于总选法种数减去不符合要求的选法种数，所以任意挑选 4 名学生中至少有 1 名男生，有

$$C_7^4-C_3^0C_4^4=35-1=34$$

种选法.

例 18 说明：若符合要求的情况比较多，从而直接计算符合要求的方法种数比较麻烦，这时不符合要求的情况一定比较少，计算不符合要求的方法种数当然比较简单，于是应该首先计算总方法种数与不符合要求的方法种数，然后总方法种数减去不符合要求的方法种数，就得到所求符合要求的方法种数.

拓展阅读

围棋的变化数量

围棋是一种智力游戏，起源于中国，已经有上千年的历史. 棋盘由纵横各十九条等距离、垂直交叉的平行线构成，形成 $19\times19=361$ 个交叉点，在围棋中简称为“点”. 棋子分黑白两色，形状为扁圆形体，下棋时是放在交叉点上的.

围棋的下法：对局双方各执一色棋子，空枰开局，黑先白后，交替着落子于棋盘的点上，

棋子下定后，不能再向其他点移动.

大家可能会感兴趣的是，围棋的变化有多少种呢？这是一个难以算清的问题，目前大概有两种计算方法.

第一种：因围棋共有 361 个点，黑棋先走，所以第一步有 361 种走法，然后白棋走，有 360 种走法，再轮到黑棋走有 359 种走法，接着是白棋走有 358 种走法…… 如此反复下去，在不考虑吃子的情况下，理论上有 361! 种走法. 这个数字有多大呢？算出来大概是 1.43×10^{768}.

第二种：因棋盘上的一个点只有 3 种状态：放黑子、放白子、空着不放子，所以有：当只有一个交叉点时，有 3^1 种走法，即：黑、白、空；当有两个交叉点时，有 3^2 种走法；当有 361 个交叉点时，就有 3^{361} 种走法. 这是一个 173 位的数，维基百科把这个数约等于 10^{171}.

其实上面两种算法，虽然都有一定的道理，但都不完全对，因为如果把围棋的游戏规则都考虑进去，真的很难算清，目前，我们暂时接受维基百科的说法，围棋的变化大概等于 10^{171}.

第四章

随机事件及其概率

教学目标

知识目标

理解随机事件及其关系与运算.

理解概率的定义与性质.

掌握加法公式与乘法公式.

了解全概公式.

能力目标

能熟练计算实际生活中古典概型问题的概率.

会用加法公式、乘法公式、事件的独立性、全概公式等计算概率.

素养目标

通过“随机事件及其概率”的学习和训练,让学生们明白一个随机事件发生的概率完全由事件本身决定,是客观存在的,引导学生理性地理解随机性,拥抱生活中的不确定,在意外面前处变不惊,而不是相信神明. 告诫同学们树立正确的认识观,一方面努力寻求可以大规模复制的“大概率事件”,另一方面则是全力规避那些致命的“极小概率事件”,如不要参与任何赌博性质的活动,科学理财.

思维导图

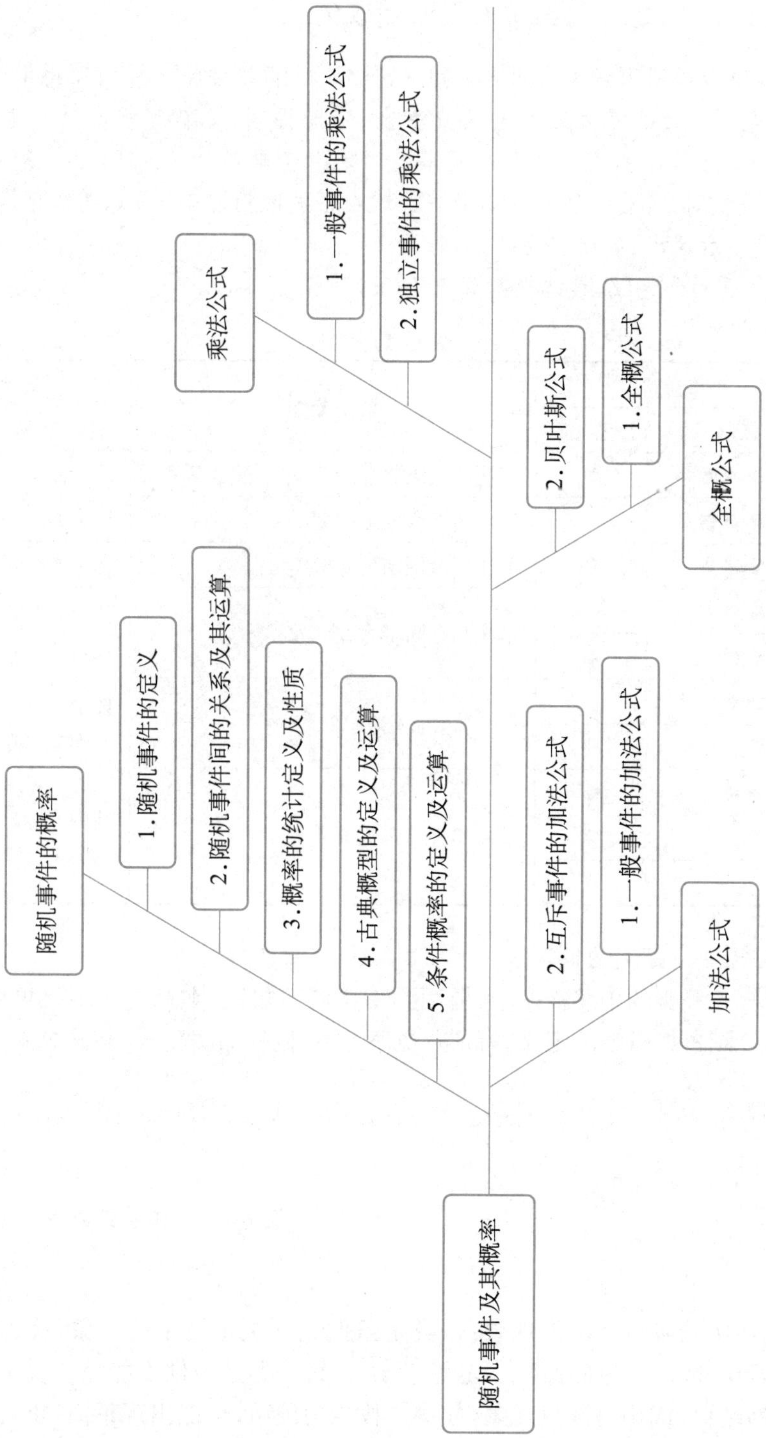

本章知识思维导图

引导案例

经典彩票游戏双色球

彩票是指印有号码图形或文字供人们填写、选择、购买并按特定规则取得中奖权利的凭证. 国家发行彩票的目的是筹集社会公众资金，资助福利、体育等社会公众事业发展. “两元钱滴水之恩，五百万涌泉相报”，中国福利彩票中经典彩票双色球，是一种两区选号的数字游戏，游戏规则为：在标注1～33号码红球中不放回抽取6个红球为前区，在1～16号蓝球中抽一个为后区，两区组合为一注，每注2元.

“双色球”共设六个奖级，具体规则如表4－1：

表4－1

奖级	中奖条件		资金分配	说明
	红码	蓝码		
一等奖	●●●●●●	●	当期高奖级奖金的75％＋奖池累积	选中6＋1中6＋1
二等奖	●●●●●●		当期高奖级奖金的25％	选中6＋1中6＋0
三等奖	●●●●●	●	单注奖金固定为3 000元	选中6＋1中5＋1
四等奖	●●●●●		单注奖金固定为200元	选中6＋1中5＋0或中4＋1
	●●●●	●		
四等奖	●●●●		单注奖金固定为10元	选中6＋1中4＋0或中3＋1
	●●●	●		
四等奖	●●●●	●	单注奖金固定为5元	选中6＋1中2＋1或中1＋1或中0＋1
	●●●	●		
		●		

试求出投注者中一等奖的概率.

分析：要计算各等奖的中奖概率，需要用到古典概型知识，本章先从随机事件间的关系与运算出发，介绍古典概型的定义、特征及概率计算、概率加法公式、乘法公式和全概公式等.

§4.1　随机事件的概率

在自然界与经济领域内有两类现象：一类是条件完全决定结果的现象，称为确定性现象，如当边长为2m时，正方形的面积一定等于$4m^2$；另一类是条件不能完全决定结果的现象，称为非确定性现象，或称为随机现象，如掷一枚均匀硬币，可能出现正面，也可能不出现正面. 随机现象都带有不确定性，但这仅仅是随机现象的一个方面，随机现象还有规律性的另一个方面，如在相同条件下，对随机现象进行大量观测，其可能结果就会出现某种规律性等. 概率论是研究随机现象规律性的一门科学.

在概率论中，做事情称为试验，若试验在相同条件下可以重复进行，且每次试验的可能结果不止一个；在每次试验前不能准确预言试验所出现的结果，但可以知道可能出现的全部结果，则称具有以上两个特点的试验为随机试验.

随机试验简称为试验，每次试验的一个可能结果称为基本事件，记作 $\omega_1,\omega_2,\cdots$. 在试验中，可能出现也可能不出现的现象称为随机事件，简称为事件，它是一些基本事件的集合，通常用大写字母 A,B,C 等表示. 显然，基本事件是随机事件的特殊情况. 若试验的结果是构成事件 A 的某个基本事件，则称事件 A 发生；否则称事件 A 不发生.

在每次试验中，一定发生的事件称为必然事件，显然它是全部基本事件的集合，当然记作 Ω；在每次试验中，一定不发生的事件称为不可能事件，显然它是空集，当然记作 $\varnothing$. 必然事件与不可能事件虽然不是随机事件，但是为了讨论问题方便，把它们看作是随机事件的极端情况.

例 1　做试验：投掷一颗均匀骰子一次. 那么：

(1) 这个试验在相同条件下可以重复进行，且每次试验的可能结果为 6 个：出现 1 点、出现 2 点、出现 3 点、出现 4 点、出现 5 点及出现 6 点；在每次试验前不能准确预言试验所出现的点数，但知道可能出现的全部点数. 由于具有以上两个特点，因此这个试验是随机试验.

(2) 这个试验共有 6 个基本事件：设基本事件 ω_1 表示出现 1 点，基本事件 ω_2 表示出现 2 点，基本事件 ω_3 表示出现 3 点，基本事件 ω_4 表示出现 4 点，基本事件 ω_5 表示出现 5 点，基本事件 ω_6 表示出现 6 点. 设事件 A 表示出现偶数点，它是基本事件 $\omega_2,\omega_4,\omega_6$ 的集合，于是事件

$$A=\{\omega_2,\omega_4,\omega_6\}$$

若试验的结果是 ω_4，则称事件 A 发生；若试验的结果是 ω_1，则称事件 A 不发生.

考虑试验E：往长方形桌面 Ω 上任意投掷小球，且小球一定落在长方形桌面 Ω 内. 长方形桌面 Ω 内的一个点对应一个基本事件，长方形桌面 Ω 对应必然事件. 若小球落入区域 A 内，则称事件 A 发生；否则称事件 A 不发生. 这个试验建立了事件与集合之间的联系，给出了事件的几何说明，如图 4－1.

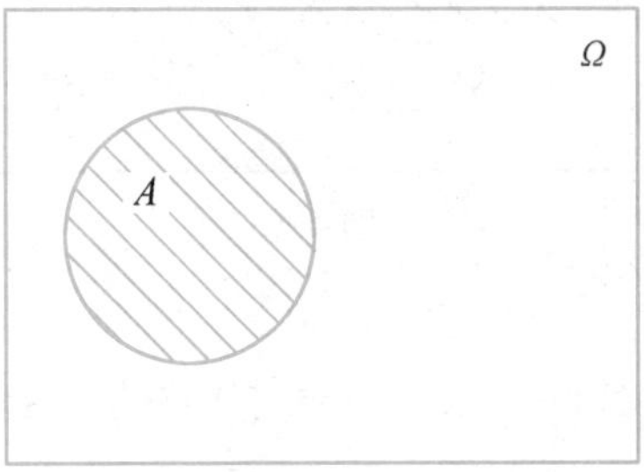

图 4－1

在事件之间的关系中，最重要的有三种：

1. 包含关系

若事件 B 发生必然导致事件 A 发生，则称事件 A 包含 B，记作 $A\supset B$.

2. 相等关系

若事件 A 与 B 是同一个事件，则称事件 A 与 B 相等，记作 $A=B$.

3. 互斥关系

若事件 A 与 B 不可能同时发生，则称事件 A 与 B 互斥.

在试验 E 中，若区域 A 与 B 分离，即它们没有公共部分，这时小球不可能既落入区域 A 内又同时落入区域 B 内，意味着事件 A 与 B 不可能同时发生，因此事件 A 与 B 互斥. 说明区域 A 与 B 分离对应事件 A 与 B 互斥，如图 4-2.

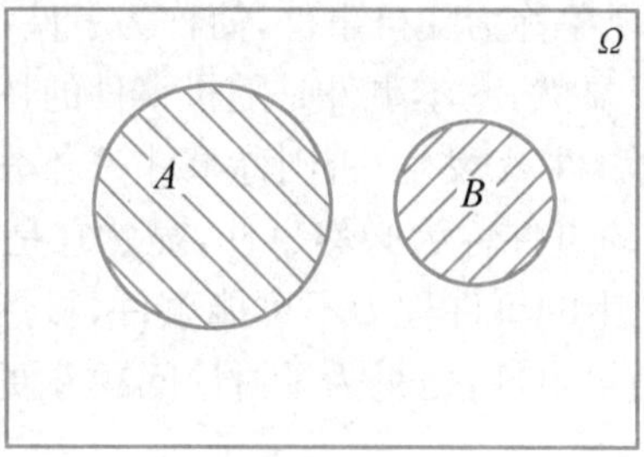

图 4-2

事件之间的运算主要有三种：

1. 和事件

事件 A 与 B 中至少有一个事件发生，即事件 A 发生或事件 B 发生，这个事件称为事件 A 与 B 的和事件，记作 $A+B$.

在试验 E 中，当小球落入区域 A 与 B 的并集 $A\cup B$ 内，即小球至少落入区域 A 与 B 中的一个区域内，意味着事件 A 与 B 中至少有一个事件发生，因此事件 A 与 B 的和事件 $A+B$ 发生. 说明区域 A 与 B 的并集 $A\cup B$ 对应事件 A 与 B 的和事件 $A+B$，和事件 $A+B$ 是由事件 A 与 B 所包含的所有基本事件构成的集合，如图 4-3.

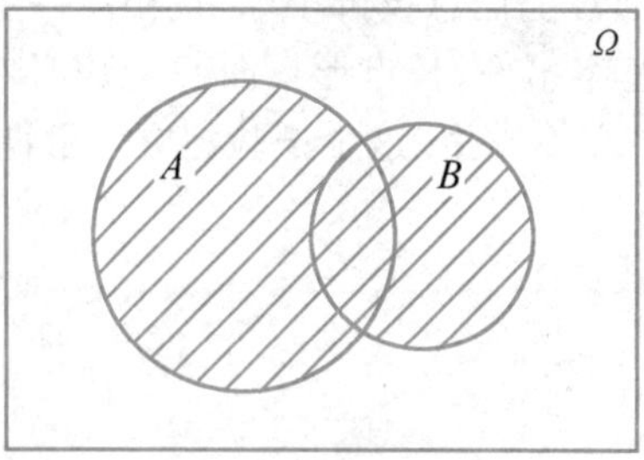

图 4-3

2. 积事件

事件 A 与 B 同时发生，即事件 A 发生且事件 B 发生，这个事件称为事件 A 与 B 的积事件，记作 AB.

在试验 E 中，当小球落入区域 A 与 B 的交集 $A\cap B$ 内，即小球落入区域 A 与 B 的公共部分内，意味着事件 A 与 B 同时发生，因此事件 A 与 B 的积事件 AB 发生. 说明区域 A 与 B 的交集 $A\cap B$ 对应事件 A 与 B 的积事件 AB，积事件 AB 是由事件 A 与 B 所包含的所有公共基本事件构成的集合，如图 4-4.

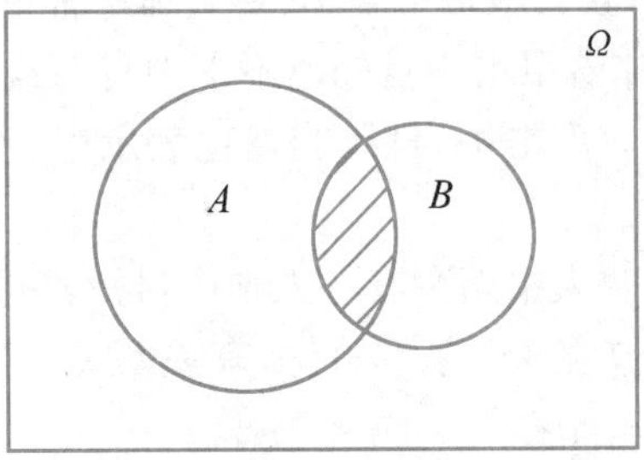

图 4-4

3. 对立事件

事件 A 不发生，这个事件称为事件 A 的对立事件，记作 $\overline{A}$.

在试验 E 中，当小球落入区域 A 的补集 $\overline{A}$ 内，即小球落入区域 A 外，意味着事件 A 不发生，因此事件 A 的对立事件 $\overline{A}$ 发生. 说明区域 A 的补集 $\overline{A}$ 对应事件 A 的对立事件 $\overline{A}$，对立事件 $\overline{A}$ 是由必然事件 Ω 所包含的全体基本事件中去掉事件 A 所包含的基本事件后所有剩余基本事件构成的集合，如图 4-5.

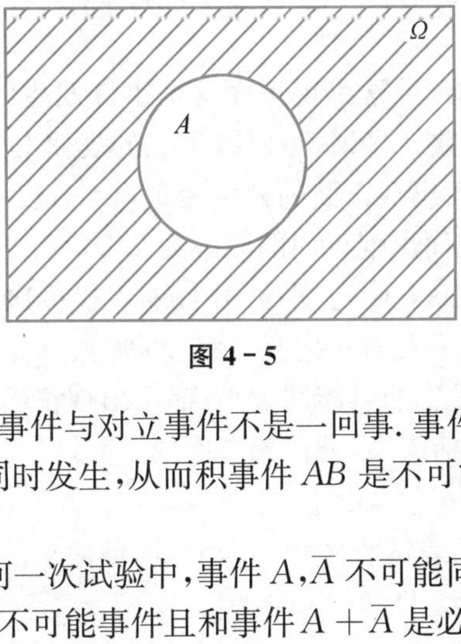

图 4-5

必须特别强调的是：互斥事件与对立事件不是一回事. 事件 A,B 互斥，意味着在任何一次试验中，事件 A,B 不可能同时发生，从而积事件 AB 是不可能事件，有

$$AB=\varnothing$$

事件 $A,\overline{A}$ 对立，意味着在任何一次试验中，事件 $A,\overline{A}$ 不可能同时发生且它们中恰好有一个事件发生，从而积事件 $A\overline{A}$ 是不可能事件且和事件 $A+\overline{A}$ 是必然事件，有

$$A\overline{A}=\varnothing \text{ 且 } A+\overline{A}=\Omega$$

这说明互斥事件与对立事件的相同之处在于：积事件都是不可能事件；它们的不同之处在于：在一次试验中，互斥事件有可能都不发生，但对立事件中一定有一个事件发生. 所以对立事件一定互斥，但互斥事件不一定对立.

例 2 甲、乙各射击一次，设事件 A 表示甲击中目标，事件 B 表示乙击中目标，那么：

(1) 甲、乙各射击一次，可以依次经过两个步骤：第 1 个步骤是甲射击，有击中目标与不击中目标两种可能；第 2 个步骤是乙射击，也有击中目标与不击中目标两种可能. 根据预备知识乘法原理，每次试验共有 $2\times2=4$ 个可能结果，即试验共有 4 个基本事件：

AB　甲击中目标且乙击中目标（两人都击中目标）

$A\overline{B}$　甲击中目标且乙不击中目标

$\overline{A}B$　甲不击中目标且乙击中目标

$\overline{A}\,\overline{B}$　甲不击中目标且乙不击中目标（两人都不击中目标）

(2) 和事件 $A\overline{B}+\overline{A}B$ 意味着甲击中目标乙不击中目标或甲不击中目标乙击中目标，因此它表示甲、乙两人中恰好有一人击中目标，当然也表示甲、乙两人中恰好有一人不击中目标，包含 2 个基本事件.

和事件 $A+B$ 表示甲、乙两人中至少有一人击中目标，包括两人中恰好有一人击中目标与两人都击中目标两类情况，包含 3 个基本事件，有关系式

$$A+B=A\overline{B}+\overline{A}B+AB$$

随机事件在一次试验中是否发生是不确定的，说明随机现象具有不确定性，这仅仅是一个方面，更重要的另一个方面是随机现象具有规律性，可以通过大量重复试验揭示随机事件发生的规律.

在 n 次重复试验中，已知事件 A 发生了 $m(0\leqslant m\leqslant n)$ 次，仅从事件 A 发生的次数不足以描述事件 A 发生可能性的大小，还应该考虑事件 A 发生的次数在试验总次数中所占的比重 $\frac{m}{n}$，称比值 $\frac{m}{n}$ 为事件 A 发生的频率. 对于必然事件 Ω，有 $m=n$，从而必然事件 Ω 发生的频率为 1；对于不可能事件 $\varnothing$，有 $m=0$，从而不可能事件 $\varnothing$ 发生的频率为 0；而一般事件发生的频率必在 0 与 1 之间.

做投掷一枚均匀硬币试验，观察出现正面这个事件发生的频率，若试验次数较少，很难找到有什么规律；但若试验次数增多，就可以找到它的规律. 如蒲丰(Buffon) 投掷 4 040 次，其中出现正面为 2 048 次，从而出现正面的频率为 0.506 9；皮尔逊(Pearson) 投掷 24 000 次，其中出现正面为 12 012 次，从而出现正面的频率为 0.500 5. 更多的试验表明：当投掷次数 n 很大时，出现正面的频率总在 0.5 附近摆动，并且随着投掷次数的增加，这种摆动的幅度是很微小的. 说明出现正面的频率具有稳定性，确定的常数 0.5 就是出现正面频率的稳定值，用它描述出现正面这个事件发生的可能性大小，揭示出现正面这个事件发生的规律.

这样的例子是很多的，概括起来，就得到概率的定义.

随机事件的概率

定义 4.1　在多次重复试验中，若事件 A 发生的频率稳定在确定常数 p 附近摆动，且随着试验次数的增加，这种摆动的幅度是很微小的，则称确定常数 p 为事件 A 发生的概率，记作

$$P(A)=p$$

事件 A 发生的概率为 p，说明在 n 次重复试验中，事件 A 发生的次数大约为 np 次，同时也反映了在一次试验中事件 A 发生可能性的大小. 如在投掷均匀硬币试验中，由于出现正面的频率稳定在确定常数 0.5 附近摆动，于是出现正面的概率为 0.5. 说明若重复试验 100 次，则出现正面的次数为 50 次左右，同时也意味着在一次试验中出现正面的可能性为 0.5，即有一半的把握出现正面. 当然，只有投掷完毕，才能确定出现正面或出现反面.

由于任何事件 A 发生的频率大于等于零且小于等于 1，因而它发生的概率当然也大于等于零且小于等于 1. 其中必然事件 Ω 发生的频率为 1，它发生的概率当然也为 1；不可能事件 $\varnothing$ 发生的频率为零，它发生的概率当然也为零. 综合上面的讨论，概率具有下列性质：

性质 1　$0\leqslant P(A)\leqslant 1$　（A 为任意事件）

性质 2　$P(\Omega)=1$　（Ω 为必然事件）

性质 3　$P(\varnothing)=0$　（$\varnothing$ 为不可能事件）

在试验 E 中，设长方形桌面 Ω 的面积为 S，区域 A 的面积为 S_A，如图 4-6.

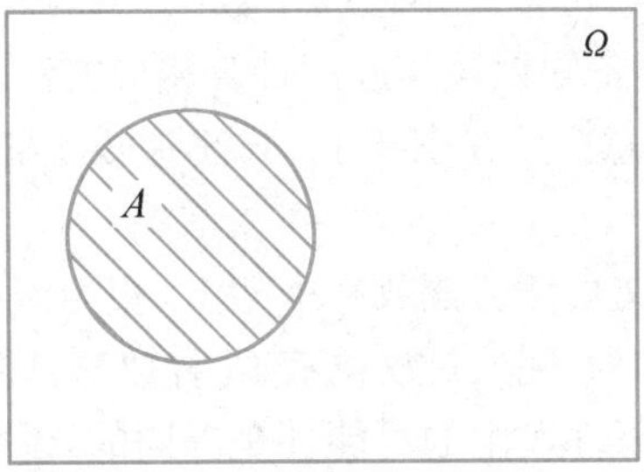

图 4-6

事件 A 发生的概率就是小球落入区域 A 内可能性的大小，由于任意投掷小球，因而小球落入区域 A 内可能性的大小取决于区域 A 面积 S_A 在长方形桌面 Ω 面积 S 中所占的比重，若这个比重越大，则小球落入区域 A 内的可能性就越大；若这个比重越小，则小球落入区域 A 内的可能性就越小. 于是事件 A 发生的概率等于区域 A 面积 S_A 在长方形桌面 Ω 面积 S 中所占的比重，即概率

$$P(A)=\frac{S_A}{S}$$

尽管概率是通过大量重复试验中频率的稳定性定义的，但不能认为概率取决于试验. 一个事件发生的概率完全由事件本身决定，是客观存在的，可以通过试验把它揭示出来.

在许多实际问题中，无法根据概率定义得到事件发生的概率，往往采用在大量重复试验中事件发生的频率作为概率近似值. 如在一批产品中任意抽查 100 个产品，其中有 92 个正品，那么正品的频率为 0.92，这个频率可以作为这批产品中正品概率的近似值，即在这批产品中任取 1 个产品是正品的概率可以认为是 0.92.

但是也有一类简单而又常见的实际问题，可以通过逻辑思维直接计算概率，而不必利用频率，这种概率问题的类型是概率论最早研究的内容，称为古典概型. 古典概型具有两个特征：

特征 1　基本事件的总数为有限个；

特征 2　每个基本事件发生的可能性是等同的.

设古典概型的一个试验共有 n 个基本事件，而事件 A 包含 m 个基本事件. 注意到在一次试验中，恰好只有一个基本事件发生，且每个基本事件发生的可能性是等同的. 又事件 A 包含 m 个基本事件，意味着试验结果若是这 m 个基本事件中的某个基本事件，则事件 A 发生，于是事件 A 发生可能性的大小取决于它所包含的 m 个基本事件在所有 n 个基本事件中所占的比重，即事件 A 发生的概率

$$P(A)=\frac{m}{n}$$

在古典概型的一个试验中，如何计算所有基本事件的个数？如何计算事件 A 包含基本事件的个数？考虑到基本事件是每次试验的一个可能结果，而每次试验的一个可能结果对应于

完成试验要求的一种方法，所以所有基本事件的个数就是完成试验要求所有方法的种数，事件A包含基本事件的个数就是完成事件A方法的种数，它是完成试验要求所有方法种数的一部分. 若试验属于元素不重复的排列问题，则归结为计算排列数；若试验属于元素可重复的排列问题，则归结为计算元素可重复排列的个数；若试验属于组合问题，则归结为计算组合数；对于一般情况，则根据预备知识基本原理计算相应方法的种数.

例3 一部4卷的文集任意摆放在书架上，求各卷书自左向右或自右向左的卷号恰好为1,2,3,4的概率.

解：注意到试验是把4卷文集任意摆放在书架上，相当于从4个不同元素中每次取出4个不同元素的元素不重复全排列，完成试验共有P_4^4种放法，即试验共有P_4^4个基本事件. 又由于是任意摆放，从而每个基本事件发生的可能性是等同的，说明这个问题属于古典概型.

设事件A表示各卷书自左向右或自右向左的卷号恰好为1,2,3,4，考虑到完成事件A的放法有2种，即事件A包含2个基本事件. 根据古典概型计算概率的公式，得到概率

$$P(A)=\frac{2}{\mathrm{P}_4^4}=\frac{2}{24}=\frac{1}{12}$$

所以各卷书自左向右或自右向左的卷号恰好为1,2,3,4的概率为$\frac{1}{12}$.

例4 邮政大厅有5个邮筒，现将两封信逐一随机投入邮筒，求第一个邮筒内恰好有一封信的概率.

解：注意到试验是将两封信逐一随机投入邮筒，必须依次经过两个步骤：第1个步骤是将第一封信投入5个邮筒中的1个邮筒，有5种方法；第2个步骤是将第二封信投入5个邮筒中的1个邮筒，也有5种方法. 若以邮筒作为元素，则试验相当于从5个不同元素中每次取出2个元素的元素可重复排列，根据预备知识乘法原理，完成试验共有$5\times5=5^2=25$种方法，即试验共有25个基本事件. 又由于是随机投入，从而每个基本事件发生的可能性是等同的，说明这个问题属于古典概型.

设事件A表示第一个邮筒内恰好有一封信，完成事件A必须依次经过两个步骤：第1个步骤是从两封信中挑出一封信投入第一个邮筒，有2种方法；第2个步骤是将剩下的一封信投入其余4个邮筒中的1个邮筒，有4种方法. 根据预备知识乘法原理，完成事件A有$2\times4=8$种方法，即事件A包含8个基本事件. 根据古典概型计算概率的公式，得到概率

$$P(A)=\frac{8}{25}$$

所以第一个邮筒内恰好有一封信的概率为$\frac{8}{25}$.

例5 口袋里装有4个黑球与3个白球，任取3个球，求：

(1) 其中恰好有1个黑球的概率；

(2) 其中至少有2个黑球的概率.

解：注意到试验是从7个球中任取3个球，在取球时并不计较所取出球的先后顺序，即不需要将它们排队，试验相当于从7个不同元素中每次取出3个不同元素的组合，完成试验共有C_7^3种方法，即试验共有C_7^3个基本事件. 又由于是任意抽取，从而每个基本事件发生的可能

性是等同的,说明这个问题属于古典概型.

(1) 设事件 A 表示任取 3 个球中恰好有 1 个黑球,即所取 3 个球中有 1 个黑球与 2 个白球,完成事件 A 必须依次经过两个步骤:第 1 个步骤是从 4 个黑球中取出 1 个黑球,有 C_4^1 种取法;第 2 个步骤是从 3 个白球中取出 2 个白球,有 C_3^2 种取法. 根据预备知识乘法原理,完成事件 A 有 $C_4^1C_3^2$ 种方法,即事件 A 包含 $C_4^1C_3^2$ 个基本事件. 根据古典概型计算概率的公式,得到概率

$$P(A)=\frac{C_4^1C_3^2}{C_7^3}=\frac{4\times 3}{35}=\frac{12}{35}$$

所以任取 3 个球中恰好有 1 个黑球的概率为$\frac{12}{35}$.

(2) 设事件 B 表示任取 3 个球中至少有 2 个黑球,包括恰好有 2 个黑球与恰好有 3 个黑球两类情况,完成事件 B 有两类方式:第 1 类方式是任取 3 个球中恰好有 2 个黑球,即所取 3 个球中有 2 个黑球与 1 个白球,有 $C_4^2C_3^1$ 种取法;第 2 类方式是任取 3 个球中恰好有 3 个黑球,即所取 3 个球中有 3 个黑球与 0 个白球,有 $C_4^3C_3^0$ 种取法. 根据预备知识加法原理,完成事件 B 有 $C_4^2C_3^1+C_4^3C_3^0$ 种取法,即事件 B 包含 $C_4^2C_3^1+C_4^3C_3^0$ 个基本事件. 根据古典概型计算概率的公式,得到概率

$$P(B)=\frac{C_4^2C_3^1+C_4^3C_3^0}{C_7^3}=\frac{6\times 3+4\times 1}{35}=\frac{22}{35}$$

所以任取 3 个球中至少有 2 个黑球的概率为$\frac{22}{35}$.

最后给出条件概率的概念.

定义 4.2 在事件 A 已经发生的条件下,事件 B 发生的概率称为事件 B 对 A 的条件概率,记作 $P(B|A)$.

条件概率 $P(B|A)$ 同样满足概率的基本性质,相应地,也称概率 $P(B)$ 为无条件概率. 注意:在事件 A 已经发生的条件下,事件 A 就是必然事件.

在试验 E 中,设区域 A 的面积为 S_A,区域 A 与 B 交集 $A\cap B$ 的面积为 S_{AB},如图 4-7.

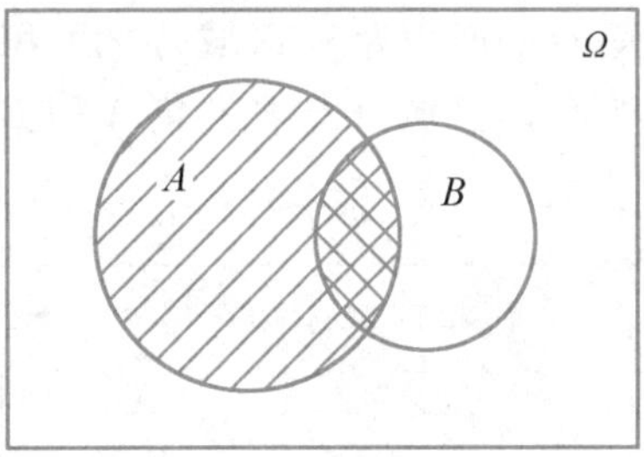

图 4-7

在事件 A 已经发生的条件下,事件 A 就是必然事件,即小球一定落入区域 A 内,这时事件 B 发生意味着小球落入区域 A 与 B 的交集 $A\cap B$ 内. 说明在事件 A 已经发生的条件下,事件 B 发生的概率就是在小球一定落入区域 A 内的条件下,小球落入区域 A 与 B 交集 $A\cap B$ 内可能性的大小,它取决于区域 A 与 B 交集 $A\cap B$ 的面积 S_{AB} 在区域 A 面积 S_A 中

所占的比重，于是事件 B 对 A 的条件概率等于区域 A 与 B 交集 $A\cap B$ 的面积 S_{AB} 在区域 A 面积 S_A 中所占的比重，即条件概率

$$P(B|A)=\frac{S_{AB}}{S_A}$$

案例解决　计算一等奖的中奖概率

一等奖为选中 6＋1 中 6＋1：$P_1=\frac{1}{C_{33}^6\times C_{16}^1}=\frac{1}{17\ 721\ 088}=0.000\ 005\ 6\%$

可见，中一等奖的概率是小概率事件，投注者如果想要以 99% 以上的概率中一等奖，则他必须连续投注 53 万年以上，所以我们不要指望靠买彩票中奖获得巨大收益，权将其当作一项娱乐消遣，要理性地进行博彩活动.

例 6　口袋里装有 5 个黑球与 3 个白球，每次任取 1 个球，不放回取两次. 设事件 A 表示第一次取到黑球，事件 B 表示第二次取到黑球，求条件概率 $P(B|A)$.

解：在事件 A 已经发生的条件下，事件 B 发生的概率意味着第一次取到黑球拿走后第二次取到黑球的概率. 由于第一次取到黑球拿走后，口袋里剩下 4 个黑球与 3 个白球，共 7 个球，因此第二次取到黑球的概率为 $\frac{4}{7}$，所以条件概率

$$P(B|A)=\frac{4}{7}$$

§ 4.2　加法公式

考虑任意两个事件 A,B，它们的和事件 $A+B$ 发生的概率与它们本身发生的概率之间有什么关系？

在试验 E 中，设长方形桌面 Ω 的面积为 S，区域 A 的面积为 S_A，区域 B 的面积为 S_B，区域 A 与 B 交集 $A\cap B$ 的面积为 S_{AB}，区域 A 与 B 并集 $A\cup B$ 的面积为 S_{A+B}，这时有关系式 $S_{A+B}=S_A+S_B-S_{AB}$，如图 4－8.

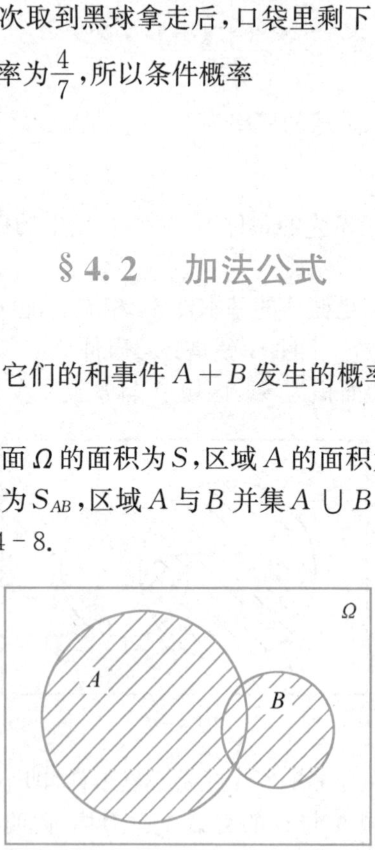

图 4－8

根据 §4.1 中的讨论，事件 A 发生的概率 $P(A)=\frac{S_A}{S}$，事件 B 发生的概率 $P(B)=\frac{S_B}{S}$，积事件 AB 发生的概率 $P(AB)=\frac{S_{AB}}{S}$，和事件 $A+B$ 发生的概率 $P(A+B)=\frac{S_{A+B}}{S}$，于是得到加法公式

加法公式

$$P(A+B)=\frac{S_{A+B}}{S}=\frac{S_A+S_B-S_{AB}}{S}=\frac{S_A}{S}+\frac{S_B}{S}-\frac{S_{AB}}{S}=P(A)+P(B)-P(AB)$$

这个公式说明：任意两个事件的和事件发生的概率等于这两个事件发生概率的和，再减去这两个事件的积事件发生的概率.

例 1 某商店销售的某种商品只由甲厂与乙厂供货，历年供货统计资料表明，甲厂按时供货的概率为 0.8，乙厂按时供货的概率为 0.7，甲、乙两厂都按时供货的概率为 0.6，求此种商品在该商店货架上不断档的概率.

解：设事件 A 表示甲厂按时供货，事件 B 表示乙厂按时供货，从而积事件 AB 表示甲、乙两厂都按时供货. 由题意得到概率

$$P(A)=0.8$$
$$P(B)=0.7$$
$$P(AB)=0.6$$

此种商品在该商店货架上不断档，意味着甲厂按时供货或乙厂按时供货，即事件 A 发生或事件 B 发生，可用和事件 $A+B$ 表示. 根据加法公式，得到概率

$$P(A+B)=P(A)+P(B)-P(AB)=0.8+0.7-0.6=0.9$$

所以此种商品在该商店货架上不断档的概率为 0.9.

加法公式也可以反过来用，求积事件发生的概率.

例 2 填空题

设 A,B 为两个事件，已知概率 $P(A)=0.2$，$P(B)=0.3$，若概率 $P(A+B)=0.4$，则概率 $P(AB)=$______.

解：根据加法公式

$$P(A+B)=P(A)+P(B)-P(AB)$$

得到概率

$$P(AB)=P(A)+P(B)-P(A+B)=0.2+0.3-0.4=0.1$$

于是应将“0.1”直接填在空内.

考虑特殊情况下的加法公式：如果事件 A 与 B 互斥，意味着事件 A,B 不可能同时发生，从而积事件 AB 是不可能事件，即 $AB=\varnothing$，这时有概率

$$P(AB)=P(\varnothing)=0$$

于是加法公式化为

$$P(A+B)=P(A)+P(B)$$

它说明：在两个事件互斥的条件下，两个事件的和事件发生的概率等于这两个事件发生概率的和.

进而考虑对立事件 $A,\overline{A}$：由于事件 A 与 $\overline{A}$ 互斥，从而得到概率

$$P(A+\overline{A})=P(A)+P(\overline{A})$$

又由于和事件 $A+\overline{A}=\Omega$，从而有概率

$$P(A+\overline{A})=P(\Omega)=1$$

于是加法公式化为

$$P(A)+P(\overline{A})=1$$

即概率

$$P(A)=1-P(\overline{A})$$

或概率

$$P(\overline{A})=1-P(A)$$

它说明：任意一个事件发生的概率等于数 1 减去对立事件发生的概率.

若一个事件包括情况比较多，从而计算其发生的概率比较麻烦，这时它的对立事件一定包括情况比较少，当然计算其发生的概率比较简单，于是应该先计算对立事件发生的概率，然后数 1 减去对立事件发生的概率，就得到所求事件发生的概率.

特殊情况下的加法公式可以推广，它对于 n 个事件也是适用的. 如果事件 $A_1,A_2,\cdots,A_n$ 两两互斥，则有概率

$$P(A_1+A_2+\cdots+A_n)=P(A_1)+P(A_2)+\cdots+P(A_n)$$

例 3 产品分一等品、二等品及废品三种，若一等品率为 0.71，二等品率为 0.26，并规定一等品或二等品为合格品，求产品的合格品率.

解： 设事件 A_1 表示一等品，事件 A_2 表示二等品，事件 A 表示合格品. 由题意得到概率

$$P(A_1)=0.71$$

$$P(A_2)=0.26$$

由于一等品或二等品为合格品，从而说明事件 A 为事件 A_1 与 A_2 的和事件，即事件 $A=A_1+A_2$. 由于在任意一次抽取中所取到的一件产品不可能既是一等品又同时是二等品，说明事件 A_1 与 A_2 不可能同时发生，即事件 A_1 与 A_2 互斥. 根据加法公式的特殊情况，得到概率

$$P(A)=P(A_1+A_2)=P(A_1)+P(A_2)=0.71+0.26=0.97$$

所以产品的合格品率为 0.97.

例 4 口袋里装有 6 个黑球与 4 个白球，任取 4 个球，求其中至少有 1 个白球的概率.

解： 注意到试验是从 10 个球中任取 4 个球，共有 C_{10}^4 种取法，即共有 C_{10}^4 个基本事件.

设事件 A 表示任取 4 个球中至少有 1 个白球，包括恰好有 1 个白球、恰好有 2 个白球、恰好有 3 个白球及恰好有 4 个白球四类情况，由于直接计算其概率 $P(A)$ 比较麻烦，因此考虑事件 A 的对立事件 $\overline{A}$. 事件 $\overline{A}$ 表示任取 4 个球中没有白球，即所取 4 个球中有 4 个黑球与 0 个白球，有 $C_6^4C_4^0$ 种取法，即事件 $\overline{A}$ 包含 $C_6^4C_4^0$ 个基本事件. 根据加法公式的特殊情况与 §4.1 古典概型计算概率的公式，得到概率

$$P(A)=1-P(\overline{A})=1-\frac{C_6^4C_4^0}{C_{10}^4}=1-\frac{15\times 1}{210}=\frac{13}{14}$$

所以任取 4 个球中至少有 1 个白球的概率为 $\frac{13}{14}$.

例 5 填空题

设 A,B 为两个事件，若概率 $P(\overline{A}\,\overline{B})=0.3$，则概率 $P(A+B)=$ ______.

解:由于和事件$A+B$表示事件A与B中至少有一个事件发生,从而它的对立事件为事件A与B都不发生即积事件$\overline{A}\,\overline{B}$.根据加法公式的特殊情况,得到概率

$$P(A+B)=1-P(\overline{A}\,\overline{B})=1-0.3=0.7$$

于是应将“0.7”直接填在空内.

例6 已知某射手射击一次中靶8环、9环、10环的概率分别为0.37,0.25,0.16,求该射手在一次射击中至少中靶8环的概率.

解:设事件A_1表示中靶8环,事件A_2表示中靶9环,事件A_3表示中靶10环,事件A表示至少中靶8环.由题意得到概率

$$P(A_1)=0.37$$
$$P(A_2)=0.25$$
$$P(A_3)=0.16$$

由于事件A发生意味着事件A_1发生或事件A_2发生或事件A_3发生,从而事件A为事件A_1,A_2,A_3的和事件,即事件$A=A_1+A_2+A_3$.由于在任何一次射击中,事件A_1,A_2,A_3中的任意两个事件都不可能同时发生,说明它们两两互斥.根据加法公式特殊情况的推广,得到概率

$$P(A)=P(A_1+A_2+A_3)=P(A_1)+P(A_2)+P(A_3)=0.37+0.25+0.16$$
$$=0.78$$

所以该射手在一次射击中至少中靶8环的概率为0.78.

综合上面的讨论,得到:

加法公式 对于任意两个事件A,B,都有概率

$$P(A+B)=P(A)+P(B)-P(AB)$$

加法公式的特殊情况

(1) 如果事件A,B互斥,则有概率

$$P(A+B)=P(A)+P(B)$$

(2) 对于任意事件A,都有概率

$$P(A)=1-P(\overline{A})$$

加法公式特殊情况的推广 如果事件$A_1,A_2,\cdots,A_n$两两互斥,则有概率

$$P(A_1+A_2+\cdots+A_n)=P(A_1)+P(A_2)+\cdots+P(A_n)$$

在应用加法公式时,应该首先判断构成和事件的两个事件是否互斥,然后应用相应的加法公式计算概率.判断两个事件是否互斥的方法是:考察在任何一次试验中,这两个事件有无可能同时发生.若有可能同时发生,则这两个事件非互斥即相容;若无可能同时发生,则这两个事件互斥.

§4.3 乘法公式

考虑任意两个事件A,B,它们的积事件AB发生的概率与它们本身发生的概率之间有什么关系?

在试验 E 中，设长方形桌面 Ω 的面积为 S，区域 A 的面积为 S_A，区域 B 的面积为 S_B，区域 A 与 B 交集 $A\cap B$ 的面积为 S_{AB}，如图 4－9.

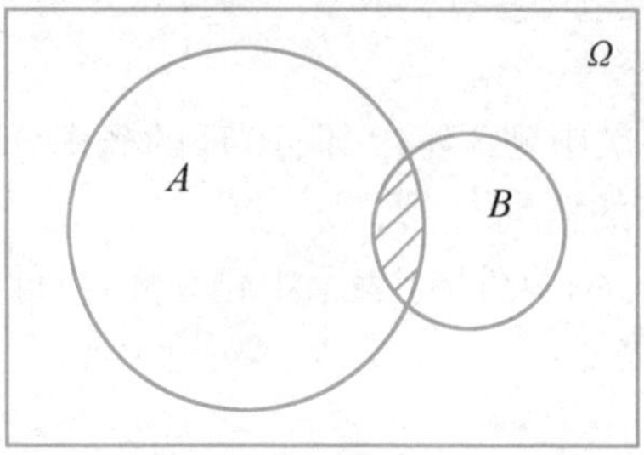

图 4－9

乘法公式

根据 §4.1 中的讨论，事件 A 发生的概率 $P(A)=\dfrac{S_A}{S}$，事件 B 发生的概率 $P(B)=\dfrac{S_B}{S}$；事件 B 对 A 的条件概率 $P(B|A)=\dfrac{S_{AB}}{S_A}$，事件 A 对 B 的条件概率 $P(A|B)=\dfrac{S_{AB}}{S_B}$；积事件 AB 发生的概率 $P(AB)=\dfrac{S_{AB}}{S}$，于是得到乘法公式

$$P(AB)=\frac{S_{AB}}{S}=\frac{S_A}{S}\,\frac{S_{AB}}{S_A}=P(A)P(B|A)$$

或者

$$P(AB)=\frac{S_{AB}}{S}=\frac{S_B}{S}\,\frac{S_{AB}}{S_B}=P(B)P(A|B)$$

这个公式说明：任意两个事件的积事件发生的概率等于其中一个事件发生的概率乘以另一个事件对此事件的条件概率.

例 1 设全校学生中有 $\dfrac{1}{3}$ 是一年级学生，而一年级学生中男生占 $\dfrac{1}{2}$. 将全校学生逐一登记在卡片上，从中任意抽取 1 张卡片，求这张卡片上登记的学生是一年级男生的概率.

解：设事件 A 表示一年级学生，事件 B 表示男生，由题意得到概率

$$P(A)=\frac{1}{3}$$

$$P(B|A)=\frac{1}{2}$$

一年级男生意味着既是一年级学生又是男性，即事件 A 与 B 同时发生，可用积事件 AB 表示. 根据乘法公式，得到概率

$$P(AB)=P(A)P(B|A)=\frac{1}{3}\times\frac{1}{2}=\frac{1}{6}$$

所以任意抽取 1 张卡片上登记的学生是一年级男生的概率为 $\dfrac{1}{6}$.

乘法公式也可以反过来用，求条件概率.

例 2 某地区一年内刮风的概率为 $\dfrac{4}{15}$，既刮风又下雨的概率为 $\dfrac{1}{10}$，求在刮风的条件下，

下雨的概率.

解:设事件 A 表示刮风,事件 B 表示下雨. 既刮风又下雨意味着事件 A 与 B 同时发生,可用积事件 AB 表示. 由题意得到概率

$$P(A)=\frac{4}{15}$$

$$P(AB)=\frac{1}{10}$$

所求在刮风的条件下,下雨的概率为条件概率 $P(B|A)$,根据乘法公式

$$P(AB)=P(A)P(B|A)$$

得到条件概率

$$P(B|A)=\frac{P(AB)}{P(A)}=\frac{\frac{1}{10}}{\frac{4}{15}}=\frac{3}{8}$$

所以在刮风的条件下,下雨的概率为$\frac{3}{8}$.

乘法公式与加法公式结合应用,可以求和事件的概率.

例 3 在仓库内同时装有两种报警系统 A 与 B,当报警系统 A 单独使用时,其有效的概率为 0.92,当报警系统 B 单独使用时,其有效的概率为 0.90,在报警系统 B 有效的条件下,报警系统 A 有效的概率为 0.93. 若发生意外时,求两种报警系统中至少有一种报警系统有效的概率.

解:设事件 A 表示报警系统 A 有效,事件 B 表示报警系统 B 有效,由题意得到概率

$$P(A)=0.92$$

$$P(B)=0.90$$

$$P(A|B)=0.93$$

两种报警系统中至少有一种报警系统有效,意味着报警系统 A 有效或报警系统 B 有效,即事件 A 发生或事件 B 发生,可用和事件 $A+B$ 表示. 根据 §4.2 加法公式与乘法公式,得到概率

$$\begin{aligned}P(A+B)&=P(A)+P(B)-P(AB)=P(A)+P(B)-P(B)P(A|B)\\&=0.92+0.90-0.90\times0.93=0.983\end{aligned}$$

所以两种报警系统中至少有一种报警系统有效的概率为 0.983.

例 4 口袋里装有 7 个黑球与 2 个白球,每次任取 1 个球,不放回取两次,求:

(1) 两次都取到黑球的概率;

(2) 两次取到球的颜色不一致的概率.

解:设事件 A 表示第一次取到黑球,事件 B 表示第二次取到黑球.

(1) 两次都取到黑球,意味着第一次取到黑球且第二次也取到黑球,即事件 A 与 B 同时发生,可用积事件 AB 表示. 根据乘法公式,得到概率

$$P(AB)=P(A)P(B|A)=\frac{7}{9}\times\frac{6}{8}=\frac{7}{12}$$

所以两次都取到黑球的概率为$\frac{7}{12}$.

(2) 两次取到球的颜色不一致,意味着第一次取到黑球且第二次取到白球,或者第一次

取到白球且第二次取到黑球，即积事件 $A\overline{B}$ 发生或积事件 $\overline{A}B$ 发生，可用和事件 $A\overline{B}+\overline{A}B$ 表示. 由于在任意两次抽取中，不可能既是第一次取到黑球且第二次取到白球，又同时是第一次取到白球且第二次取到黑球，说明积事件 $A\overline{B}$ 与 $\overline{A}B$ 不可能同时发生，即积事件 $A\overline{B}$ 与 $\overline{A}B$ 互斥. 根据 §4.2 加法公式的特殊情况与乘法公式，得到概率

$$P(A\overline{B}+\overline{A}B)=P(A\overline{B})+P(\overline{A}B)=P(A)P(\overline{B}|A)+P(\overline{A})P(B|\overline{A})$$
$$=\frac{7}{9}\times\frac{2}{8}+\frac{2}{9}\times\frac{7}{8}=\frac{7}{18}$$

所以两次取到球的颜色不一致的概率为$\frac{7}{18}$.

例 5　填空题

设 A,B 为两个事件，且已知概率 $P(A)=0.8,P(B)=0.6$，若概率 $P(B|A)=0.7$，则概率 $P(A+B)=$ ______.

解：根据 §4.2 加法公式与乘法公式，得到概率

$$P(A+B)=P(A)+P(B)-P(AB)=P(A)+P(B)-P(A)P(B|A)$$
$$=0.8+0.6-0.8\times0.7=0.84$$

于是应将"0.84"直接填在空内.

考虑事件 A 与 B，在它们发生的概率都不为零的情况下，若事件 B 对 A 的条件概率不受事件 A 发生与否的影响，即条件概率

$$P(B|A)=P(B)$$

则根据乘法公式

$$P(A)P(B|A)=P(B)P(A|B)$$

得到条件概率

$$P(A|B)=P(A)$$

说明事件 A 对 B 的条件概率也不受事件 B 发生与否的影响. 下面给出事件相互独立的概念：

定义 4.3　若事件 A 与 B 中一个事件对另外一个事件的条件概率不受另外一个事件发生与否的影响，即条件概率 $P(B|A)=P(B)$ 或条件概率 $P(A|B)=P(A)$，则称事件 A 与 B 相互独立.

如果事件 A 与 B 相互独立，意味着事件 B 发生的可能性不受事件 A 发生与否的影响，同时意味着事件 A 发生的可能性不受事件 B 发生与否的影响. 这时当然有：事件 B 不发生的可能性不受事件 A 发生与否的影响，说明事件 A 与 $\overline{B}$ 相互独立；事件 A 不发生的可能性不受事件 B 发生与否的影响，说明事件 $\overline{A}$ 与 B 相互独立；事件 A 不发生的可能性不受事件 B 不发生与否的影响，说明事件 $\overline{A}$ 与 $\overline{B}$ 相互独立.

根据上面的讨论得到结论：在四组事件"$A,B;A,\overline{B};\overline{A},B;\overline{A},\overline{B}$"中，如果有一组事件相互独立，则其余三组事件也相互独立.

如果事件 A 与 B 相互独立，这时有条件概率

$$P(B|A)=P(B)$$

与条件概率

$$P(A|B)=P(A)$$

根据乘法公式得到概率

$$P(AB)=P(A)P(B)$$

如果概率 $P(AB)=P(A)P(B)$，根据乘法公式得到条件概率

$$P(B|A)=P(B)$$

或条件概率

$$P(A|B)=P(A)$$

说明事件 A 与 B 相互独立.

根据上面的讨论得到结论：事件 A 与 B 相互独立，等价于概率

$$P(AB)=P(A)P(B)$$

事件的相互独立与事件的互斥是两个不同的概念，不可混淆. 事件 A 与 B 相互独立，说明事件 A 是否发生不影响事件 B 发生的条件概率；事件 A 与 B 互斥，说明事件 A 发生必然导致事件 B 不发生，从而事件 A 是否发生影响事件 B 发生的条件概率.

事件 A 与 B 相互独立，等价于概率

$$P(AB)=P(A)P(B)$$

而若事件 A 与 B 互斥，则概率

$$P(AB)=0$$

当概率 $P(A)>0$，$P(B)>0$ 时，如果事件 A 与 B 相互独立，则有概率

$$P(AB)=P(A)P(B)>0$$

于是事件 A 与 B 不互斥；如果事件 A 与 B 互斥，则有概率

$$P(AB)=0\neq P(A)P(B)$$

于是事件 A 与 B 不相互独立.

根据上面的讨论得到结论：当概率 $P(A)>0$，$P(B)>0$ 时，事件 A，B 相互独立与事件 A，B 互斥不能同时成立.

考虑 n 个事件 $A_1,A_2,\cdots,A_n$，若其中任何一个事件发生的可能性都不受其他一个或几个事件发生与否的影响，则称事件 $A_1,A_2,\cdots,A_n$ 相互独立. 事件 $A_1,A_2,\cdots,A_n$ 相互独立，等价于其中任意 k 个事件积事件的概率等于这 k 个事件概率的积($k=2,\cdots,n$). 如事件 A，B，C 相互独立，等价于概率

$$\begin{cases}P(AB)=P(A)P(B)\\P(AC)=P(A)P(C)\\P(BC)=P(B)P(C)\\P(ABC)=P(A)P(B)P(C)\end{cases}$$

同时成立.

如果 n 个事件 $A_1,A_2,\cdots,A_n$ 相互独立，则把其中任意一个或几个事件换成其对立事件后，所得到的 n 个事件仍然相互独立.

事件相互独立是一个重要的概念，在实际问题中往往根据具体情况判断事件是否相互独立. 如口袋里装有若干个黑球与若干个白球，每次任取 1 个球，共取两次，设事件 A 表示第

一次取到黑球，事件 B 表示第二次取到黑球. 若不放回抽取，这时事件 A 发生与否影响事件 B 发生的条件概率，则事件 A 与 B 不相互独立；若放回抽取，这时事件 A 发生与否不影响事件 B 发生的条件概率，则事件 A 与 B 相互独立.

考虑特殊情况下的乘法公式：如果事件 A 与 B 相互独立，于是乘法公式化为

$$P(AB)=P(A)P(B)$$

它说明：在两个事件相互独立的条件下，两个事件的积事件发生的概率等于这两个事件发生概率的积.

特殊情况下的乘法公式可以推广，它对于 n 个事件也是适用的. 如果事件 $A_1, A_2, \cdots, A_n$ 相互独立，则有概率

$$P(A_1A_2\cdots A_n)=P(A_1)P(A_2)\cdots P(A_n)$$

例 6　口袋里装有 7 个黑球与 2 个白球，每次任取 1 个球，放回取两次，求两次取到球的颜色一致的概率.

解：设事件 A 表示第一次取到黑球，事件 B 表示第二次取到黑球.

两次取到球的颜色一致，意味着两次都取到黑球或者两次都取到白球，即积事件 AB 发生或积事件 $\overline{A}\,\overline{B}$ 发生，可用和事件 $AB+\overline{A}\,\overline{B}$ 表示. 由于在任意两次抽取中，不可能既是两次都取到黑球，又同时是两次都取到白球，说明积事件 AB 与 $\overline{A}\,\overline{B}$ 互斥. 由于事件 A 与 B 相互独立，因而事件 $\overline{A}$ 与 $\overline{B}$ 也相互独立. 根据 §4.2 加法公式的特殊情况与乘法公式的特殊情况，得到概率

$$\begin{aligned}P(AB+\overline{A}\,\overline{B})&=P(AB)+P(\overline{A}\,\overline{B})=P(A)P(B)+P(\overline{A})P(\overline{B})\\&=\frac{7}{9}\times\frac{7}{9}+\frac{2}{9}\times\frac{2}{9}=\frac{53}{81}\end{aligned}$$

所以两次取到球的颜色一致的概率为 $\frac{53}{81}$.

例 7　甲、乙两人相互独立向同一目标各射击一次，甲击中目标的概率为 0.4，乙击中目标的概率为 0.3，求：

(1) 甲、乙两人中恰好有一人击中目标的概率；

(2) 甲、乙两人中至少有一人击中目标的概率.

解：设事件 A 表示甲击中目标，事件 B 表示乙击中目标，由题意得到概率

$$P(A)=0.4$$

$$P(B)=0.3$$

(1) 甲、乙两人中恰好有一人击中目标，可用和事件 $A\overline{B}+\overline{A}B$ 表示，且积事件 $A\overline{B}$ 与 $\overline{A}B$ 互斥. 由于甲、乙两人相互独立射击，说明事件 A 与 B 相互独立，因而事件 A 与 $\overline{B}$ 也相互独立，事件 $\overline{A}$ 与 B 也相互独立. 根据 §4.2 加法公式的特殊情况与乘法公式的特殊情况，得到概率

$$\begin{aligned}P(A\overline{B}+\overline{A}B)&=P(A\overline{B})+P(\overline{A}B)=P(A)P(\overline{B})+P(\overline{A})P(B)\\&=P(A)(1-P(B))+(1-P(A))P(B)\\&=0.4\times(1-0.3)+(1-0.4)\times0.3=0.46\end{aligned}$$

所以甲、乙两人中恰好有一人击中目标的概率为 0.46.

(2) 甲、乙两人中至少有一人击中目标，可用和事件 $A+B$ 表示. 由于甲、乙两人相互独立射击，说明事件 A 与 B 相互独立. 根据 §4.2 加法公式与乘法公式的特殊情况，得到概率

$$P(A+B)=P(A)+P(B)-P(AB)=P(A)+P(B)-P(A)P(B)$$
$$=0.4+0.3-0.4\times0.3=0.58$$

所以甲、乙两人中至少有一人击中目标的概率为 0.58.

例 8　甲、乙、丙三人相互独立破译密电码，甲破译密电码的概率为 0.3，乙破译密电码的概率为 0.4，丙破译密电码的概率为 0.5，求密电码被破译的概率.

解：设事件 A 表示甲破译密电码，事件 B 表示乙破译密电码，事件 C 表示丙破译密电码. 由题意得到概率

$$P(A)=0.3$$
$$P(B)=0.4$$
$$P(C)=0.5$$

密电码被破译，意味着甲、乙、丙三人中至少有一人破译密电码，可用和事件 $A+B+C$ 表示. 它包括恰好有一人破译密电码、恰好有两人破译密电码及恰好三人都破译密电码三类情况，由于直接计算其概率比较麻烦，因此考虑它的对立事件. 它的对立事件是密电码没有被破译，即甲、乙、丙三人都没有破译密电码，可用积事件 $\overline{A}\,\overline{B}\,\overline{C}$ 表示. 由于甲、乙、丙三人相互独立破译密电码，说明事件 A,B,C 相互独立，因而事件 $\overline{A},\overline{B},\overline{C}$ 也相互独立. 根据 §4.2 加法公式的特殊情况与乘法公式特殊情况的推广，得到概率

$$P(A+B+C)=1-P(\overline{A}\,\overline{B}\,\overline{C})=1-P(\overline{A})P(\overline{B})P(\overline{C})$$
$$=1-(1-P(A))(1-P(B))(1-P(C))$$
$$=1-(1-0.3)\times(1-0.4)\times(1-0.5)=0.79$$

所以密电码被破译的概率为 0.79.

例 9　填空题

设 A,B 为两个事件，且已知概率 $P(B)=\frac{1}{2}$，$P(A+B)=\frac{2}{3}$，若事件 A,B 相互独立，则概率 $P(A)=$ ______.

解：根据 §4.2 加法公式与乘法公式的特殊情况，有

$$P(A+B)=P(A)+P(B)-P(AB)=P(A)+P(B)-P(A)P(B)$$

将已知数值代入，得到关系式

$$\frac{2}{3}=P(A)+\frac{1}{2}-\frac{1}{2}P(A)$$

即有

$$\frac{1}{2}P(A)=\frac{1}{6}$$

因此概率

$$P(A)=\frac{1}{3}$$

于是应将"$\frac{1}{3}$"直接填在空内.

综合上面的讨论，得到：

乘法公式　对于任意两个事件 A,B，都有概率

$$P(AB)=P(A)P(B|A)$$
$$=P(B)P(A|B)$$

乘法公式的特殊情况　如果事件 A,B 相互独立，则有概率

$$P(AB)=P(A)P(B)$$

乘法公式特殊情况的推广　如果事件 $A_1,A_2,\cdots,A_n$ 相互独立，则有概率

$$P(A_1A_2\cdots A_n)=P(A_1)P(A_2)\cdots P(A_n)$$

在应用乘法公式时，应该首先判断构成积事件的两个事件是否相互独立，然后应用相应的乘法公式计算概率. 判断两个事件是否相互独立的方法是：考察在任何一次试验中，一个事件发生与否影响不影响另外一个事件发生的条件概率. 若有影响，则这两个事件不相互独立；若无影响，则这两个事件相互独立.

§4.4　全概公式

首先给出完备事件组的概念.

定义 4.4　已知事件 $A_1,A_2,\cdots,A_n$，若它们同时满足：

(1) 两两互斥

(2) 和事件 $A_1+A_2+\cdots+A_n=\Omega$

则称事件 $A_1,A_2,\cdots,A_n$ 构成一个完备事件组.

对于任何事件 A，由于它与对立事件 $\overline{A}$ 满足：事件 A 与 $\overline{A}$ 互斥，且和事件 $A+\overline{A}=\Omega$，所以事件 $A,\overline{A}$ 构成最简单的完备事件组.

设事件 $A_1,A_2,\cdots,A_n$ 构成一个完备事件组，考虑任意事件 B，它发生的概率与事件 $A_1,A_2,\cdots,A_n$ 发生的概率有什么关系？

在试验 E 中，若区域 $A_1,A_2,\cdots,A_n$ 两两分离，且它们的并集是长方形桌面 Ω，则小球不可能同时落入其中任何两个区域，但一定落入其中一个区域，意味着事件 $A_1,A_2,\cdots,A_n$ 两两互斥，且它们的和事件是必然事件，因此它们构成一个完备事件组. 区域 B 被分成 n 个部分，它们分别是区域 B 与 $A_1,A_2,\cdots,A_n$ 的交集，即区域 B 为交集 $A_1\cap B,A_2\cap B,\cdots,A_n\cap B$ 的并集，如图 4-10. 根据 §4.1 中的讨论，事件 B 为积事件 $A_1B,A_2B,\cdots,A_nB$ 的和事件，即

$$B=A_1B+A_2B+\cdots+A_nB$$

注意到交集 $A_1\cap B,A_2\cap B,\cdots,A_n\cap B$ 两两分离，说明积事件 $A_1B,A_2B,\cdots,A_nB$ 两两互斥. 根据 §4.2 加法公式特殊情况的推广与 §4.3 乘法公式，于是得到全概公式

全概公式

$$P(B)=P(A_1B+A_2B+\cdots+A_nB)=P(A_1B)+P(A_2B)+\cdots+P(A_nB)$$
$$=P(A_1)P(B|A_1)+P(A_2)P(B|A_2)+\cdots+P(A_n)P(B|A_n)$$

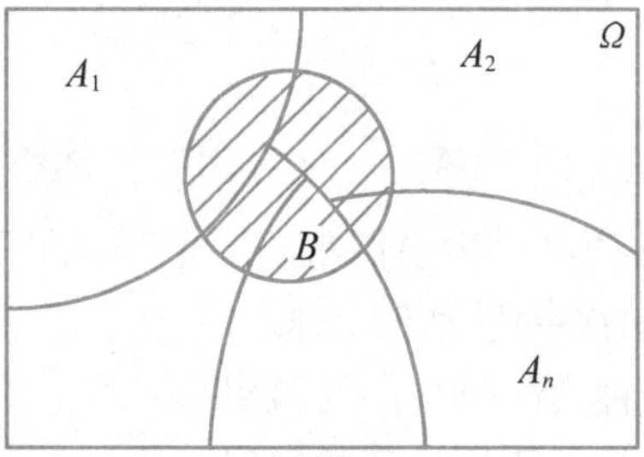

图 4-10

如果还求条件概率 $P(A_i|B)$ $(i=1,2,\cdots,n)$，则根据 §4.3 乘法公式

$$P(B)P(A_i|B)=P(A_i)P(B|A_i)$$

得到逆概公式即贝叶斯(Bayes) 公式

$$P(A_i|B)=\frac{P(A_i)P(B|A_i)}{P(B)}\quad(i=1,2,\cdots,n)$$

例 1　某村麦种放在甲、乙、丙三个仓库保管，其保管数量分别占总数量的 40%，35%，25%，所保管麦种发芽率分别为 0.95，0.92，0.90. 现将三个仓库的麦种全部混合，求其发芽率.

解：设事件 A_1 表示甲仓库保管的麦种，事件 A_2 表示乙仓库保管的麦种，事件 A_3 表示丙仓库保管的麦种，事件 B 表示发芽麦种. 由题意得到概率

$$P(A_1)=40\%$$
$$P(A_2)=35\%$$
$$P(A_3)=25\%$$
$$P(B|A_1)=0.95$$
$$P(B|A_2)=0.92$$
$$P(B|A_3)=0.90$$

由于事件 A_1,A_2,A_3 构成一个完备事件组，从而对于事件 B，有关系式

$$B=A_1B+A_2B+A_3B$$

这是容易理解的，注意到发芽麦种包括甲仓库保管的发芽麦种、乙仓库保管的发芽麦种及丙仓库保管的发芽麦种三个部分，即事件 B 发生意味着积事件 A_1B 发生或积事件 A_2B 发生或积事件 A_3B 发生，于是事件 B 当然等于积事件 A_1B,A_2B,A_3B 的和事件. 根据全概公式，得到概率

$$\begin{aligned}P(B)&=P(A_1B+A_2B+A_3B)=P(A_1B)+P(A_2B)+P(A_3B)\\&=P(A_1)P(B|A_1)+P(A_2)P(B|A_2)+P(A_3)P(B|A_3)\\&=40\%\times0.95+35\%\times0.92+25\%\times0.90=0.927\end{aligned}$$

所以麦种全部混合后的发芽率为 0.927.

考虑特殊情况下的全概公式：对于任何事件 A，事件 $A,\overline{A}$ 构成最简单的完备事件组，从而对于任意事件 B，都有关系式

$$B = AB + \overline{A}B$$

于是全概公式化为

$$P(B) = P(AB + \overline{A}B) = P(AB) + P(\overline{A}B) = P(A)P(B|A) + P(\overline{A})P(B|\overline{A})$$

例 2 市场上供应的某种商品只由甲厂与乙厂生产，甲厂占 80%，乙厂占 20%，甲厂产品的次品率为 4%，乙厂产品的次品率为 9%，求：

(1) 从市场上任买 1 件这种商品是次品的概率；

(2) 从市场上已买 1 件次品是乙厂生产的概率.

解：设事件 A 表示甲厂产品，从而事件 $\overline{A}$ 表示乙厂产品，再设事件 B 表示次品. 由题意得到概率

$$P(A) = 80\%$$
$$P(\overline{A}) = 20\%$$
$$P(B|A) = 4\%$$
$$P(B|\overline{A}) = 9\%$$

(1) 由于事件 A，$\overline{A}$ 构成最简单的完备事件组，从而对于事件 B，有关系式

$$B = AB + \overline{A}B$$

这是容易理解的，注意到次品包括甲厂次品与乙厂次品两个部分，即事件 B 发生意味着积事件 AB 发生或积事件 $\overline{A}B$ 发生，于是事件 B 当然等于积事件 AB 与 $\overline{A}B$ 的和事件. 根据全概公式的特殊情况，得到概率

$$\begin{aligned} P(B) &= P(AB + \overline{A}B) = P(AB) + P(\overline{A}B) = P(A)P(B|A) + P(\overline{A})P(B|\overline{A}) \\ &= 80\% \times 4\% + 20\% \times 9\% = 5\% \end{aligned}$$

所以从市场上任买 1 件这种商品是次品的概率为 5%.

(2) 注意到所求概率为条件概率 $P(\overline{A}|B)$，根据 §4.3 乘法公式

$$P(B)P(\overline{A}|B) = P(\overline{A})P(B|\overline{A})$$

得到条件概率

$$P(\overline{A}|B) = \frac{P(\overline{A})P(B|\overline{A})}{P(B)} = \frac{20\% \times 9\%}{5\%} = 36\%$$

所以从市场上已买 1 件次品是乙厂生产的概率为 36%.

例 3 100 张彩票中有 7 张有奖彩票，甲先乙后各购买 1 张彩票，问甲、乙中奖的概率是否相同?

解：设事件 A 表示甲中奖，从而事件 $\overline{A}$ 表示甲不中奖，再设事件 B 表示乙中奖. 根据 §4.1 古典概型计算概率的公式，得到甲中奖的概率

$$P(A) = \frac{7}{100}$$

由于事件 A，$\overline{A}$ 构成最简单的完备事件组，从而对于事件 B，有关系式

$$B = AB + \overline{A}B$$

这是容易理解的，注意到乙购买彩票是在甲购买彩票之后，从而乙中奖包括甲中奖乙中奖与

甲不中奖乙中奖两类情况，即事件 B 发生意味着积事件 AB 发生或积事件 $\overline{A}B$ 发生，于是事件 B 当然等于积事件 AB 与 $\overline{A}B$ 的和事件. 同时注意到甲无论中奖与否，都不把所购买彩票放回，从而乙是从剩余 99 张彩票中购买 1 张彩票. 根据全概公式的特殊情况，得到乙中奖的概率

$$P(B)=P(AB+\overline{A}B)=P(AB)+P(\overline{A}B)=P(A)P(B|A)+P(\overline{A})P(B|\overline{A})$$
$$=\frac{7}{100}\times\frac{6}{99}+\frac{93}{100}\times\frac{7}{99}=\frac{7}{100}$$

所以甲、乙中奖的概率是相同的，皆为$\frac{7}{100}$.

在例 3 中，经过进一步的计算可以得到：第 3 个以至第 100 个购买彩票的人中奖的概率都等于$\frac{7}{100}$，与购买彩票的先后顺序无关，这可以作为一般抽签或抓阄问题的结论.

全概公式的特殊情况也可以反过来用，求积事件的概率.

学问思辨

有放回抽取与不放回抽取影响获奖概率吗？

例 4 设 A,B 为两个事件，且已知概率 $P(A)=\frac{2}{5}$，$P(B)=\frac{4}{5}$，$P(B|\overline{A})=\frac{5}{6}$，求：

(1) 概率 $P(\overline{A}B)$；

(2) 概率 $P(AB)$；

(3) 条件概率 $P(A|B)$；

(4) 概率 $P(A+B)$.

解：(1) 根据 §4.3 乘法公式与 §4.2 加法公式的特殊情况，得到概率

$$P(\overline{A}B)=P(\overline{A})P(B|\overline{A})=(1-P(A))P(B|\overline{A})=\left(1-\frac{2}{5}\right)\times\frac{5}{6}=\frac{1}{2}$$

(2) 根据全概公式的特殊情况

$$P(B)=P(AB)+P(\overline{A}B)$$

得到概率

$$P(AB)=P(B)-P(\overline{A}B)=\frac{4}{5}-\frac{1}{2}=\frac{3}{10}$$

(3) 根据 §4.3 乘法公式

$$P(AB)=P(B)P(A|B)$$

得到条件概率

$$P(A|B)=\frac{P(AB)}{P(B)}=\frac{\frac{3}{10}}{\frac{4}{5}}=\frac{3}{8}$$

(4) 根据 §4.2 加法公式，得到概率

$$P(A+B)=P(A)+P(B)-P(AB)=\frac{2}{5}+\frac{4}{5}-\frac{3}{10}=\frac{9}{10}$$

综合上面的讨论，得到：

全概公式　如果事件 $A_1, A_2, \cdots, A_n$ 构成一个完备事件组，则对于任意事件 B，都有概率

$$\begin{aligned}P(B)&=P(A_1B+A_2B+\cdots+A_nB)=P(A_1B)+P(A_2B)+\cdots+P(A_nB)\\&=P(A_1)P(B|A_1)+P(A_2)P(B|A_2)+\cdots+P(A_n)P(B|A_n)\end{aligned}$$

全概公式的特殊情况　对于任意两个事件 A, B，都有概率

$$P(B)=P(AB+\overline{A}B)=P(AB)+P(\overline{A}B)=P(A)P(B|A)+P(\overline{A})P(B|\overline{A})$$

习题四

4.01　口袋里装有若干个黑球与若干个白球，每次任取 1 个球，共抽取两次. 设事件 A 表示第一次取到黑球，事件 B 表示第二次取到黑球，问：

(1) 和事件 $A+B$ 表示什么？

(2) 积事件 AB 表示什么？

(3) 两次都取到白球应如何表示？

(4) 两次取到球的颜色不一致应如何表示？

4.02　用 9 个数字 1，2，…，9 随意组成数字不重复的四位数，求它小于 4 000 的概率.

4.03　随机安排甲、乙、丙三人在星期一到星期三各学习一天，求恰好有一人在星期一学习的概率.

4.04　箱子里装有 4 个一级品与 6 个二级品，任取 5 个产品，求：

(1) 其中恰好有 2 个一级品的概率；

(2) 其中至多有 1 个一级品的概率.

4.05　某地区调查资料表明，在总户数中，购置两轮摩托车的户数占 90%，购置三轮摩托车的户数占 80%，购置两种摩托车的户数占 75%，现从中任意调查 1 户，求这户购置摩托车的概率.

4.06　某地区一年内刮风的概率为 $\frac{4}{15}$，下雨的概率为 $\frac{2}{15}$，刮风或下雨的概率为 $\frac{3}{10}$，求既刮风又下雨的概率.

4.07　盒子里装有 5 张壹角邮票、3 张贰角邮票及 2 张叁角邮票，任取 3 张邮票，求其中至少有 2 张邮票面值相同的概率.

4.08　市场上供应的某种商品只由甲厂与乙厂生产，甲厂占 60%，乙厂占 40%，甲厂产品的次品率为 7%，乙厂产品的次品率为 8%. 从市场上任买 1 件这种商品，求：

(1) 它是甲厂次品的概率；

(2) 它是乙厂次品的概率.

4.09 某单位同时装有两种报警系统 A 与 B,当报警系统 A 单独使用时,其有效的概率为 0.70,当报警系统 B 单独使用时,其有效的概率为 0.80,在报警系统 A 有效的条件下,报警系统 B 有效的概率为 0.84. 若发生意外时,求:

(1) 在报警系统 B 有效的条件下,报警系统 A 有效的概率;

(2) 两种报警系统中至少有一种报警系统有效的概率.

4.10 口袋里装有 6 个黑球与 3 个白球,每次任取 1 个球,不放回取两次,求:

(1) 第一次取到黑球且第二次取到白球的概率;

(2) 两次取到球的颜色一致的概率.

4.11 甲、乙两厂相互独立生产同一种产品,甲厂产品的次品率为 0.2,乙厂产品的次品率为 0.1. 从甲、乙两厂生产的这种产品中各任取 1 个产品,求:

(1) 这 2 个产品中恰好有 1 个正品的概率;

(2) 这 2 个产品中至少有 1 个正品的概率.

4.12 甲、乙、丙三人相互独立向同一目标各射击一次,甲击中目标的概率为 0.8,乙击中目标的概率为 0.7,丙击中目标的概率为 0.6,求目标被击中的概率.

4.13 甲、乙、丙三台机床加工同一种零件,零件由甲、乙、丙机床加工的概率分别为 0.4,0.3,0.3,甲、乙、丙机床加工的零件为合格品的概率分别为 0.9,0.8,0.9,求全部零件的合格品率.

4.14 市场上供应的某种商品由甲厂、乙厂及丙厂生产,甲厂占 50%,乙厂占 30%,丙厂占 20%,甲厂产品的正品率为 88%,乙厂产品的正品率为 70%,丙厂产品的正品率为 75%,求:

(1) 从市场上任买 1 件这种商品是正品的概率;

(2) 从市场上已买 1 件正品是甲厂生产的概率.

4.15 盒子里装有 5 支红圆珠笔与 8 支蓝圆珠笔,每次任取 1 支圆珠笔,不放回取两次,试求:

(1) 两次都取到红圆珠笔的概率;

(2) 第二次取到红圆珠笔的概率.

4.16 设 A,B 为两个事件,且已知概率 $P(A)=0.5$,$P(B)=0.6$,$P(B|\overline{A})=0.4$,求:

(1) 概率 $P(\overline{A}B)$;

(2) 概率 $P(AB)$;

(3) 条件概率 $P(B|A)$;

(4) 概率 $P(A+B)$.

4.17 填空题

(1) 甲、乙各射击一次,设事件 A 表示甲击中目标,事件 B 表示乙击中目标,则甲、乙两人中恰好有一人不击中目标可用事件______表示.

(2) 投掷两枚均匀硬币，设事件 A 表示出现两个正面，则概率 $P(A)=$ ______.

(3) 已知甲、乙两个盒子里各装有 2 个新球与 4 个旧球，先从甲盒中任取 1 个球放入乙盒，再从乙盒中任取1个球，设事件A表示从甲盒中取出新球放入乙盒，事件B表示从乙盒中取出新球，则条件概率$P(B|A)=$ ______.

(4) 设 A,B 为两个事件，且已知概率 $P(A)=\frac{1}{4},P(B)=\frac{2}{3}$，若概率 $P(AB)=\frac{1}{6}$，则概率$P(A+B)=$ ______.

(5) 设 A,B 为两个事件，且已知概率 $P(A)=0.4,P(B)=0.3$，若事件 A,B 互斥，则概率$P(A+B)=$ ______.

(6) 设 A,B 为两个事件，且已知概率 $P(\bar{A})=0.7,P(B)=0.6$，若事件 A,B 相互独立，则概率 $P(AB)=$ ______.

(7) 设 A,B 为两个事件，且已知概率 $P(A)=0.4,P(B)=0.3$，若事件 A,B 相互独立，则概率 $P(A+B)=$ ______.

(8) 设 A,B 为两个事件，且已知概率 $P(B)=0.84$，若概率 $P(\bar{A}B)=0.21$，则概率$P(AB)=$ ______.

4.18　单项选择题

(1) 投掷两颗均匀骰子，则出现点数之和等于 6 的概率为(　　).

(a) $\frac{1}{11}$　　(b) $\frac{5}{11}$

(c) $\frac{1}{36}$　　(d) $\frac{5}{36}$

(2)10 把钥匙中有 3 把钥匙能打开门锁，任取 2 把钥匙，设事件 A 表示其中恰好有 1 把钥匙能打开门锁，则概率 $P(A)=$(　　).

(a) $\frac{1}{15}$　　(b) $\frac{7}{15}$

(c) $\frac{1}{10}$　　(d) $\frac{3}{10}$

(3) 盒子里装有 10 个木质球与 6 个玻璃球，木质球中有 3 个红球、7 个黄球，玻璃球中有 2 个红球、4 个黄球，从盒子里任取 1 个球. 设事件 A 表示取到玻璃球，事件 B 表示取到红球，则条件概率 $P(A|\bar{B})=$(　　).

(a) $\frac{4}{11}$　　(b) $\frac{4}{7}$

(c) $\frac{3}{8}$　　(d) $\frac{3}{5}$

(4) 设 A,B 为两个事件，若概率 $P(A)=\frac{1}{3},P(A|B)=\frac{2}{3},P(\bar{B}|A)=\frac{3}{5}$，则概率$P(B)=$(　　).

(a) $\frac{1}{5}$　　(b) $\frac{2}{5}$

(c) $\frac{3}{5}$ (d) $\frac{4}{5}$

(5) 设 A,B 为两个事件,且已知概率 $P(A)>0,P(B)>0$,若事件 A,B 互斥,则下列等式中(　　)恒成立.

(a) $P(A+B)=P(A)+P(B)$ (b) $P(A+B)=P(A)P(B)$

(c) $P(AB)=P(A)+P(B)$ (d) $P(AB)=P(A)P(B)$

(6) 设 A,B 为两个事件,若概率 $P(A)=\frac{1}{3},P(B)=\frac{1}{4},P(AB)=\frac{1}{12}$,则(　　).

(a) 事件 A,B 互斥但不对立 (b) 事件 A,B 对立

(c) 事件 A,B 不相互独立 (d) 事件 A,B 相互独立

(7) 设 A,B 为两个事件,且已知概率 $P(A)=\frac{3}{5},P(A+B)=\frac{7}{10}$,若事件 A,B 相互独立,则概率 $P(B)=$(　　).

(a) $\frac{1}{16}$ (b) $\frac{1}{10}$

(c) $\frac{1}{4}$ (d) $\frac{2}{5}$

(8) 设 A,B 为两个事件,且已知概率 $P(A)>0,P(B)>0$,若事件 A,B 相互独立,则事件 $\overline{A},\overline{B}$(　　).

(a) 相互独立且互斥 (b) 相互独立且不互斥

(c) 不相互独立且互斥 (d) 不相互独立且不互斥

4.19　应用题——抽签的公正性

设有 10 张外观相同的奖券,其中有 3 张是中奖券,有 4 人依次抽取,请分别计算放回与不放回两种情况下,每人抽到奖券的概率.

拓展阅读

如何利用随机性

在我国,最早是 1896 年清代数学家、翻译家、教育家华蘅芳(1833—1902) 翻译引进概率论的."概率"一词先后被翻译成"可遇率""或是率""或然率""结率""几率"等,直到 1974 年《英汉数学词典》才确定为概率,其主要对象是随机试验、随机事件及其概率、随机变量及其概率分布和数字特征.

生活中会有很多巧合,有的人没有意识到是随机性在发挥作用,就喜欢让人算命,其实是因为缺乏对随机性的理解.在随机性面前,我们有两条路可以选择,一是向不确定性屈服,相信神明;二是拥抱不确定性,学会理解随机性,发现不确定性背后的秘密,并且利用随机性做出更理性、更智慧的选择,提高"中奖"的概率.

以 19 世纪英国一家棉花工厂的工程师约瑟夫·贾格尔为例.他盯上了一家赌场的轮盘赌,这种游戏有 38 个数字,每个数字出现的概率是 $\frac{1}{38}$.贾格尔想,机器怎么可能做到完美对称呢?任何缺陷都有可能改变获奖号码的随机性,导致轮盘停止的位置偏向某些数字,这些

数字可能会更频繁地出现，也就能借此赚钱．于是，贾格尔雇用了六个助手，每个助手盯着一个轮盘，记下中奖的数字，然后交由贾格尔分析数字的规律，六天后，五个轮盘机器的数据没有被发现有意义的偏离，但第六个轮盘机器上有九个数出现的概率远远高于其他数字．

第七天，贾格尔走入赌场，在第六个轮盘上大量投注那九个高频出现的数字，最后赚取了 32.5 万美元，这在当时是一个大数字．

都说“十赌九输”，我们回顾一下贾格尔战胜赌场的秘密：第一，他发现了赌场的随机性漏洞，建立了自己的概率优势策略；第二，这个策略必须是可以重复的；第三，他反过来利用大数定律，并重复使用这个策略．

故事还没完，贾格尔见好就收，没有继续用那些靠随机性赚来的钱参与赌博，而是拿到钱之后投资了房产，用不动产巩固财富，如此看来，他是一个运用随机性的高手．

面对这个世界充满不确定的“随机性”，我们要提升自己应对随机性的判断能力，正如英国经济学者沃尔特·白芝浩所说，生活是概率的大学校．在这个学校里，我们每个人不应该甘心当一个被扔来扔去的骰子，而是要努力探寻人生的概率．

第五章

随机变量及其数字特征

教学目标

知识目标

理解随机变量的概念及分类.

掌握离散型随机变量的定义、性质及数字特征.

掌握连续型随机变量的定义、性质及数字特征.

能力目标

会求离散型随机变量的数字特征.

会求连续型随机变量的数字特征.

会正确判断实际问题中随机变量所属类型.

素养目标

通过"随机变量及其数字特征"的学习和训练,让学生了解随机变量的数字特征在理论和实践上都具有重要意义,深刻体会它的内涵美和用途.引导学生学会基于客观数据的预期,利用期望、方差综合决策,不要随波逐流,用公平、公正、科学的思维和方法,树立风险意识,应对"不确定性".

思维导图

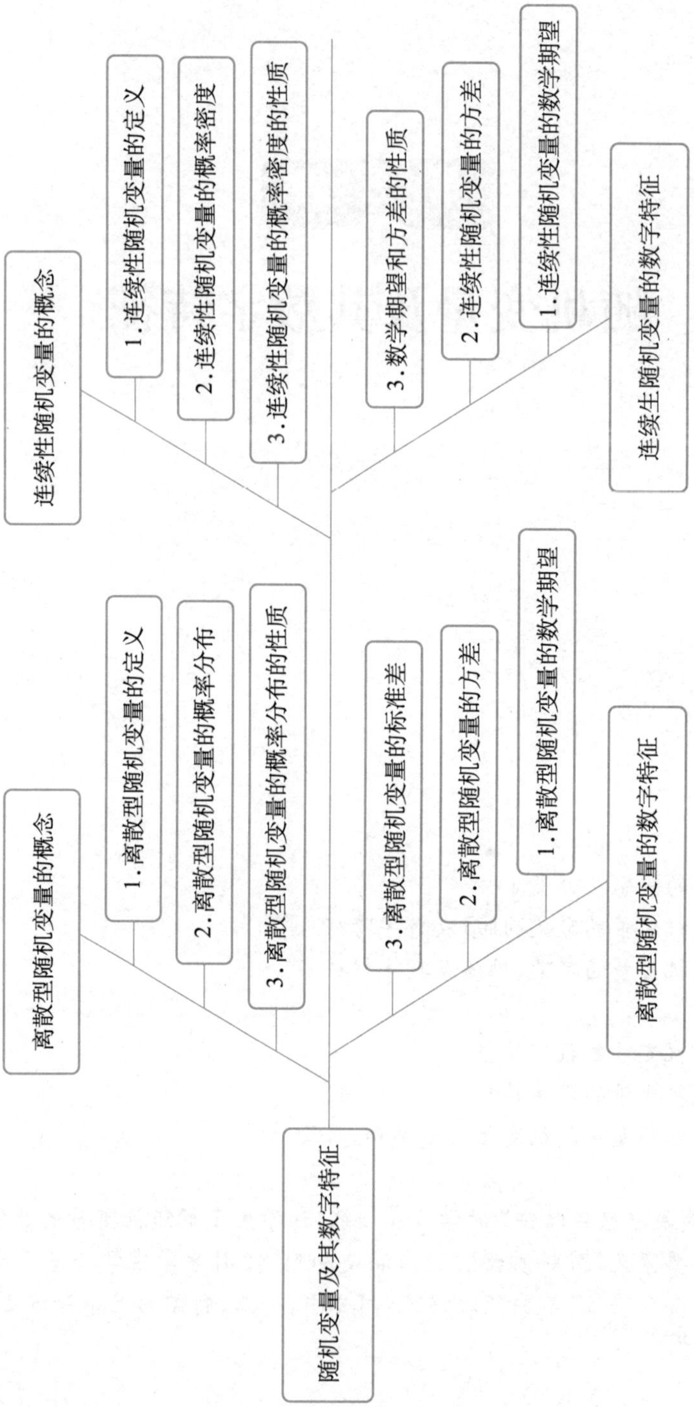

本章知识思维导图

引导案例

分组检验能否减少工作量?

在一个人数为 N 的人群中，普查某种疾病，为此要抽 N 个人的血进行化验，为了减少工作量，一位统计学家提出一种方法：将 K 个人的血样混合后检验，如果这种混合血样呈阴性反应，就说明这 K 个人都无此疾病，因而 K 个人只要检验 1 次就够了，相当于每个人检验了 $1/K$ 次，检验的工作量明显减少了. 如果这种混合血样呈阳性反应，就说明这 K 个人中至少有一人的血呈阳性，这就需要再对此 K 个人的血样分别进行检验，因此，这 K 个人的血要检验$(1+K)$ 次，相当于每个人检验$(1+1/K)$ 次，这样增加了检验次数，假设该疾病的发病率为 P，且每个人是否得此疾病是相互独立的，试问这种方法能否减少平均检验次数?

分析：本案例的解决涉及离散型随机变量及其分布列、离散型随机变量的数学期望，本章我们就来讨论随机变量的概念、分类及其数字特征.

§5.1 离散型随机变量的概念

考虑投掷一颗均匀骰子，在各次试验中，会出现不同的点数，因此“出现的点数”是一个变量，它的可能取值为 1,2,3,4,5,6 中的一个值，它取哪个值是随机的，事先不能准确预料，但是它取每一个值的概率却是确定的，皆为 $\frac{1}{6}$. 这说明可以用试验中“出现的点数”这个变量的所有可能取值以及取这些值的概率描述这个随机现象，即可以用试验中“出现的点数”这个变量的取值表示试验结果，而这个变量是依试验结果而随机取值的.

离散型随机变量

一般地，对于随机试验，若其试验结果可用一个变量的取值表示，这个变量取值带有随机性，并且取这些值的概率是确定的，则称这样的变量为随机变量，通常用大写字母 X,Y,Z 等表示. 随机变量的取值为具体数值，可用小写字母 x,y,z 等表示.

在引进随机变量后，随机事件就可以用随机变量的取值表示，这样就把对随机事件及其概率的研究转化为对随机变量取值及其概率的研究，便于讨论随机现象的数量规律.

在实际工作中，经常见到的一类随机变量是离散型随机变量.

定义 5.1 若随机变量 X 的所有可能取值可以一一列举，即所有可能取值为有穷个或无穷可列个，则称随机变量 X 为离散型随机变量.

描述离散型随机变量有两个要素，一个要素是它的所有可能取值，另一个要素是取这些值的概率，这两个要素构成了离散型随机变量的概率分布.

设离散型随机变量 X 的所有可能取值为

$$x_1, x_2, \cdots$$

取这些值的概率依次为

$$p_1, p_2, \cdots$$

其概率分布的表示方法有两种：

1. 列表法

概率分布列表如表 5-1：

表 5-1

X	x_1	x_2	$\cdots$
P	p_1	p_2	$\cdots$

2. 公式法

概率分布用公式表示为

$$P\{X = x_i\} = p_i \quad (i = 1, 2, \cdots)$$

在离散型随机变量 X 的概率分布中，概率 $p_i(i = 1, 2, \cdots)$ 显然是非负的，又注意到事件 $X = x_1, X = x_2, \cdots$，构成一个完备事件组，当然其对应的概率之和应当等于 1. 所以离散型随机变量 X 的概率分布具有下列性质：

性质 1　$p_i \geqslant 0 \quad (i = 1, 2, \cdots)$

性质 2　$p_1 + p_2 + \cdots = 1$

离散型随机变量 X 在某范围内取值的概率，等于它在这个范围内一切可能取值对应的概率之和.

当离散型随机变量的概率分布被确定后，不仅知道它取各个可能值的概率，而且还可以求出它在某范围内取值的概率，所以离散型随机变量的概率分布描述了相应的随机试验.

例 1　投掷一枚均匀硬币 1 次，求出现正面次数 X 的概率分布.

解：由于可能的试验结果只有出现反面与出现正面两种结果，因而离散型随机变量 X 的所有可能取值也只有 0 与 1 两个值. 事件 $X = 0$ 表示出现 0 次正面，即出现反面，其发生的概率为 $\frac{1}{2}$；事件 $X = 1$ 表示出现 1 次正面，即出现正面，其发生的概率也为 $\frac{1}{2}$. 所以出现正面次数 X 的概率分布列表如表 5-2：

表 5-2

X	0	1
P	$\frac{1}{2}$	$\frac{1}{2}$

一般地，把只取 **0** 与 **1** 两个值且取值为 **1** 的概率等于 p 的离散型随机变量 X 所服从的概率分布称为参数为 p 的两点分布或 **0—1** 分布. 两点分布列表如表 **5-3**：

表 5-3

X	0	1
P	q	p

$(0 < p < 1, p + q = 1)$

例 2 某商店销售某种水果,进货后第一天售出的概率为 60%,每 500g 的毛利为 6 元;第二天售出的概率为 30%,每 500g 的毛利为 2 元;第三天售出的概率为 10%,每 500g 的毛利为 −1 元.求销售此种水果每 500g 所得毛利 X 元的概率分布.

解:离散型随机变量 X 的所有可能取值为 −1,2 及 6,取这些值的概率依次为 10%,30% 及 60%.所以销售此种水果每 500g 所得毛利 X 元的概率分布列表如表 5-4:

表 5-4

X	−1	2	6
P	10%	30%	60%

例 3 某小组有 6 名男生与 4 名女生,任选 3 个人去参观,求所选 3 个人中男生数目 X 的概率分布.

解:离散型随机变量 X 的所有可能取值为 0,1,2,3,根据 §4.1 古典概型计算概率的公式计算离散型随机变量 X 取这些值的概率.

事件 $X=0$ 表示所选 3 个人中恰好有 0 名男生,即所选 3 个人中有 0 名男生与 3 名女生,其发生的概率为

$$P\{X=0\}=\frac{C_6^0C_4^3}{C_{10}^3}=\frac{1\times4}{120}=\frac{1}{30}$$

事件 $X=1$ 表示所选 3 个人中恰好有 1 名男生,即所选 3 个人中有 1 名男生与 2 名女生,其发生的概率为

$$P\{X=1\}=\frac{C_6^1C_4^2}{C_{10}^3}=\frac{6\times6}{120}=\frac{3}{10}$$

事件 $X=2$ 表示所选 3 个人中恰好有 2 名男生,即所选 3 个人中有 2 名男生与 1 名女生,其发生的概率为

$$P\{X=2\}=\frac{C_6^2C_4^1}{C_{10}^3}=\frac{15\times4}{120}=\frac{1}{2}$$

事件 $X=3$ 表示所选 3 个人中恰好有 3 名男生,即所选 3 个人中有 3 名男生与 0 名女生,其发生的概率为

$$P\{X=3\}=\frac{C_6^3C_4^0}{C_{10}^3}=\frac{20\times1}{120}=\frac{1}{6}$$

所以所选 3 个人中男生数目 X 的概率分布列表如表 5-5:

表 5-5

X	0	1	2	3
P	$\frac{1}{30}$	$\frac{3}{10}$	$\frac{1}{2}$	$\frac{1}{6}$

例 4 某人各次射击中靶与否互不影响,且中靶的概率皆为 $p\ (0<p<1)$,现不停射击,直至中靶为止,求射击次数 X 的概率分布.

解:离散型随机变量 X 的所有可能取值为全体正整数,即 $X=i(i=1,2,\cdots)$,根据 §4.3 乘法公式的特殊情况及其推广计算离散型随机变量 X 取这些值的概率.

事件 $X=1$ 表示第 1 次射击就中靶，其发生的概率为

$$P\{X=1\}=p$$

事件 $X=2$ 表示第 1 次射击脱靶且第 2 次射击中靶，其发生的概率为

$$P\{X=2\}=(1-p)p$$

事件 $X=3$ 表示第 1 次射击与第 2 次射击都脱靶且第 3 次射击中靶，其发生的概率为

$$P\{X=3\}=(1-p)(1-p)p=(1-p)^2p$$

……

事件 $X=i$ 表示前 $i-1$ 次射击都脱靶且第 i 次射击中靶，其发生的概率为

$$P\{X=i\}=(1-p)^{i-1}p$$

所以射击次数 X 的概率分布用公式表示为

$$P\{X=i\}=(1-p)^{i-1}p \quad (i=1,2,\cdots)$$

例 5 填空题

设离散型随机变量 X 的概率分布列表如表 5-6：

表 5-6

X	0	1	2
P	$3c$	$2c$	c

则常数 $c=$ ______.

解：根据离散型随机变量概率分布的性质 2，有关系式

$$3c+2c+c=1$$

得到常数

$$c=\frac{1}{6}$$

于是应将"$\frac{1}{6}$"直接填在空内.

例 6 设离散型随机变量 X 服从参数为 p 的两点分布，且已知离散型随机变量 X 取 1 的概率 p 为它取 0 的概率 q 的 2 倍，求参数 p 的值.

解：根据离散型随机变量概率分布的性质 2，有关系式

$$p+q=1 \quad (0<p<1)$$

又由题意得到关系式

$$p=2q$$

解线性方程组

$$\begin{cases} p+q=1 \\ p=2q \end{cases}$$

所以参数

$$p=\frac{2}{3}$$

离散型随机变量的概率分布必须满足两个性质，同时满足两个性质的表也一定可以作为某个离散型随机变量的概率分布. 当然，至少不满足一个性质的表不能作为离散型随机变量的概率分布.

例 7 单项选择题

设 p 为满足 $0<p<1$ 的常数，则表 5 - 7 ～ 表 5 - 10 中(　　)可以作为离散型随机变量 X 的概率分布.

(a) **表 5 - 7**

X	1	2	3
P	p	$p-1$	$2-2p$

(b) **表 5 - 8**

X	1	2	3
P	$\frac{p}{2}$	$\frac{p}{3}$	$\frac{p}{6}$

(c) **表 5 - 9**

X	1	2	3
P	$1-p$	$\frac{p}{2}$	$\frac{p}{2}$

(d) **表 5 - 10**

X	1	2	3
P	p	$\frac{1}{p}$	$1-\frac{1}{p}$

解：可以依次对备选答案进行判别. 首先考虑备选答案(a)：由于事件 $X=2$ 对应的 $p-1<0$，说明不满足离散型随机变量概率分布的性质 1，从而备选答案(a) 落选；

其次考虑备选答案(b)：由于

$$\frac{p}{2}+\frac{p}{3}+\frac{p}{6}=p\neq 1$$

说明不满足离散型随机变量概率分布的性质 2，从而备选答案(b) 落选；

再考虑备选答案(c)：由于事件 $X=1$ 对应的 $1-p>0$，事件 $X=2$ 对应的 $\frac{p}{2}>0$，事件 $X=3$ 对应的 $\frac{p}{2}>0$，说明满足离散型随机变量概率分布的性质 1，又由于

$$(1-p)+\frac{p}{2}+\frac{p}{2}=1$$

说明还满足离散型随机变量概率分布的性质 2，从而备选答案(c) 当选，所以选择(c).

至于备选答案(d)：由于事件 $X=3$ 对应的 $1-\frac{1}{p}=\frac{p-1}{p}<0$，不满足离散型随机变量概率分布的性质 1，更何况有

$$p+\frac{1}{p}+\left(1-\frac{1}{p}\right)=1+p\neq 1$$

说明还不满足离散型随机变量概率分布的性质 2，从而备选答案(d) 当然更落选，进一步说明选择(c) 是正确的.

例 8 已知离散型随机变量的概率分布列表如表 5 - 11：

表 5 - 11

X	-4	0	3	6	7
P	$\frac{1}{8}$	$\frac{1}{8}$	$\frac{1}{6}$	$\frac{1}{4}$	$\frac{1}{3}$

试求：

(1) 概率 $P\{-1<X\leqslant 6\}$；

(2) 概率 $P\{X=1\}$.

解：(1) 注意到在 $-1<X\leqslant 6$ 的范围内，离散型随机变量 X 的可能取值只有三个，即 $X=0$，$X=3$ 及 $X=6$，所以概率

$$P\{-1<X\leqslant 6\}=P\{X=0\}+P\{X=3\}+P\{X=6\}=\frac{1}{8}+\frac{1}{6}+\frac{1}{4}=\frac{13}{24}$$

(2) 注意到离散型随机变量 X 的可能取值没有 $X=1$，说明事件 $X=1$ 是不可能事件，所以概率

$$P\{X=1\}=0$$

最后给出离散型随机变量相互独立的概念：若离散型随机变量 X,Y 分别取任意实数所构成的两个事件相互独立，则称离散型随机变量 X,Y 相互独立；一般地，若 n 个离散型随机变量 $X_1,X_2,\cdots,X_n$ 分别取任意实数所构成的 n 个事件相互独立，则称 n 个离散型随机变量 $X_1,X_2,\cdots,X_n$ 相互独立.

§5.2　离散型随机变量的数字特征

离散型随机变量的概率分布是对离散型随机变量一种完整的描述，但在很多情况下，并不需要全面考察离散型随机变量的变化情况，而只需知道它的一些综合指标. 这些综合指标是一些与其有关的数值，称为离散型随机变量的数字特征. 它虽然不能完整地描述离散型随机变量，但能用数字描述离散型随机变量在某些方面的重要特征. 在这些数字特征中，最重要的是离散型随机变量的平均取值以及其取值对于平均值的偏离程度.

考虑在 1 000 次重复试验中，设离散型随机变量 X 取值为 100 有 300 次，取值为 200 有 700 次，即事件 $X=100$ 发生的频率为 0.3，事件 $X=200$ 发生的频率为 0.7，这时可以将离散型随机变量 X 的概率分布列表如表 5 - 12：

表 5 - 12

X	100	200
P	0.3	0.7

尽管离散型随机变量 X 的所有可能取值只有两个，即 $X=100$ 与 $X=200$，但能否认为它取值的平均值 $\overline{X}=\frac{1}{2}\times(100+200)=150$?这样做是不行的，因为它取值为 100 与取值为 200 的可能性是不相同的，所以它取值的平均值不应该是 100 与 200 的算术平均值. 那么如何计算它取值的平均值 $\overline{X}$?由于在1 000 次重复试验中，它取值为 100 有 300 次，取值为 200 有 700 次，于是它取值的平均值

$$\overline{X}=\frac{1}{1\,000}\times(100\times300+200\times700)=100\times0.3+200\times0.7=170$$

说明离散型随机变量 X 的平均值等于它的所有可能取值与对应概率乘积之和，是以所有可能取值对应概率为权重的加权平均. 由于它取值为 200 的概率大于取值为 100 的概率，从而它取值的平均值偏向 $X=200$ 那个方向.

离散型随机变量的数学期望

定义 5.2 已知离散型随机变量 X 的概率分布列表如表 5-13：

表 5-13

X	x_1	x_2	$\cdots$
P	p_1	p_2	$\cdots$

若离散型随机变量 X 的所有可能取值为有穷个：$x_1, x_2, \cdots, x_n$，则称和式 $\sum_{i=1}^{n}x_ip_i$ 为离散型随机变量 X 的数学期望，记作

$$E(X)=\sum_{i=1}^{n}x_ip_i=x_1p_1+x_2p_2+\cdots+x_np_n$$

若离散型随机变量 X 的所有可能取值为无穷可列个：$x_1, x_2, \cdots$，且无穷级数 $\sum_{i=1}^{\infty}x_ip_i$ 绝对收敛，则称无穷级数 $\sum_{i=1}^{\infty}x_ip_i$ 为离散型随机变量 X 的数学期望，记作

$$E(X)=\sum_{i=1}^{\infty}x_ip_i$$

数学期望简称为期望或均值，它等于离散型随机变量 X 的所有可能取值与对应概率乘积之和. 无论离散型随机变量 X 的所有可能取值为有穷个或者为无穷可列个，其数学期望可统一记作

$$E(X)=\sum_{i}x_ip_i$$

考察离散型随机变量 X，已知它的概率分布列表如表 5-14：

表 5-14

X	3	4	5
P	0.1	0.8	0.1

其数学期望

$$E(X)=3\times 0.1+4\times 0.8+5\times 0.1=4$$

再考察离散型随机变量 Y，已知它的概率分布列表如表 5 - 15：

表 5 - 15

Y	1	4	7
P	0.4	0.2	0.4

其数学期望

$$E(Y)=1\times 0.4+4\times 0.2+7\times 0.4=4$$

尽管离散型随机变量 X 与 Y 有相同的数学期望，但离散型随机变量 Y 的取值比离散型随机变量 X 的取值要分散，表明仅有数学期望不足以完整说明离散型随机变量的分布特征，还必须进一步研究它的取值对数学期望的离散程度.

对于离散型随机变量 X，若其数学期望 $E(X)$ 存在，则称差 $X-E(X)$ 为离散型随机变量 X 的离差. 离差 $X-E(X)$ 当然也是一个离散型随机变量，它的可能取值有正有负，也可能为零，而且它的数学期望等于零，因此不能用离差的数学期望衡量离散型随机变量 X 对数学期望 $E(X)$ 的离散程度. 为了消除离差 $X-E(X)$ 可能取值正负号的影响，采用离差平方 $(X-E(X))^2$ 的数学期望衡量离散型随机变量 X 对数学期望 $E(X)$ 的离散程度.

定义 5.3 已知离散型随机变量 X 的概率分布列表如表 5 - 16：

表 5 - 16

X	x_1	x_2	$\cdots$
P	p_1	p_2	$\cdots$

若离散型随机变量 X 的所有可能取值为有穷个：$x_1,x_2,\cdots,x_n$，则称和式 $\sum_{i=1}^{n}(x_i-E(X))^2p_i$ 即 $E(X-E(X))^2$ 为离散型随机变量 X 的方差，记作

$$D(X)=\sum_{i=1}^{n}(x_i-E(X))^2p_i=E(X-E(X))^2$$

若离散型随机变量 X 的所有可能取值为无穷可列个：$x_1,x_2,\cdots$，其数学期望 $E(X)$ 存在，且无穷级数 $\sum_{i=1}^{\infty}(x_i-E(X))^2p_i$ 即 $E(X-E(X))^2$ 收敛，则称无穷级数 $\sum_{i=1}^{\infty}(x_i-E(X))^2p_i$ 即 $E(X-E(X))^2$ 为离散型随机变量 X 的方差，记作

$$D(X)=\sum_{i=1}^{\infty}(x_i-E(X))^2p_i=E(X-E(X))^2$$

显然方差是非负的，只有常量的方差等于零. 当离散型随机变量 X 的可能取值密集在数学期望 $E(X)$ 附近时，方差 $D(X)$ 较小，反之则方差 $D(X)$ 较大，因此方差 $D(X)$ 的大小可以说明离散型随机变量 X 取值对数学期望 $E(X)$ 的离散程度. 无论离散型随机变量 X 的所有可能取值为有穷个或者为无穷可列个，其方差可统一记作

$$D(X)=\sum_{i}(x_i-E(X))^2p_i=E(X-E(X))^2$$

方差 $D(X)$ 的算术平方根 $\sqrt{D(X)}$ 称为离散型随机变量 X 的标准差，在实际问题中，标准差 $\sqrt{D(X)}$ 的单位与离散型随机变量 X 的单位是相同的.

由于方差大小的计算是以数学期望作为衡量标准的，因而对于数学期望不相同的两个离散型随机变量，直接比较它们方差的大小，不能说明它们的离散程度，于是要考察标准差与数学期望的比值.

已知离散型随机变量 X，比值 $\upsilon=\dfrac{\sqrt{D(X)}}{E(X)}(E(X)\neq 0)$ 称为离散型随机变量 X 的离散系数. 显然，若 $|\upsilon|$ 较小，则说明离散型随机变量 X 的可能取值相对密集在其数学期望 $E(X)$ 附近，反之则说明离散型随机变量 X 取值的离散程度相对大一些.

一般情况下，直接根据定义计算离散型随机变量的方差比较麻烦，下面给出计算方差的简便公式.

定理 5.1 已知离散型随机变量 X 的概率分布列表如表 5-17：

表 5-17

X	x_1	x_2	$\cdots$
P	p_1	p_2	$\cdots$

则其方差

$$D(X)=E(X^2)-(E(X))^2$$

其中数学期望 $E(X^2)=\sum_i x_i^2 p_i$.

值得注意的是：任何一个离散型随机变量 X 的数学期望 $E(X)$、方差 $D(X)$ 都不再是随机变量，而是某个确定的常量. 一般情况下，数学期望

$$E(X^2)\neq (E(X))^2$$

例 1 某工厂生产一批商品，其中一等品占 $\frac{1}{2}$，每件一等品获利 3 元；二等品占 $\frac{1}{3}$，每件二等品获利 1 元；次品占 $\frac{1}{6}$，每件次品亏损 2 元. 求任取 1 件商品获利 X 元的数学期望 $E(X)$ 与方差 $D(X)$.

解： 离散型随机变量 X 的所有可能取值为 -2，1 及 3，取这些值的概率依次为 $\frac{1}{6}$，$\frac{1}{3}$ 及 $\frac{1}{2}$，因而任取 1 件商品获利 X 元的概率分布列表如表 5-18：

表 5-18

X	-2	1	3
P	$\frac{1}{6}$	$\frac{1}{3}$	$\frac{1}{2}$

所以数学期望

$$E(X)=(-2)\times\frac{1}{6}+1\times\frac{1}{3}+3\times\frac{1}{2}=\frac{3}{2}$$

说明每件商品平均获利$\frac{3}{2}=1.5$元;

其次计算数学期望

$$E(X^2)=(-2)^2\times\frac{1}{6}+1^2\times\frac{1}{3}+3^2\times\frac{1}{2}=\frac{11}{2}$$

所以方差

$$D(X)=E(X^2)-(E(X))^2=\frac{11}{2}-\left(\frac{3}{2}\right)^2=\frac{13}{4}$$

例 2 已知离散型随机变量 X 的概率分布列表如表 5-19:

表 5-19

X	1	2	3
P	$\frac{1}{2}$	$\frac{1}{3}$	$\frac{1}{6}$

试求:

(1) 数学期望 $E(X)$;

(2) 方差 $D(X)$.

解:(1) 数学期望

$$E(X)=1\times\frac{1}{2}+2\times\frac{1}{3}+3\times\frac{1}{6}=\frac{5}{3}$$

(2) 首先计算数学期望

$$E(X^2)=1^2\times\frac{1}{2}+2^2\times\frac{1}{3}+3^2\times\frac{1}{6}=\frac{10}{3}$$

所以方差

$$D(X)=E(X^2)-(E(X))^2=\frac{10}{3}-\left(\frac{5}{3}\right)^2=\frac{5}{9}$$

例 3 已知离散型随机变量 X 的概率分布列表如表 5-20:

表 5-20

X	-2	-1	1	3
P	$\frac{1}{2}$	$\frac{1}{6}$	$\frac{1}{4}$	$\frac{1}{12}$

试求:

(1) 数学期望 $E(X)$;

(2) 方差 $D(X)$.

解:(1) 数学期望

$$E(X)=(-2)\times\frac{1}{2}+(-1)\times\frac{1}{6}+1\times\frac{1}{4}+3\times\frac{1}{12}=-\frac{2}{3}$$

(2) 首先计算数学期望

$$E(X^2)=(-2)^2\times\frac{1}{2}+(-1)^2\times\frac{1}{6}+1^2\times\frac{1}{4}+3^2\times\frac{1}{12}=\frac{19}{6}$$

所以方差

$$D(X)=E(X^2)-(E(X))^2=\frac{19}{6}-\left(-\frac{2}{3}\right)^2=\frac{49}{18}$$

案例解决 分组检验能否减少工作量?

解:设疾病发病率为 P,独立事件,设随机变量 X 为:每个人平均化验的次数,则其概率分布列表如表 5-21:

表 5-21

X	$\frac{1}{K}$	$1+\frac{1}{K}$
P	$(1-P)^k$	$1-(1-p)^k$

根据数学期望定义:

$$E(X)=\frac{1}{K}(1-P)^k+\left(1+\frac{1}{K}\right)[1-(1-P)^k]$$

$$=1-(1-p)^k+\frac{1}{k}$$

只要每个人平均化验次数小于 1,就说明减少工作量了,即:

$$1-(1-p)^k+\frac{1}{k}<1$$

化简得: $(1-P)^k>\frac{1}{k}$

上式说明能否减少工作量,取决于发病率 P 和分组人数 K.

以下表 5-22 所给 P 和 K 为例:

表 5-22

P	0.14	0.1	0.08	0.06	0.04	0.02	0.01
K	3	4	4	5	6	8	11
$E(X)$	0.679	0.594	0.534	0.466	0.384	0.274	0.205

从表中可知当发病率为 1% ,分组人数为 11 人时,可减轻工作量约 80%. 可见根据发病率、合理分组,这种方法可以减少工作量.

§ 5.3 连续型随机变量的概念

连续性随机变量

在实际工作中,经常见到的另一类随机变量是连续型随机变量.

定义 5.4 若随机变量 X 的所有可能取值为某一区间，则称随机变量 X 为连续型随机变量.

考虑一群成年男子中任意一个人的体重 X，它可以取区间 $[m,M]$ 的一切值，其中 m 为这群成年男子中的最轻体重，M 为这群成年男子中的最重体重，任意一个人的体重 X 当然是一个连续型随机变量. 这时考察它取某个值的概率没有什么实际意义，因为人们不会关心一个人体重恰好为50kg 的概率为多少这类问题，而关心一个人体重在 50kg ～ 60kg 之间的概率为多少这类问题. 因此在实际工作中，将连续型随机变量 X 的所有可能取值区间 $[m,M]$ 分成若干个组，即分成若干个首尾相连的小区间，每个小区间含左端点，不含右端点. 小区间长度称为组距，研究连续型随机变量 X 在每个小区间上取值的可能性.

现在测量 100 个成年男子的体重，得到 100 个体重数据，将这 100 个体重数据按测量顺序列表如表 5－23：

表 5－23 单位：kg

60	60.5	80	77	64.5	59	51	43	46	61
80.5	83	49	50	52	70	71	62	62	**40**
47.5	71.5	85	86	42	49	63	64	65	72
49.5	65.5	48	48	50.5	66	67	73	87	87.5
88	68	68.5	53	59	73.5	69	56	54.5	49
49.5	74	75	90	91	78	76	47	59.5	57.5
69.5	69	45	50	57	63	64	79	79.5	**99.5**
90	74.5	58	58.5	66	65	76	77	94	75
60	61	62.5	48.5	63	67	76	75	74.5	97
64.5	67.5	68.5	65	59	53	58	89	56	54

尽管数据较多，但容易找出其最小值为 40，最大值为 99.5，于是可以认为这些数据分布在区间 $[40,100)$ 上. 将这 100 个数据分成 5 个组，即将区间 $[40,100)$ 分成 5 个首尾相连的小区间：$[40,50)$，$[50,60)$，$[60,70)$，$[70,80)$，$[80,100)$. 然后用选举唱票的方法，将这 100 个数据不重不漏逐一分到各组，容易得到属于上述 5 个组的人数即频数依次为 15，20，30，20，15. 由于连续型随机变量 X 在各组范围内取值的频率等于各组频数除以总人数 100，于是上述 5 个组相应的频率依次为 0.15，0.20，0.30，0.20，0.15.

注意到尽管连续型随机变量 X 在区间 $[40,50)$ 上取值的频率与在区间 $[80,100)$ 上取值的频率相等，皆为 0.15，但这两个区间长度即组距是不相同的，前者组距为 10，后者组距为 20，说明连续型随机变量 X 在前者单位组距上取值的频率大于在后者单位组距上取值的频率，即前者频率密集程度比后者要高. 为了说明各组频率密集的程度，应该考虑连续型随机变量 X 在各组单位组距上取值的频率. 连续型随机变量 X 在各组单位组距上取值的频率称为频率密度，即

$$\text{频率密度} = \frac{\text{频率}}{\text{组距}}$$

于是上述 5 个组相应的频率密度依次为 0.015，0.020，0.030，0.020，0.007 5.

将上述计算结果列表如表 5 - 24：

表 5 - 24

分组编号	1	2	3	4	5
体重分组	[40,50)	[50,60)	[60,70)	[70,80)	[80,100)
人　数	15	20	30	20	15
频　率	0.15	0.20	0.30	0.20	0.15
频率密度	0.015	0.020	0.030	0.020	0.007 5

若将体重 x 作为自变量，则频率密度为自变量 x 的函数，这个函数是具有间断点的分段函数，它的图形是由 5 条平行于 x 轴的直线段构成的，每条平行于 x 轴的直线段含左端点，不含右端点. 在频率密度函数图形的两端及间断处，向下引垂直于 x 轴的直线至 x 轴，得到一排竖着的长方形，这样一排竖着的长方形称为频率密度的直方图，如图 5 - 1.

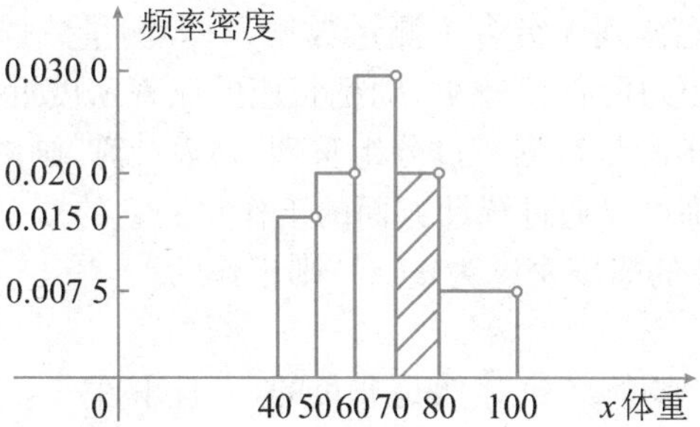

图 5 - 1

根据频率密度的计算公式，有

$$频率 = 组距 \times 频率密度$$

说明连续型随机变量 X 在各组范围内取值的频率等于各组组距乘以相应的频率密度. 在频率密度直方图中，组距为相应长方形的底，频率密度为相应长方形的高，而底乘以高恰好就是相应长方形的面积，于是连续型随机变量 X 在各组范围内取值的频率等于相应长方形的面积. 如连续型随机变量 X 在区间 $[70,80)$ 上取值的频率为 0.20，它等于组距 10 乘以相应的频率密度 0.020，即为相应长方形的面积.

每测量一个人的体重得到一个数据，就是做一次试验；测量很多人的体重得到多个数据，就是做多次重复试验. 若重复试验次数无限增多，即得到测量数据无限增多，并且在数据分组时使得组数无限增多，且各组组距都趋于零，则连续型随机变量 X 在某区间上取值的频率就在其概率附近摆动，且摆动的幅度很微小，相应频率密度图形中各平行于 x 轴的直线段长度都趋于零，而且在某条曲线附近摆动. 自然把作为频率密度曲线摆动中心的这条曲线称为概率密度曲线，概率密度记作 $\varphi(x)$，如图 5 - 2.

这时，如连续型随机变量 X 在区间 $[70,80)$ 上取值的频率化为概率，频率密度直方图中相应长方形的面积化为概率密度曲线 $\varphi(x)$ $(70 \leqslant x < 80)$ 下的曲边梯形面积. 由于连续型随机变量 X 在区间 $[70,80)$ 上取值的频率等于频率密度直方图中相应长方形的面积，所以连续型随机变量 X 在区间 $[70,80)$ 上取值的概率等于概率密度曲线 $\varphi(x)$ $(70 \leqslant x < 80)$ 下的

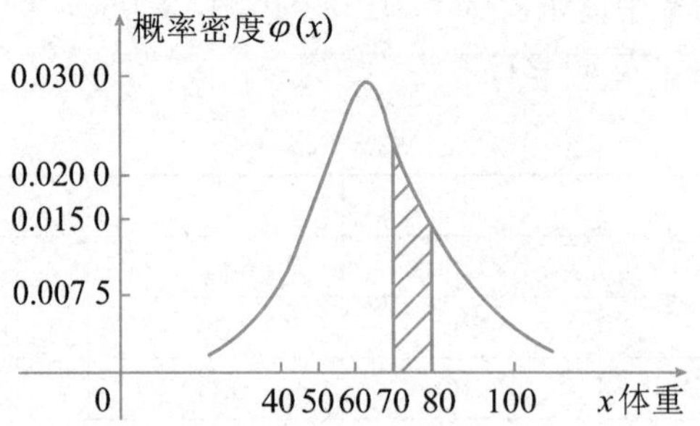

图 5-2

曲边梯形面积. 根据定积分的概念，概率密度曲线 $\varphi(x)$ $(70 \leqslant x < 80)$ 下的曲边梯形面积等于概率密度 $\varphi(x)$ 在区间$[70,80)$ 上的定积分，于是有概率

$$P\{70 \leqslant X < 80\} = \int_{70}^{80} \varphi(x)\mathrm{d}x$$

同理，连续型随机变量 X 在任一区间上取值的概率等于概率密度 $\varphi(x)$ 在该区间上的积分.

在实际工作中，不可能得到无穷多个测量数据，只要测量数据比较多，并且在数据分组时使得组数比较多，且各组组距都比较小，则把相应的频率密度近似作为概率密度 $\varphi(x)$. 说明概率密度 $\varphi(x)$ 是对较多测量数据经过分组整理、列表计算、画图分析而得到的. 这样对于连续型随机变量，原则上都可以通过统计方面的工作得到它的概率密度 $\varphi(x)$.

若连续型随机变量 X 的概率密度为 $\varphi(x)$，则记作

$$X \sim \varphi(x)$$

连续型随机变量 X 的概率密度 $\varphi(x)$ 显然是非负的，而且事件 $-\infty < X < +\infty$ 是必然事件，当然其对应的概率应当等于 1. 所以连续型随机变量 X 的概率密度 $\varphi(x)$ 具有下列性质：

性质 1 $\varphi(x) \geqslant 0 \quad (-\infty < x < +\infty)$

性质 2 $\int_{-\infty}^{+\infty} \varphi(x)\mathrm{d}x = 1$

连续型随机变量 X 在区间$[a,b)$ 上取值的概率等于其概率密度曲线 $\varphi(x)$ $(a \leqslant x < b)$ 下的曲边梯形面积，当然等于其概率密度 $\varphi(x)$ 在区间$[a,b)$ 上的定积分，即有

$$P\{a \leqslant X < b\} = \int_{a}^{b} \varphi(x)\mathrm{d}x$$

如图 5-3.

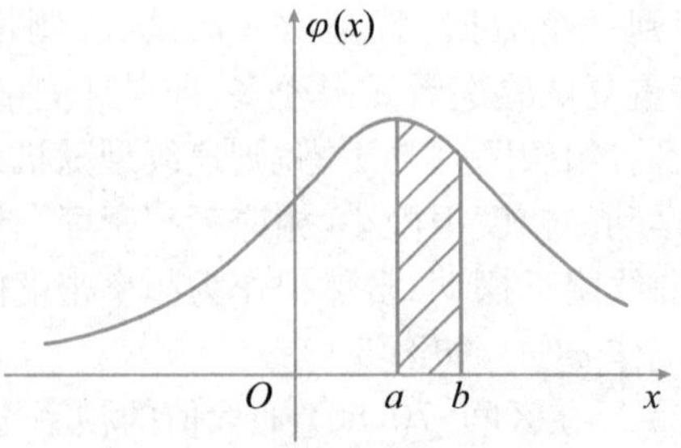

图 5-3

当 $a = b = x_0$ 时，根据定积分基本运算法则 4，有概率

$$P\{X=x_0\}=\int_{x_0}^{x_0}\varphi(x)\mathrm{d}x=0$$

说明连续型随机变量取任一个值的概率一定等于零. 同时也说明连续型随机变量在任一区间上取值的概率与是否含区间端点无关,即概率

$$P\{a<X<b\}=P\{a\leqslant X<b\}=P\{a<X\leqslant b\}=P\{a\leqslant X\leqslant b\}=\int_a^b\varphi(x)\mathrm{d}x$$

作为这个计算概率公式的特殊情况,有概率

$$P\{X<b\}=P\{X\leqslant b\}=\int_{-\infty}^{b}\varphi(x)\mathrm{d}x$$

$$P\{X>a\}=P\{X\geqslant a\}=\int_{a}^{+\infty}\varphi(x)\mathrm{d}x$$

当连续型随机变量的概率密度被确定后,可以通过计算积分求得连续型随机变量在任一区间上取值的概率,所以连续型随机变量的概率密度描述了相应的随机试验.

例 1 填空题

设连续型随机变量 X 的概率密度为

$$\varphi(x)=\begin{cases}cx^2, & 0\leqslant x\leqslant 1\\ 0, & \text{其他}\end{cases}$$

则常数 $c=$______.

解:根据连续型随机变量概率密度的性质 2,有关系式

$$\int_{-\infty}^{+\infty}\varphi(x)\mathrm{d}x=1$$

注意到常量函数 $y=0$ 在任何区间上的积分值一定等于零,计算分段函数的积分

$$\begin{aligned}&\int_{-\infty}^{+\infty}\varphi(x)\mathrm{d}x\\&=\int_{-\infty}^{0}\varphi(x)\mathrm{d}x+\int_0^1\varphi(x)\mathrm{d}x+\int_1^{+\infty}\varphi(x)\mathrm{d}x=\int_{-\infty}^{0}0\mathrm{d}x+\int_0^1cx^2\mathrm{d}x+\int_1^{+\infty}0\mathrm{d}x\\&=0+\frac{c}{3}x^3\Big|_0^1+0=\frac{c}{3}(1-0)=\frac{c}{3}\end{aligned}$$

因而有关系式

$$\frac{c}{3}=1$$

得到常数

$$c=3$$

于是应将"3"直接填在空内.

例 2 单项选择题

设连续型随机变量 X 的概率密度为

$$\varphi(x)=\begin{cases}x, & 0<x<r\\ 0, & \text{其他}\end{cases}$$

则常数 $r=$(　　).

(a) $\frac{1}{2}$　　　　(b)1

(c) $\sqrt{2}$ (d)2

解:根据连续型随机变量概率密度的性质 2,有关系式

$$\int_{-\infty}^{+\infty}\varphi(x)\mathrm{d}x=1$$

注意到常量函数 $y=0$ 在任何区间上的积分值一定等于零,计算分段函数的积分

$$\int_{-\infty}^{+\infty}\varphi(x)\mathrm{d}x$$

$$=\int_{-\infty}^{0}\varphi(x)\mathrm{d}x+\int_{0}^{r}\varphi(x)\mathrm{d}x+\int_{r}^{+\infty}\varphi(x)\mathrm{d}x=\int_{-\infty}^{0}0\mathrm{d}x+\int_{0}^{r}x\mathrm{d}x+\int_{r}^{+\infty}0\mathrm{d}x$$

$$=0+\frac{1}{2}x^2\Big|_0^r+0=\frac{1}{2}(r^2-0)=\frac{r^2}{2}$$

因而有关系式

$$\frac{r^2}{2}=1$$

注意到 $r>0$,得到常数

$$r=\sqrt{2}$$

这个正确答案恰好就是备选答案(c),所以选择(c).

连续型随机变量的概率密度必须满足两个性质,同时满足两个性质的函数也一定可以作为某个连续型随机变量的概率密度.

例 3 单项选择题

下列函数中( )可以作为连续型随机变量 X 的概率密度.

(a) $f(x)=\begin{cases}\sin x, & 0\leqslant x\leqslant\frac{\pi}{2}\\ 0, & \text{其他}\end{cases}$ (b) $g(x)=\begin{cases}\sin x, & 0\leqslant x\leqslant\pi\\ 0, & \text{其他}\end{cases}$

(c) $h(x)=\begin{cases}\sin x, & 0\leqslant x\leqslant\frac{3\pi}{2}\\ 0, & \text{其他}\end{cases}$ (d) $l(x)=\begin{cases}\sin x, & 0\leqslant x\leqslant 2\pi\\ 0, & \text{其他}\end{cases}$

解:观察函数 $y=\sin x$ 的图形,如图 5-4. 容易看出,当 $0\leqslant x\leqslant\frac{\pi}{2}$ 或 $0\leqslant x\leqslant\pi$ 时,$\sin x\geqslant 0$;而当 $\pi<x\leqslant\frac{3\pi}{2}$ 或 $\pi<x<2\pi$ 时,$\sin x<0$. 说明函数 $f(x)$ 与 $g(x)$ 都满足连续型随机变量概率密度的性质 1,函数 $h(x)$ 与 $l(x)$ 都不满足连续型随机变量概率密度的性质 1,从而备选答案(c),(d) 都落选.

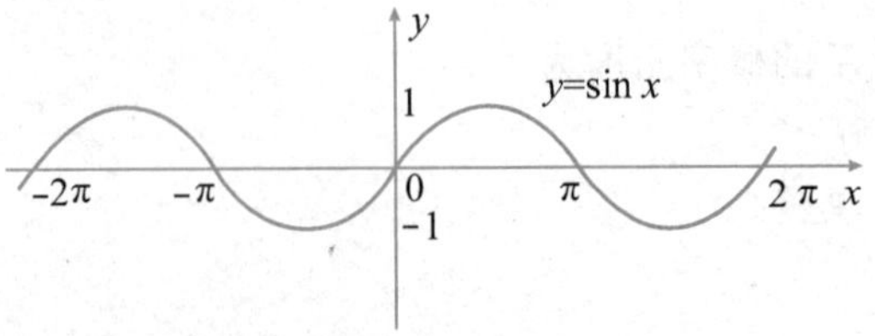

图 5-4

继续考虑备选答案(a)：计算积分

$$\int_{-\infty}^{+\infty} f(x)\mathrm{d}x = \int_{0}^{\frac{\pi}{2}} \sin x \mathrm{d}x = -\cos x \Big|_{0}^{\frac{\pi}{2}} = -(0-1) = 1$$

说明还满足连续型随机变量概率密度的性质 2，从而备选答案(a) 当选，所以选择(a).

至于备选答案(b)：由于积分

$$\int_{-\infty}^{+\infty} g(x)\mathrm{d}x = \int_{0}^{\pi} \sin x \mathrm{d}x = -\cos x \Big|_{0}^{\pi} = -(-1-1) = 2 \neq 1$$

不满足连续型随机变量概率密度的性质 2，从而备选答案(b) 落选，进一步说明选择(a) 是正确的.

例 4　某单位每天用电量 X 万度是连续型随机变量，其概率密度为

$$\varphi(x) = \begin{cases} 6x - 6x^2, & 0 < x < 1 \\ 0, & \text{其他} \end{cases}$$

若每天供电量为 0.9 万度，求供电量不够的概率.

解：供电量不够，意味着用电量大于供电量，即 $X > 0.9$. 根据计算概率公式，得到概率

$$P\{X > 0.9\}$$
$$= \int_{0.9}^{+\infty} \varphi(x)\mathrm{d}x = \int_{0.9}^{1} (6x - 6x^2)\mathrm{d}x = (3x^2 - 2x^3)\Big|_{0.9}^{1} = 1 - 0.972 = 0.028$$

所以供电量不够的概率为 0.028.

例 5　设连续型随机变量 X 的概率密度为

$$\varphi(x) = \frac{k}{1+x^2} \quad (-\infty < x < +\infty)$$

试求：

(1) 常数 k 值；

(2) 概率 $P\{0 \leqslant X < 1\}$.

解：(1) 根据连续型随机变量概率密度的性质 2，有关系式

$$\int_{-\infty}^{+\infty} \varphi(x)\mathrm{d}x = 1$$

计算广义积分

$$\int_{-\infty}^{+\infty} \varphi(x)\mathrm{d}x = \int_{-\infty}^{+\infty} \frac{k}{1+x^2}\mathrm{d}x = k\arctan x \Big|_{-\infty}^{+\infty} = k\left[\frac{\pi}{2} - \left(-\frac{\pi}{2}\right)\right] = k\pi$$

因而有关系式

$$k\pi = 1$$

所以常数

$$k = \frac{1}{\pi}$$

(2) 连续型随机变量 X 的概率密度为

$$\varphi(x) = \frac{1}{\pi(1+x^2)} \quad (-\infty < x < +\infty)$$

根据计算概率公式，所以概率

$$P\{0 \leqslant X < 1\} = \int_{0}^{1} \varphi(x)\mathrm{d}x = \int_{0}^{1} \frac{1}{\pi(1+x^2)}\mathrm{d}x = \frac{1}{\pi}\arctan x \Big|_{0}^{1} = \frac{1}{\pi}\left(\frac{\pi}{4} - 0\right) = \frac{1}{4}$$

最后给出连续型随机变量相互独立的概念：若连续型随机变量 X,Y 分别在任意实数范围内取值所构成的两个事件相互独立，则称连续型随机变量 X,Y 相互独立；一般地，若 n 个连续型随机变量 $X_1,X_2,\cdots,X_n$ 分别在任意实数范围内取值所构成的 n 个事件相互独立，则称 n 个连续型随机变量 $X_1,X_2,\cdots,X_n$ 相互独立.

§5.4　连续型随机变量的数字特征

连续型随机变量的数字特征

根据计算离散型随机变量数学期望、方差的思路给出连续型随机变量的数学期望、方差.

定义 5.5　已知连续型随机变量 X 的概率密度为 $\varphi(x)$，若广义积分 $\int_{-\infty}^{+\infty}x\varphi(x)\mathrm{d}x$ 绝对收敛，则称广义积分 $\int_{-\infty}^{+\infty}x\varphi(x)\mathrm{d}x$ 为连续型随机变量 X 的数学期望，记作

$$E(X)=\int_{-\infty}^{+\infty}x\varphi(x)\mathrm{d}x$$

定义 5.6　已知连续型随机变量 X 的概率密度为 $\varphi(x)$，若其数学期望 $E(X)$ 存在，且广义积分 $\int_{-\infty}^{+\infty}(x-E(X))^2\varphi(x)\mathrm{d}x$ 即 $E(X-E(X))^2$ 收敛，则称广义积分 $\int_{-\infty}^{+\infty}(x-E(X))^2\varphi(x)\mathrm{d}x$ 即 $E(X-E(X))^2$ 为连续型随机变量 X 的方差，记作

$$D(X)=\int_{-\infty}^{+\infty}(x-E(X))^2\varphi(x)\mathrm{d}x=E(X-E(X))^2$$

当连续型随机变量 X 的可能取值密集在其数学期望 $E(X)$ 附近时，方差 $D(X)$ 较小，反之则方差 $D(X)$ 较大，因此方差 $D(X)$ 的大小可以说明连续型随机变量 X 取值对数学期望 $E(X)$ 的离散程度. 方差 $D(X)$ 的算术平方根 $\sqrt{D(X)}$ 称为连续型随机变量 X 的标准差，比值 $\upsilon=\dfrac{\sqrt{D(X)}}{E(X)}(E(X)\neq 0)$ 称为连续型随机变量 X 的离散系数.

对于连续型随机变量，同样也有计算方差的简便公式.

定理 5.2　已知连续型随机变量 X 的概率密度为 $\varphi(x)$，则其方差

$$D(X)=E(X^2)-(E(X))^2$$

其中数学期望 $E(X^2)=\int_{-\infty}^{+\infty}x^2\varphi(x)\mathrm{d}x$.

值得注意的是：任何一个连续型随机变量 X 的数学期望 $E(X)$、方差 $D(X)$ 都不再是随机变量，而是某个确定的常量；一般情况下，数学期望

$$E(X^2)\neq(E(X))^2$$

学问思辨

离散型随机变量与连续型随机变量有什么区别？

例 1 单项选择题

已知连续型随机变量 X 的概率密度为

$$\varphi(x)=\begin{cases}\frac{1}{4}x, & 1\leqslant x\leqslant 3\\ 0, & \text{其他}\end{cases}$$

则数学期望 $E(X)=($ $)$.

(a) $\frac{9}{4}$ (b) $\frac{27}{4}$

(c) $\frac{13}{6}$ (d) $\frac{13}{2}$

解: 根据连续型随机变量数学期望的计算公式,得到数学期望

$$\begin{aligned}E(X)&=\int_{-\infty}^{+\infty}x\varphi(x)\mathrm{d}x=\int_{-\infty}^{1}x\varphi(x)\mathrm{d}x+\int_{1}^{3}x\varphi(x)\mathrm{d}x+\int_{3}^{+\infty}x\varphi(x)\mathrm{d}x\\&=\int_{-\infty}^{1}0\mathrm{d}x+\int_{1}^{3}x\cdot\frac{1}{4}x\mathrm{d}x+\int_{3}^{+\infty}0\mathrm{d}x=0+\frac{1}{4}\int_{1}^{3}x^2\mathrm{d}x+0=\frac{1}{12}x^3\Big|_1^3\\&=\frac{1}{12}\times(27-1)=\frac{13}{6}\end{aligned}$$

这个正确答案恰好就是备选答案(c),所以选择(c).

例 2 已知连续型随机变量 X 的概率密度为

$$\varphi(x)=\begin{cases}\frac{1}{10}, & 0<x<10\\ 0, & \text{其他}\end{cases}$$

试求:

(1) 数学期望 $E(X)$;

(2) 方差 $D(X)$.

解: (1) 数学期望

$$E(X)=\int_{-\infty}^{+\infty}x\varphi(x)\mathrm{d}x=\int_{0}^{10}x\,\frac{1}{10}\mathrm{d}x=\frac{1}{10}\int_{0}^{10}x\mathrm{d}x=\frac{1}{20}x^2\Big|_0^{10}=\frac{1}{20}\times(100-0)=5$$

(2) 首先计算数学期望

$$\begin{aligned}E(X^2)&=\int_{-\infty}^{+\infty}x^2\varphi(x)\mathrm{d}x=\int_{0}^{10}x^2\,\frac{1}{10}\mathrm{d}x=\frac{1}{10}\int_{0}^{10}x^2\mathrm{d}x=\frac{1}{30}x^3\Big|_0^{10}=\frac{1}{30}\times(1\,000-0)\\&=\frac{100}{3}\end{aligned}$$

所以方差

$$D(X)=E(X^2)-(E(X))^2=\frac{100}{3}-5^2=\frac{25}{3}$$

例 3 已知连续型随机变量 X 的概率密度为

$$\varphi(x)=\begin{cases}2x, & 0\leqslant x\leqslant 1\\ 0, & \text{其他}\end{cases}$$

试求:

(1) 数学期望 $E(X)$;

(2) 方差 $D(X)$.

解:(1) 数学期望

$$E(X)=\int_{-\infty}^{+\infty}x\varphi(x)\mathrm{d}x=\int_0^1 x\cdot 2x\mathrm{d}x=2\int_0^1 x^2\mathrm{d}x=\frac{2}{3}x^3\Big|_0^1=\frac{2}{3}\times(1-0)=\frac{2}{3}$$

(2) 首先计算数学期望

$$E(X^2)=\int_{-\infty}^{+\infty}x^2\varphi(x)\mathrm{d}x=\int_0^1 x^2\cdot 2x\mathrm{d}x=2\int_0^1 x^3\mathrm{d}x=\frac{1}{2}x^4\Big|_0^1=\frac{1}{2}\times(1-0)=\frac{1}{2}$$

所以方差

$$D(X)=E(X^2)-(E(X))^2=\frac{1}{2}-\left(\frac{2}{3}\right)^2=\frac{1}{18}$$

最后给出无论是离散型随机变量还是连续型随机变量数学期望与方差的性质. 设所给随机变量的数学期望存在,数学期望具有下列性质:

性质 1 $E(c)=c$ （c 为常数）

性质 2 $E(X+c)=E(X)+c$ （c 为常数）

性质 3 $E(kX)=kE(X)$ （k 为常数）

性质 4 $E(kX+c)=kE(X)+c$ （k,c 为常数）

性质 5 对于任意两个随机变量 X,Y,都有数学期望

$$E(X+Y)=E(X)+E(Y)$$

一般地,对于任意 n 个随机变量 $X_1,X_2,\cdots,X_n$,都有数学期望

$$E(X_1+X_2+\cdots+X_n)=E(X_1)+E(X_2)+\cdots+E(X_n)$$

例 4 填空题

已知随机变量 X 的数学期望 $E(X)=-2$,则数学期望 $E(3X-7)=$ ______.

解:根据随机变量数学期望的性质 4,得到数学期望

$$E(3X-7)=3E(X)-7=3\times(-2)-7=-13$$

于是应将"-13"直接填在空内.

设所给随机变量的数学期望存在,方差也存在,方差具有下列性质:

性质 1 $D(c)=0$ （c 为常数）

性质 2 $D(X+c)=D(X)$ （c 为常数）

性质 3 $D(kX)=k^2D(X)$ （k 为常数）

性质 4 $D(kX+c)=k^2D(X)$ （k,c 为常数）

性质 5 如果随机变量 X,Y 相互独立,则方差

$$D(X+Y)=D(X)+D(Y)$$

一般地,如果 n 个随机变量 $X_1,X_2,\cdots,X_n$ 相互独立,则方差

$$D(X_1+X_2+\cdots+X_n)=D(X_1)+D(X_2)+\cdots+D(X_n)$$

例 5 填空题

已知随机变量 X 的方差 $D(X)=2$,则方差 $D(-2X+5)=$ ______.

解:根据随机变量方差的性质 4,得到方差

$$D(-2X+5)=(-2)^2D(X)=(-2)^2\times 2=8$$

于是应将"8"直接填在空内.

例 6　单项选择题

设 X 为随机变量,若方差 $D(2X)=2$,则方差 $D(X)=(\quad)$.

(a) $\frac{1}{2}$　　(b)1

(c)2　　(d)4

解:根据随机变量方差的性质 3,方差

$$D(2X)=2^2D(X)=4D(X)$$

再从已知条件得到关系式 $4D(X)=2$,于是方差

$$D(X)=\frac{1}{2}$$

这个正确答案恰好就是备选答案(a),所以选择(a).

例 7　设 X 为随机变量,若数学期望 $E\left(\frac{X}{3}\right)=1$,方差 $D\left(\frac{X}{2}\right)=4$,求数学期望 $E(X^2)$.

解:根据随机变量数学期望的性质 3,数学期望

$$E\left(\frac{X}{3}\right)=\frac{1}{3}E(X)$$

再从已知条件得到关系式$\frac{1}{3}E(X)=1$,于是数学期望

$$E(X)=3$$

根据随机变量方差的性质 3,方差

$$D\left(\frac{X}{2}\right)=\left(\frac{1}{2}\right)^2D(X)=\frac{1}{4}D(X)$$

再从已知条件得到关系式$\frac{1}{4}D(X)=4$,于是方差

$$D(X)=16$$

根据 §5.2 定理 5.1 或定理 5.2 即计算方差的简便公式

$$D(X)=E(X^2)-(E(X))^2$$

所以数学期望

$$E(X^2)=D(X)+(E(X))^2=16+3^2=25$$

习题五

5.01　口袋里装有 3 个黑球与 2 个白球,任取 3 个球,求取到白球个数 X 的概率分布.

5.02　汽车从出发点至终点,沿路直行经过 3 个十字路口,每个十字路口都设有红绿交通信号灯,每盏红绿交通信号灯相互独立,皆以$\frac{2}{3}$的概率允许汽车往前通行,以$\frac{1}{3}$的概率禁止汽车往前通行,求汽车停止前进时所通过的红绿交通信号灯盏数 X 的概率分布.

5.03　一批零件的正品率为 $p(0<p<1)$,每次任取 1 个零件,放回抽取直至取得次品为止,求抽取次数 X 的概率分布.

5.04　设离散型随机变量 X 的概率分布列表如表 5-25：

表 5-25

X	-1	2	3
P	c	$2c$	$4c$

试求：

(1) 常数 c 值；

(2) 概率 $P\{X \geqslant 2\}$.

5.05　某菜市场零售某种蔬菜，进货后第一天售出的概率为 0.7，每 500g 售价为 10 元；进货后第二天售出的概率为 0.2，每 500g 售价为 8 元；进货后第三天售出的概率为 0.1，每 500g 售价为 4 元. 求任取 500g 蔬菜售价 X 元的数学期望 $E(X)$ 与方差 $D(X)$.

5.06　已知离散型随机变量 X 服从参数为 p 的两点分布，求：

(1) 数学期望 $E(X)$；

(2) 方差 $D(X)$.

5.07　已知离散型随机变量 X 的概率分布列表如表 5-26：

表 5-26

X	-1	2	3	6
P	$\frac{1}{2}$	$\frac{1}{6}$	$\frac{1}{6}$	$\frac{1}{6}$

试求：

(1) 数学期望 $E(X)$；

(2) 方差 $D(X)$.

5.08　设离散型随机变量 X 的概率分布列表如表 5-27：

表 5-27

X	0	1	2
P	$\frac{2}{c}$	$\frac{1}{c}$	$\frac{3}{c}$

试求：

(1) 常数 c 值；

(2) 概率 $P\{0 < X < 2\}$；

(3) 数学期望 $E(X)$；

(4) 方差 $D(X)$.

5.09　某种型号电子元件的寿命 X 小时是连续型随机变量，其概率密度为

$$\varphi(x) = \begin{cases} \frac{100}{x^2}, & x \geqslant 100 \\ 0, & \text{其他} \end{cases}$$

任取1只这种型号电子元件，求它经使用150小时不需要更换的概率.

5.10 某城镇每天用电量 X 万度是连续型随机变量，其概率密度为

$$\varphi(x)=\begin{cases}kx(1-x^2), & 0<x<1\\ 0, & \text{其他}\end{cases}$$

试求：

(1) 常数 k 值；

(2) 当每天供电量为0.8万度时，供电量不够的概率.

5.11 设连续型随机变量 X 的概率密度为

$$\varphi(x)=\begin{cases}k\cos\dfrac{x}{2}, & 0\leqslant x\leqslant\pi\\ 0, & \text{其他}\end{cases}$$

试求：

(1) 常数 k 值；

(2) 概率 $P\left\{0<X<\dfrac{\pi}{2}\right\}$.

5.12 设连续型随机变量 X 的概率密度为

$$\varphi(x)=\begin{cases}4x^\alpha, & 0<x<1\\ 0, & \text{其他}\end{cases}\quad(\alpha>0)$$

试求：

(1) 常数 α 值；

(2) 数学期望 $E(X)$.

5.13 已知连续型随机变量 X 的概率密度为

$$\varphi(x)=\begin{cases}3x^2, & 0\leqslant x\leqslant 1\\ 0, & \text{其他}\end{cases}$$

试求：

(1) 数学期望 $E(X)$；

(2) 方差 $D(X)$.

5.14 设连续型随机变量 X 的概率密度为

$$\varphi(x)=\begin{cases}cx, & 0<x<2\\ 0, & \text{其他}\end{cases}$$

试求：

(1) 常数 c 值；

(2) 概率 $P\{-1<X<1\}$；

(3) 数学期望 $E(X)$；

(4) 方差 $D(X)$.

5.15 已知随机变量 X 的数学期望 $E(X)=-2$，方差 $D(X)=5$，求：

(1) 数学期望 $E(5X-2)$；

(2) 方差 $D(-2X+5)$.

5.16　已知随机变量 X 的数学期望 $E(X)$ 与方差 $D(X)$ 皆存在，且方差 $D(X)\neq 0$，若随机变量 $Y=\dfrac{X-E(X)}{\sqrt{D(X)}}$，求：

(1) 数学期望 $E(Y)$；

(2) 方差 $D(Y)$.

5.17　填空题

(1) 设离散型随机变量 X 的概率分布列表如表 5-28：

表 5-28

X	-1	0	1	2
P	c	$2c$	$3c$	$4c$

则常数 $c=$ ______.

(2) 设离散型随机变量 X 服从参数为 p 的两点分布，若离散型随机变量 X 取 1 的概率 p 为它取 0 的概率 q 的 3 倍，则参数 $p=$ ______.

(3) 已知离散型随机变量 X 的概率分布列表如表 5-29：

表 5-29

X	-3	1	2
P	$\frac{2}{3}$	$\frac{1}{6}$	$\frac{1}{6}$

则数学期望 $E(X)=$ ______.

(4) 设连续型随机变量 X 的概率密度为

$$\varphi(x)=\begin{cases}24x^2, & 0\leqslant x\leqslant r\\ 0, & \text{其他}\end{cases}$$

则常数 $r=$ ______.

(5) 已知连续型随机变量 X 的概率密度为

$$\varphi(x)=\begin{cases}2x\mathrm{e}^{-x^2}, & x\geqslant 0\\ 0, & \text{其他}\end{cases}$$

则概率 $P\{-1<X<1\}=$ ______.

(6) 已知连续型随机变量 X 的概率密度为

$$\varphi(x)=\begin{cases}\dfrac{2}{x^2}, & 1\leqslant x\leqslant 2\\ 0, & \text{其他}\end{cases}$$

则数学期望 $E(X)=$ ______.

(7) 设 X 为随机变量，若数学期望 $E\left(\dfrac{X}{2}-1\right)=1$，则数学期望 $E(X)=$ ______.

(8) 设 X 为随机变量,若方差 $D(3X-6)=3$,则方差 $D(X)=$ ______.

5.18　单项选择题

(1) 表 5－30 ～ 表 5－33 中(　　)可以作为离散型随机变量 X 的概率分布.

(a) **表 5－30**

X	1	2	3
P	$-\frac{1}{2}$	$\frac{1}{3}$	$\frac{1}{6}$

(b) **表 5－31**

X	1	2	3
P	$\frac{1}{2}$	$-\frac{1}{3}$	$\frac{5}{6}$

(c) **表 5－32**

X	1	2	3
P	$\frac{1}{2}$	$\frac{1}{3}$	$\frac{1}{6}$

(d) **表 5－33**

X	1	2	3
P	$\frac{1}{2}$	$\frac{1}{3}$	$\frac{5}{6}$

(2) 已知离散型随机变量 X 的概率分布列表如表 5－34:

表 5－34

X	1	2	3
P	0.3	0.4	0.3

则概率 $P\{X \geqslant 2.5\}=($　　$)$.

(a)0.3　　(b)0.4

(c)0.7　　(d)1

(3) 设离散型随机变量 X 的所有可能取值为 -1 与 1,且已知离散型随机变量 X 取 -1 的概率为 $p(0<p<1)$,取 1 的概率为 q,则数学期望 $E(X^2)=($　　$)$.

(a)0　　(b)1

(c)$q-p$　　(d)$(q-p)^2$

(4) 设连续型随机变量 X 的概率密度为

$$\varphi(x)=\begin{cases}\dfrac{k}{1+x^2}, & x \geqslant 0 \\ 0, & \text{其他}\end{cases}$$

则常数 $k=($　　$)$.

(a) $\frac{1}{\pi}$　　(b)π

(c) $\frac{2}{\pi}$　　(d) $\frac{\pi}{2}$

(5) 下列函数中(　　)不能作为连续型随机变量 X 的概率密度.

(a) $f(x)=\begin{cases}3x^2, & -1 \leqslant x \leqslant 0 \\ 0, & \text{其他}\end{cases}$　　(b) $g(x)=\begin{cases}2x, & -1 \leqslant x \leqslant \sqrt{2} \\ 0, & \text{其他}\end{cases}$

(c) $h(x)=\begin{cases}\cos x, & 0\leqslant x\leqslant \dfrac{\pi}{2} \\ 0, & 其他\end{cases}$　　　(d) $l(x)=\begin{cases}\sin x, & \dfrac{\pi}{2}\leqslant x\leqslant \pi \\ 0, & 其他\end{cases}$

(6) 已知连续型随机变量 X 的概率密度为

$$\varphi(x)=\begin{cases}\dfrac{1}{8}x, & 0<x<4 \\ 0, & 其他\end{cases}$$

则数学期望 $E(X)=($　　$)$.

(a) $\dfrac{1}{2}$　　　(b) 2

(c) $\dfrac{3}{8}$　　　(d) $\dfrac{8}{3}$

(7) 设 X 为随机变量，若数学期望 $E(X)$ 存在，则数学期望 $E(E(X))=($　　$)$.

(a) 0　　　(b) $E(X)$

(c) $E(X^2)$　　　(d) $(E(X))^2$

(8) 设 X 为随机变量，若方差 $D(-X+5)=4$，则随机变量 X 的标准差等于(　　).

(a) 1　　　(b) 2

(c) 3　　　(d) 4

5.19　应用题——科学理财问题

某银行推出 A、B 两种理财产品，其中预计产品 A 分别以 0.1、0.4、0.4、0.1 的概率获得相应的 2%、4.5%、5.5%、8% 的收益率；产品 B 分别以 0.3、0.4、0.3 的概率获得 4%、5%、6% 的收益率，试通过比较两种理财产品的优劣做出理财决策.

拓展阅读

数学期望的应用

期望值是概率分布的重要特征之一，它常被用在与赌博相关的计算中. 比如有法国赌注之争的梅雷问题.

一天，赌徒梅雷与侍卫官赌投骰子，约定每人出 30 个金币，玩一个赌注游戏，两人谁先赢满 3 局，谁就得到全部赌资，在游戏进行了一会后，梅雷赢了 2 局，他的朋友赢了 1 局. 这时候，梅勒由于一件紧急事件必须离开，游戏不得不停止，他们该如何分配桌上的 60 个金币呢？如果以已经发生的赌局来看，梅雷获得金币的 2/3，他的朋友获得金币的 1/3，但二者都觉得不公平. 于是两人请教大名鼎鼎的数学家帕斯卡，这件事情令帕斯卡也很费解. 帕斯卡又写信告诉了另一位著名的数学家费马，于是这两位数学家开始了划时代的通信，在通信中他们最终解决了这个问题. 1654 年 7 月 29 日费马给帕斯卡第一次回信讨论点数问题的日期被数学界定为概率论的诞生日，帕斯卡、费马被誉为概率论的共同创建者. 后来荷兰物理学家、天文学家、数学家惠更斯专门研究了点数问题，在《论赌博中的计算》中正式提出了期望的概念.

模仿帕斯卡和费马设想，我们用数学期望的定义来解决这个问题：

再赌一局，梅勒（设为甲）和他朋友（设为乙）两人的可能性都是两种：赢或输. 甲赢：赌资 60 金币，概率为$\frac{1}{2}$. 甲输：2∶2 赌资 30 金币，概率也是$\frac{1}{2}$. 乙同理. 设赌资为随机变量 X. 则甲、乙的分布列为：

甲的分布列如表 5-35：

表 5-35

$X_{甲}$	60	30
P	$\frac{1}{2}$	$\frac{1}{2}$

乙的分布列如表 5-36：

表 5-36

$X_{乙}$	0	30
P	$\frac{1}{2}$	$\frac{1}{2}$

两人的数学期望：

$$E(X)甲=60\times\frac{1}{2}+30\times\frac{1}{2}=45$$

$$E(X)乙=0\times\frac{1}{2}+30\times\frac{1}{2}=15$$

这样分配显然比较公平. 两人在赌资分配上觉得不公平的原因，是在未来没发生的赌局的胜负可能性上. 正是故事中梅勒和他朋友对下一局能赢的“期望”敲响了概率论的大门，也催生了博弈论的产生.

第六章

几种重要的概率分布

教学目标

知识目标

掌握二项分布、泊松分布、指数分布和正态分布的概念及数字特征.

能力目标

会计算几种重要的概率分布的概率.

会根据实际问题判断应用哪种概率分布.

素养目标

通过“几种重要的概率分布”的学习和训练，让学生明白伯努利试验只有两种可能的结果，引导同学们养成不怕失败、顽强拼搏的精神，领悟团队合作的重要性，理解“由量变到质变”的思想并研究正态分布的概率密度性质，提高自身的数学素养，欣赏正态分布的数学之美.

思维导图

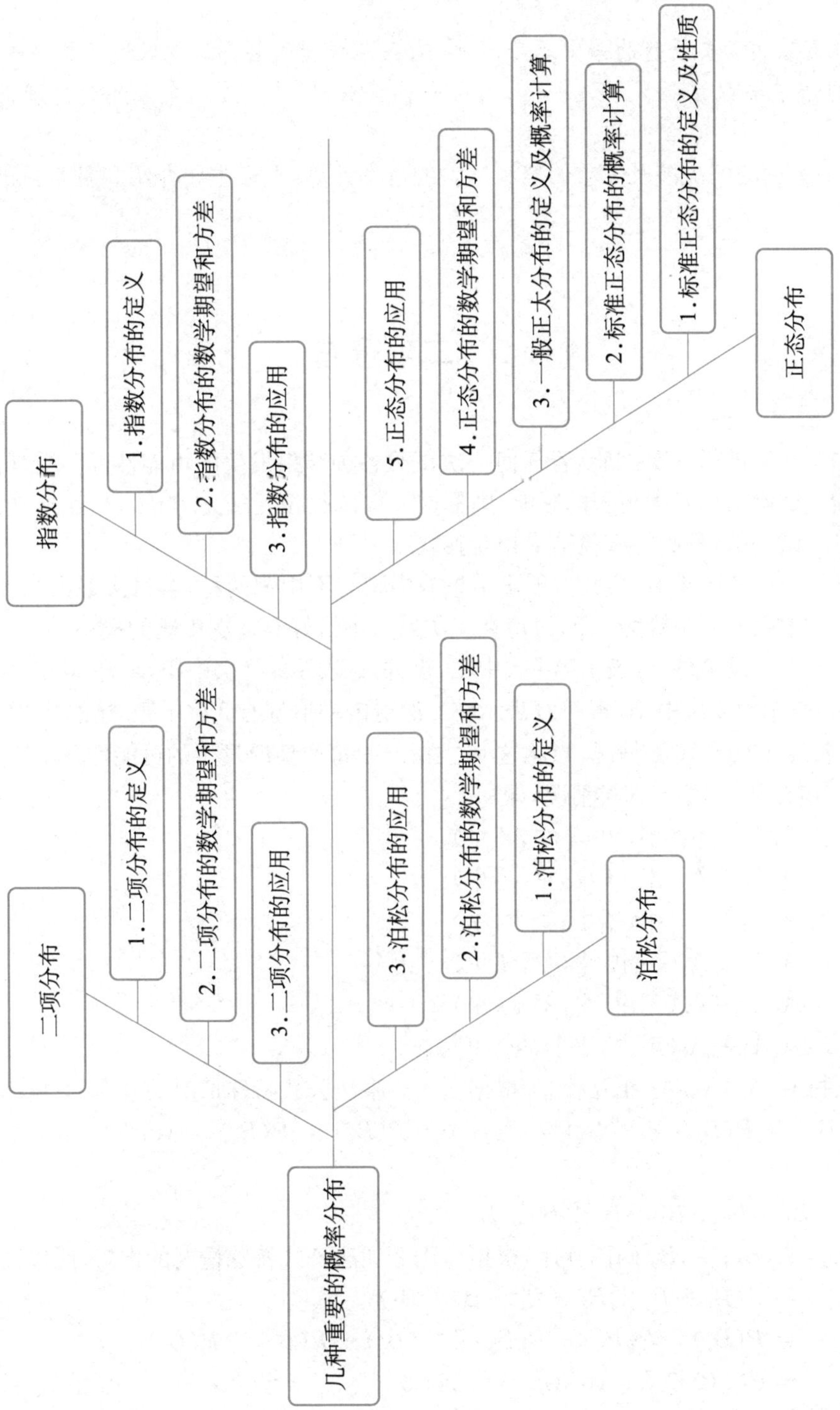

本章知识思维导图

引导案例

三个臭皮匠顶个诸葛亮

假设某篮球运动员投篮的命中率是80%，有三个普通人要与该篮球运动员比赛投篮，假若每人的命中率都为45%，只要有一人命中就算赢，问这三个人能赢过这名篮球运动员吗？

分析：本案例的解决涉及 n 重伯努利试验的概率计算，本章主要介绍几种常见的概率分布.

§6.1　二项分布

二项分布

进行 n 次试验，若任何一次试验各种结果发生的可能性都不受其他各次试验结果发生与否的影响，则称这 n 次试验相互独立. 当然，相互独立的 n 次试验中，各次的试验结果相互独立.

考虑某射手射击，射击结果分中靶与不中靶两种，若每次射击相互独立，中靶的概率皆为0.7，讨论在4次射击中恰好有2次中靶的概率.

设事件 A_1 表示第1次中靶，事件 A_2 表示第2次中靶，事件 A_3 表示第3次中靶，事件 A_4 表示第4次中靶，事件 B 表示在4次射击中恰好有2次中靶. 显然，4次射击的全部可能结果共有 $2^4=16$ 类情况，当然这16类情况中每类情况发生的可能性并不完全是等同的，事件 B 包括其中 $C_4^2=6$ 类情况，即

$B_1=A_1A_2\overline{A}_3\overline{A}_4$（中，中，不中，不中）

$B_2=A_1\overline{A}_2A_3\overline{A}_4$（中，不中，中，不中）

$B_3=A_1\overline{A}_2\overline{A}_3A_4$（中，不中，不中，中）

$B_4=\overline{A}_1A_2A_3\overline{A}_4$（不中，中，中，不中）

$B_5=\overline{A}_1A_2\overline{A}_3A_4$（不中，中，不中，中）

$B_6=\overline{A}_1\overline{A}_2A_3A_4$（不中，不中，中，中）

由于事件 A_1,A_2,A_3,A_4 相互独立，根据§4.3乘法公式特殊情况的推广，有概率

$$P(B_1)=P(B_2)=P(B_3)=P(B_4)=P(B_5)=P(B_6)=(0.7)^2\times(0.3)^2$$

注意到事件

$$B=B_1+B_2+B_3+B_4+B_5+B_6$$

且事件 B_1,B_2,B_3,B_4,B_5,B_6 两两互斥，根据§4.2加法公式特殊情况的推广，所以概率

$$\begin{aligned}P(B)&=P(B_1+B_2+B_3+B_4+B_5+B_6)\\&=P(B_1)+P(B_2)+P(B_3)+P(B_4)+P(B_5)+P(B_6)\\&=6\times(0.7)^2\times(0.3)^2=0.264\,6\end{aligned}$$

考虑一批产品由正品与废品两部分构成，每次从中任取1件产品，放回取 n 次，若这批产

品的正品率为 $p\ (0<p<1)$，讨论在 n 次抽取中恰好有 $i(i=0,1,2,\cdots,n)$ 次取到正品的概率.

设事件 A_1 表示第 1 次取到正品，事件 A_2 表示第 2 次取到正品，…，事件 A_n 表示第 n 次取到正品，事件 B 表示在 n 次抽取中恰好有 i 次取到正品. 显然，n 次抽取的全部可能结果共有 2^n 类情况，当然这 2^n 类情况中每类情况发生的可能性并不完全是等同的，事件 B 包括其中 C_n^i 类情况，设 $C_n^i=m$，即

$$B_1=A_1\cdots A_i\overline{A}_{i+1}\cdots\overline{A}_n$$

$$(\underbrace{\text{正},\cdots,\text{正}}_{i\text{个}},\underbrace{\text{废},\cdots,\text{废}}_{(n-i)\text{个}})$$

$$B_2=A_1\cdots A_{i-1}\overline{A}_iA_{i+1}\overline{A}_{i+2}\cdots\overline{A}_n$$

$$(\underbrace{\text{正},\cdots,\text{正}}_{(i-1)\text{个}},\ \text{废},\text{正},\underbrace{\text{废},\cdots,\text{废}}_{(n-i-1)\text{个}})$$

$$\cdots\quad\cdots$$

$$B_m=\overline{A}_1\cdots\overline{A}_{n-i}A_{n-i+1}\cdots A_n$$

$$(\underbrace{\text{废},\cdots,\text{废}}_{(n-i)\text{个}},\ \underbrace{\text{正},\cdots,\ \text{正}}_{i\text{个}})$$

由于事件 $A_1,A_2,\cdots,A_n$ 相互独立，根据 §4.3 乘法公式特殊情况的推广，有概率

$$P(B_1)=P(B_2)=\cdots=P(B_m)=p^iq^{n-i}\quad(q=1-p)$$

注意到事件

$$B=B_1+B_2+\cdots+B_m$$

且事件 $B_1,B_2,\cdots,B_m$ 两两互斥，根据 §4.2 加法公式特殊情况的推广，所以概率

$$P(B)=P(B_1+B_2+\cdots+B_m)=P(B_1)+P(B_2)+\cdots+P(B_m)=mp^iq^{n-i}$$
$$=C_n^ip^iq^{n-i}\quad(q=1-p)$$

一般地，在每次试验中，事件 A 或者发生或者不发生，若每次试验的结果与其他各次试验结果无关，同时在每次试验中，事件 A 发生的概率皆为 $p\ (0<p<1)$，则称这样的 n 次独立重复试验为 n 重伯努利(Bernoulli) 试验或独立试验序列概型.

在 n 重伯努利试验中，事件 A 发生的次数 X 是一个离散型随机变量，它的所有可能取值为 $0,1,2,\cdots,n$，共有 $n+1$ 个值. 在一次试验中，设事件 A 发生的概率为 $p\ (0<p<1)$，从而事件 A 不发生的概率为 $q=1-p$. 显然，n 次试验的全部可能结果共有 2^n 类情况，当然这 2^n 类情况中每类情况发生的可能性并不完全是等同的. 事件 $X=i\ (i=0,1,2,\cdots,n)$ 表示事件 A 在 n 次试验中恰好有 i 次发生，包括 C_n^i 类情况. 它所包括的每类情况都是事件 A 在 i 次试验中发生且在另外 $n-i$ 次试验中不发生，根据 §4.3 乘法公式特殊情况的推广，其发生的概率皆为 p^iq^{n-i}. 由于事件 $X=i$ 所包括的各类情况两两互斥，根据 §4.2 加法公式特殊情况的推广，所以概率

$$P\{X=i\}=C_n^ip^iq^{n-i}\quad(p+q=1)\quad(i=0,1,2,\cdots,n)$$

定义 6.1 若离散型随机变量 X 的概率分布用公式表示为

$$P\{X=i\}=C_n^ip^iq^{n-i}\quad(0<p<1,p+q=1)\quad(i=0,1,2,\cdots,n)$$

则称离散型随机变量 X 服从参数为 n,p 的二项分布，记作

$$X\sim B(n,p)$$

容易看出，当 $n=1$ 时，二项分布就化为两点分布. 所以两点分布是二项分布的特殊情况，二项分布是两点分布的推广.

下面给出二项分布的数学期望与方差.

定理 6.1 如果离散型随机变量 X 服从参数为 n,p 的二项分布，即离散型随机变量 $X\sim B(n,p)$，则其数学期望与方差分别为

$$E(X)=np$$

$$D(X)=npq \quad (q=1-p)$$

在实际问题中，若 n 次试验相互独立，且各次试验是重复试验，即事件 A 在每次试验中发生的概率皆为 $p\ (0<p<1)$，则在这 n 次独立重复试验中，事件 A 发生的次数 X 是一个离散型随机变量，它服从参数为 n,p 的二项分布，即离散型随机变量 $X\sim B(n,p)$.

例 1 某连锁总店每天向 10 家商店供应货物，每家商店订货与否相互独立，且每家商店订货的概率皆为 0.4，求 10 家商店中订货商店家数 X 的概率分布.

解：一家商店向连锁总店通知订货情况就是一次试验，10 家商店向连锁总店分别通知订货情况就是 10 次试验，由于每家商店订货与否相互独立，因而这 10 次试验是相互独立的；由于商店订货这个事件在每次试验中发生的概率皆为 0.4，因而各次试验是在相同条件下进行的重复试验. 在这 10 次独立重复试验中，商店订货这个事件发生的次数就是 10 家商店中订货商店家数 X，是一个离散型随机变量，它服从参数为 $n=10,p=0.4$ 的二项分布，即离散型随机变量

$$X\sim B(10,0.4)$$

离散型随机变量 X 的所有可能取值为 $0,1,2,\cdots,10$，共有 11 个值. 由于每家商店订货的概率皆为 0.4，从而不订货的概率皆为 0.6. 事件 $X=i(i=0,1,2,\cdots,10)$ 表示 10 家商店中恰好有 i 家商店订货，即 10 家商店中有 i 家商店订货且另外 $10-i$ 家商店不订货，它包括 C_{10}^{i} 类情况，而每类情况发生的概率皆为 $(0.4)^{i}(0.6)^{10-i}$. 事件 $X=i$ 发生的概率即为离散型随机变量 X 的概率分布，所以订货商店家数 X 的概率分布用公式表示为

$$P\{X=i\}=C_{10}^{i}(0.4)^{i}(0.6)^{10-i} \quad (i=0,1,2,\cdots,10)$$

例 2 口袋里装有 4 个黑球与 1 个白球，每次任取 1 个球，放回取 3 次，求所取过的 3 个球中恰好有 2 个黑球的概率.

解：由于放回抽取，从而这 3 次抽取相互独立，而且是在相同条件下进行的重复试验. 在每次抽取中，取到黑球的概率皆为 $p=\dfrac{4}{5}$，不取到黑球即取到白球的概率皆为 $q=\dfrac{1}{5}$. 在 3 次放回抽取中，取到黑球的次数就是所取过的 3 个球中黑球个数 X，是一个离散型随机变量，它服从参数为 $n=3,p=\dfrac{4}{5}$ 的二项分布，即离散型随机变量

$$X\sim B\left(3,\frac{4}{5}\right)$$

事件 $X=2$ 表示所取过的 3 个球中恰好有 2 个黑球，其发生的概率为

$$P\{X=2\}=C_{3}^{2}p^{2}q=3\times\left(\frac{4}{5}\right)^{2}\times\frac{1}{5}=\frac{48}{125}=0.384\,0$$

所以所取过的 3 个球中恰好有 2 个黑球的概率为 $\dfrac{48}{125}=0.384\,0$.

例 3　某柜台上有 4 位售货员，只准备了两台台秤，已知每位售货员在 8 小时内均有 2 小时使用台秤. 求台秤不够用的概率.

解：已知每位售货员在 8 小时内均有 2 小时使用台秤，说明每位售货员使用台秤的概率皆为 $p=\frac{2}{8}=\frac{1}{4}$，同时使用台秤的售货员个数 X 是一个离散型随机变量，它服从参数为 $n=4, p=\frac{1}{4}$ 的二项分布，即离散型随机变量

$$X \sim B\left(4, \frac{1}{4}\right)$$

台秤不够用，意味着同时使用台秤的售货员超过 2 个，因此事件 $X>2$ 表示台秤不够用. 注意到在 $X>2$ 范围内，离散型随机变量 X 的可能取值只有两个，即 $X=3$ 与 $X=4$，有概率

$$\begin{aligned}&P\{X>2\}\\&=P\{X=3\}+P\{X=4\}=\mathrm{C}_4^3 p^3 q+\mathrm{C}_4^4 p^4 q^0=4\times\left(\frac{1}{4}\right)^3\times\frac{3}{4}+\left(\frac{1}{4}\right)^4=\frac{13}{256}\\&\approx 0.0508\end{aligned}$$

所以台秤不够用的概率为 $\frac{13}{256}\approx 0.0508$.

例 4　某厂只有 6 台同型号机床，每台机床开动时所消耗的电功率皆为 7.5 单位，每台机床在 1 小时内均有 24 分钟开动，且各台机床开动与否相互独立，求全部机床消耗电功率超过 30 单位的概率.

解：由于每台机床在 1 小时内均有 24 分钟开动，从而每台机床开动的概率皆为 $\frac{24}{60}=\frac{2}{5}$. 同时开动机床台数 X 是一个离散型随机变量，它服从参数为 $n=6, p=\frac{2}{5}$ 的二项分布，即离散型随机变量

$$X \sim B\left(6, \frac{2}{5}\right)$$

全部机床消耗电功率超过 30 单位，意味着同时开动的机床多于 $\frac{30}{7.5}=4$ 台，因此事件 $X>4$ 表示全部机床消耗电功率超过 30 单位，注意到在 $X>4$ 范围内，离散型随机变量 X 的可能取值只有两个，即 $X=5$ 与 $X=6$，有概率

$$\begin{aligned}&P\{X>4\}\\&=P\{X=5\}+P\{X=6\}=\mathrm{C}_6^5 p^5 q+\mathrm{C}_6^6 p^6 q^0=6\times\left(\frac{2}{5}\right)^5\times\frac{3}{5}+\left(\frac{2}{5}\right)^6=\frac{128}{3125}\\&\approx 0.0410\end{aligned}$$

所以全部机床消耗电功率超过 30 单位的概率为 $\frac{128}{3125}\approx 0.0410$.

案例解决

解：这是一个 3 重独立重复试验问题，用事件 $X\geqslant 1$ 表示三个人中只要有一个命中，由伯努利试验的概率计算公式，所求概率为：

$$P\{X\geqslant 1\}=1-P\{X=0\}=1-(1-0.45)^3=83.36\%$$

可见，三个普通人获胜的概率为 $83.36\% > 80\%$，超过了该篮球运动员.

由此可见，人多力量大，众人拾柴火焰高，团结起来能把不可能变为可能.

例 5 填空题

事件 A 在一次试验中发生的概率为 $\frac{2}{3}$，则在 4 次独立重复试验中，事件 A 恰好发生 2 次的概率为______.

解：由于事件 A 在一次试验中发生的概率为 $p=\frac{2}{3}$，从而事件 A 在一次试验中不发生的概率为 $q=1-\frac{2}{3}=\frac{1}{3}$. 在 4 次独立重复试验中，事件 A 发生的次数 X 是一个离散型随机变量，它服从参数为 $n=4$，$p=\frac{2}{3}$ 的二项分布，即离散型随机变量

$$X\sim B\left(4,\frac{2}{3}\right)$$

事件 $X=2$ 表示在 4 次独立重复试验中事件 A 恰好发生 2 次，其发生的概率为

$$P\{X=2\}=C_4^2p^2q^2=6\times\left(\frac{2}{3}\right)^2\times\left(\frac{1}{3}\right)^2=\frac{8}{27}$$

于是应将"$\frac{8}{27}$"直接填在空内.

例 6 填空题

设离散型随机变量 $X\sim B(2,p)$，若概率 $P\{X\geqslant 1\}=\frac{9}{25}$，则参数 $p=$______.

解：由于离散型随机变量 $X\sim B(2,p)$，计算概率

$$P\{X\geqslant 1\}=1-P\{X=0\}=1-C_2^0p^0q^2=1-q^2$$

它应等于所给概率值 $\frac{9}{25}$，有关系式 $1-q^2=\frac{9}{25}$，注意到 $q>0$，解出 $q=\frac{4}{5}$，得到参数

$$p=1-q=1-\frac{4}{5}=\frac{1}{5}$$

于是应将"$\frac{1}{5}$"直接填在空内.

例 7 填空题

在进行 100 重伯努利试验时，每次试验中事件 A 发生的概率皆为 0.8，设离散型随机变量 X 表示事件 A 发生的次数，则它的标准差为______.

解：显然，离散型随机变量 $X\sim B(100,0.8)$，因此标准差

$$\sqrt{D(X)}=\sqrt{npq}=\sqrt{100\times 0.8\times 0.2}=4$$

于是应将"4"直接填在空内.

例 8 单项选择题

设离散型随机变量 $X\sim B(n,p)$，若数学期望 $E(X)=1.6$，方差 $D(X)=1.28$，则参数 n,p 的值为(　　).

(a) $n=2,p=0.8$　　　　(b) $n=4,p=0.4$

(c)$n=8, p=0.2$　　　　(d)$n=16, p=0.1$

解:从已知条件得到关系式

$$\begin{cases} E(X)=np=1.6 \\ D(X)=npq=1.28 \end{cases}$$

解此方程组,容易解出未知量

$$q=\frac{1.28}{1.6}=0.8$$

从而得到未知量

$$p=1-q=1-0.8=0.2$$

$$n=\frac{E(X)}{p}=\frac{1.6}{0.2}=8$$

即参数

$$n=8, p=0.2$$

这个正确答案恰好就是备选答案(c),所以选择(c).

例 9　单项选择题

若离散型随机变量 $X \sim B(10, 0.4)$,则离散型随机变量 X^2 的数学期望 $E(X^2)=$ (　　).

(a)2.4　　　　(b)4

(c)16　　　　(d)18.4

解:从已知条件得到数学期望

$$E(X)=np=10\times 0.4=4$$

方差

$$D(X)=npq=10\times 0.4\times 0.6=2.4$$

根据 §5.2 定理 5.1 即计算方差的简便公式

$$D(X)=E(X^2)-(E(X))^2$$

得到数学期望

$$E(X^2)=D(X)+(E(X))^2=2.4+4^2=18.4$$

这个正确答案恰好就是备选答案(d),所以选择(d).

最后应该说明的是:对于产品的抽检问题,二项分布的背景是放回抽取.但在产品总数很大,且抽取产品数目又很小的条件下,可将不放回抽取近似看作放回抽取,应用二项分布得到结果.

§6.2　泊松分布

泊松分布

重要的离散型随机变量概率分布除二项分布外,还有泊松(Poisson)分布.

定义 6.2 若离散型随机变量 X 的概率分布用公式表示为

$$P\{X=i\}=\frac{\lambda^i \mathrm{e}^{-\lambda}}{i!} \quad (\lambda>0)\ (i=0,1,2,\cdots)$$

则称离散型随机变量 X 服从参数为 λ 的泊松分布.

泊松分布是一种常见分布，在实际问题中，服从泊松分布的离散型随机变量很多，如一匹布上疵点的个数，一本书一页上印刷错误的个数，在一天中进入某商店的人数，某段时间内电话交换台收到呼唤的次数，某段时间内候车室里旅客的人数，等等.

下面给出泊松分布的数学期望与方差.

定理 6.2 如果离散型随机变量 X 服从参数为 λ 的泊松分布，则其数学期望与方差分别为

$$E(X)=\lambda$$
$$D(X)=\lambda$$

例 1 一页书上印刷错误的个数 X 是一个离散型随机变量，它服从参数为 λ 的泊松分布，一本书共 300 页，有 21 个印刷错误，求任取 1 页书上没有印刷错误的概率.

解：由于 300 页中有 21 个印刷错误，从而平均每页有 $\frac{21}{300}=\frac{7}{100}$ 个印刷错误，即离散型随机变量 X 的数学期望 $E(X)=\frac{7}{100}$，又由于离散型随机变量 X 服从参数为 λ 的泊松分布，因此数学期望 $E(X)=\lambda$，于是参数 $\lambda=\frac{7}{100}$，因而离散型随机变量 X 服从参数为 $\lambda=\frac{7}{100}$ 的泊松分布.

事件 $X=0$ 表示任取 1 页书上没有印刷错误，其发生的概率为

$$P\{X=0\}=\frac{\left(\frac{7}{100}\right)^0 \mathrm{e}^{-\frac{7}{100}}}{0!}=\mathrm{e}^{-\frac{7}{100}}\approx 0.932\ 4$$

所以任取 1 页书上没有印刷错误的概率为 $\mathrm{e}^{-\frac{7}{100}}\approx 0.932\ 4$.

例 2 一个铸件上砂眼的个数 X 是一个离散型随机变量，它服从参数为 $\lambda=0.8$ 的泊松公布，规定砂眼个数不多于 1 个的铸件为合格品，求铸件的合格品率.

解：事件 $X\leqslant 1$ 表示砂眼个数不多于 1 个，即铸件为合格品，注意到在 $X\leqslant 1$ 范围内，离散型随机变量 X 的可能取值只有两个，即 $X=0$ 与 $X=1$，有概率

$$\begin{aligned}&P\{X\leqslant 1\}\\&=P\{X=0\}+P\{X=1\}=\frac{(0.8)^0\mathrm{e}^{-0.8}}{0!}+\frac{0.8\mathrm{e}^{-0.8}}{1!}=\mathrm{e}^{-0.8}+0.8\mathrm{e}^{-0.8}=1.8\mathrm{e}^{-0.8}\\&\approx 0.808\ 8\end{aligned}$$

所以铸件的合格品率为 $1.8\mathrm{e}^{-0.8}\approx 0.808\ 8$.

例 3　每分钟内电话交换台收到呼唤的次数 X 是一个离散型随机变量，它服从参数为 λ 的泊松分布，平均每分钟内电话交换台收到 3 次呼唤，求任意一分钟内电话交换台收到呼唤次数超过 2 次的概率.

解：由于平均每分钟内电话交换台收到 3 次呼唤，即离散型随机变量 X 的数学期望 $E(X)=3$，又由于离散型随机变量 X 服从参数为 λ 的泊松分布，说明离散型随机变量 X 服从参数为 $\lambda=E(X)=3$ 的泊松分布.

事件 $X>2$ 表示一分钟内电话交换台收到呼唤次数超过 2 次，注意到在 $X>2$ 范围内，离散型随机变量 X 的可能取值有无限可列个，即 $X=3, X=4, \cdots$，因此考虑它的对立事件. 事件 $X>2$ 的对立事件是事件 $X\leqslant 2$，注意到在 $X\leqslant 2$ 范围内，离散型随机变量 X 的可能取值只有三个，即 $X=0, X=1$ 及 $X=2$，根据 §4.2 加法公式的特殊情况，事件 $X>2$ 发生的概率为

$$\begin{aligned}&P\{X>2\}\\&=1-P\{X\leqslant 2\}=1-(P\{X=0\}+P\{X=1\}+P\{X=2\})\\&=1-\left(\frac{3^0\mathrm{e}^{-3}}{0!}+\frac{3\mathrm{e}^{-3}}{1!}+\frac{3^2\mathrm{e}^{-3}}{2!}\right)=1-\left(\mathrm{e}^{-3}+3\mathrm{e}^{-3}+\frac{9\mathrm{e}^{-3}}{2}\right)=1-\frac{17\mathrm{e}^{-3}}{2}\approx 0.576\,8\end{aligned}$$

所以任意一分钟内电话交换台收到呼唤次数超过 2 次的概率为 $1-\dfrac{17\mathrm{e}^{-3}}{2}\approx 0.576\,8$.

例 4　某种花布一匹布上疵点的个数 X 是一个离散型随机变量，它服从参数为 λ 的泊松分布，已知一匹布上有 8 个疵点与有 7 个疵点的可能性相同，问一匹布上平均有多少个疵点？

解：由于已知一匹布上有 8 个疵点与有 7 个疵点的可能性相同，即概率

$$P\{X=8\}=P\{X=7\}$$

又由于离散型随机变量 X 服从参数为 λ 的泊松分布，从而有关系式

$$\frac{\lambda^8\mathrm{e}^{-\lambda}}{8!}=\frac{\lambda^7\mathrm{e}^{-\lambda}}{7!}$$

即有

$$\frac{\lambda^8}{8}=\lambda^7$$

注意到 $\lambda>0$，因此得到参数

$$\lambda=8$$

于是数学期望即均值

$$E(X)=\lambda=8$$

所以一匹布上平均有 8 个疵点.

例 5　某种商品日销售量 X 百件是一个离散型随机变量，它服从参数为 $\lambda=2$ 的泊松分布，求：

(1) 这种商品任 1 日销售量恰好为 2 百件的概率；

(2) 这种商品任 4 日销售量皆为 2 百件的概率.

解:(1) 事件 $X=2$ 表示这种商品任 1 日销售量为 2 百件,其发生的概率为

$$P\{X=2\}=\frac{2^2\mathrm{e}^{-2}}{2!}=2\mathrm{e}^{-2}\approx 0.2706$$

所以这种商品任 1 日销售量恰好为 2 百件的概率为 $2\mathrm{e}^{-2}\approx 0.2706$.

(2) 这种商品任 4 日销售量中销售量为 2 百件的日数 Y 是一个离散型随机变量,它服从参数为 $n=4,p=2\mathrm{e}^{-2}$ 的二项分布,即离散型随机变量

$$Y\sim B(4,2\mathrm{e}^{-2})$$

事件 $Y=4$ 表示这种商品任 4 日销售量皆为 2 百件,其发生的概率为

$$P\{Y=4\}=\mathrm{C}_4^4p^4q^0=(2\mathrm{e}^{-2})^4=16\mathrm{e}^{-8}\approx 0.0048$$

所以这种商品任 4 日销售量皆为 2 百件的概率为 $16\mathrm{e}^{-8}\approx 0.0048$.

例 6　填空题

已知离散型随机变量 X 服从参数为 $\lambda=4$ 的泊松分布,则概率 $P\{X=2\}=$ ______.

解:由于离散型随机变量 X 服从参数为 $\lambda=4$ 的泊松分布,因此概率

$$P\{X=2\}=\frac{4^2\mathrm{e}^{-4}}{2!}=8\mathrm{e}^{-4}\approx 0.1465$$

于是应将“$8\mathrm{e}^{-4}\approx 0.1465$”直接填在空内.

例 7　设离散型随机变量 X 服从参数为 λ 的泊松分布,且已知它取值为零的概率 $P\{X=0\}=\mathrm{e}^{-1}$,求:

(1) 参数 λ 值;

(2) 概率 $P\{X=3\}$.

解:(1) 由于离散型随机变量 X 服从参数为 λ 的泊松分布,因此概率

$$P\{X=0\}=\frac{\lambda^0\mathrm{e}^{-\lambda}}{0!}=\mathrm{e}^{-\lambda}$$

它应等于所给概率值 e^{-1},有关系式

$$\mathrm{e}^{-\lambda}=\mathrm{e}^{-1}$$

所以得到参数

$$\lambda=1$$

(2) 由于离散型随机变量 X 服从参数为 $\lambda=1$ 的泊松分布,所以概率

$$P\{X=3\}=\frac{1^3\mathrm{e}^{-1}}{3!}=\frac{\mathrm{e}^{-1}}{6}\approx 0.0613$$

例 8　设离散型随机变量 X 服从参数为 λ 的泊松分布,且已知有概率等式 $P\{X=1\}=P\{X=2\}$,求:

(1) 参数 λ 值;

(2) 概率 $P\{2<X<6\}$;

(3) 数学期望 $E(X)$;

(4) 方差 $D(X)$.

解:(1) 由于已知概率等式

$$P\{X=1\}=P\{X=2\}$$

又由于离散型随机变量 X 服从参数为 λ 的泊松分布，从而有关系式

$$\frac{\lambda e^{-\lambda}}{1!}=\frac{\lambda^2 e^{-\lambda}}{2!}$$

即有

$$\lambda=\frac{\lambda^2}{2}$$

注意到 $\lambda>0$，所以得到参数

$$\lambda=2$$

(2) 由于离散型随机变量 X 服从参数为 $\lambda=2$ 的泊松分布，注意到在 $2<X<6$ 范围内，离散型随机变量 X 的可能取值只有三个，即 $X=3$，$X=4$ 及 $X=5$，所以概率

$$\begin{aligned}&P\{2<X<6\}\\&=P\{X=3\}+P\{X=4\}+P\{X=5\}=\frac{2^3e^{-2}}{3!}+\frac{2^4e^{-2}}{4!}+\frac{2^5e^{-2}}{5!}\\&=\frac{4e^{-2}}{3}+\frac{2e^{-2}}{3}+\frac{4e^{-2}}{15}=\frac{34e^{-2}}{15}\approx 0.306\ 7\end{aligned}$$

(3) 数学期望

$$E(X)=\lambda=2$$

(4) 方差

$$D(X)=\lambda=2$$

例 9 单项选择题

已知离散型随机变量 X 服从参数为 λ 的泊松分布，则离散型随机变量 X^2 的数学期望 $E(X^2)=($ $)$.

(a)λ (b)λ^2

(c)$\lambda-\lambda^2$ (d)$\lambda+\lambda^2$

解：根据 §5.2 定理 5.1 即计算方差的简便公式

$$D(X)=E(X^2)-(E(X))^2$$

得到数学期望

$$E(X^2)=D(X)+(E(X))^2=\lambda+\lambda^2$$

这个正确答案恰好就是备选答案(d)，所以选择(d).

例 10 单项选择题

已知离散型随机变量 X,Y 皆服从泊松分布，若数学期望 $E(X)=16$，$E(Y)=3$，则下列方差计算结果中( )正确.

(a)$D\left(\frac{X}{2}\right)=4, D(-Y)=-3$ (b)$D\left(\frac{X}{2}\right)=4, D(-Y)=3$

(c)$D\left(\frac{X}{2}\right)=8, D(-Y)=-3$ (d)$D\left(\frac{X}{2}\right)=8, D(-Y)=3$

解：由于离散型随机变量 X,Y 皆服从泊松分布，因而方差

$$D(X)=E(X)=16$$

$$D(Y)=E(Y)=3$$

根据 §5.4 随机变量方差的性质 3，于是方差

$$D\left(\frac{X}{2}\right)=\left(\frac{1}{2}\right)^2 D(X)=\frac{1}{4}\times 16=4$$

$$D(-Y)=(-1)^2 D(Y)=1\times 3=3$$

这个正确答案恰好就是备选答案(b)，所以选择(b).

考虑离散型随机变量 X，它服从参数为 n,p 的二项分布，即离散型随机变量 $X\sim B(n,p)$. 当 $n\geqslant 10$，$p\leqslant 0.1$，且使得 $\lambda=np\leqslant 5$ 时，则离散型随机变量 X 近似服从参数为 $\lambda=np$ 的泊松分布.

在计算泊松分布的概率时，可以查泊松分布概率值表(附表一)，在表中第一行找到给定的参数值 λ，再在表中第一列找到离散型随机变量 X 的取值 i，其纵横交叉处的数值即为所求概率值，如已知离散型随机变量 X 服从参数为 $\lambda=5$ 的泊松分布，查附表一可以得到概率

$$P\{X=2\}=0.084\ 2$$

$$P\{X=5\}=0.175\ 5$$

学问思辨

泊松分布与二项分布有何关系？

§6.3 指数分布

指数分布

上面讨论了重要的离散型随机变量概率分布，下面讨论重要的连续型随机变量概率分布，在重要的连续型随机变量概率分布中，首先讨论指数分布.

定义 6.3 若连续型随机变量 X 的概率密度为

$$\varphi(x)=\begin{cases}\lambda e^{-\lambda x}, & x>0\\ 0, & \text{其他}\end{cases}\quad(\lambda>0)$$

则称连续型随机变量 X 服从参数为 λ 的指数分布.

指数分布的概率密度曲线如图 6-1.

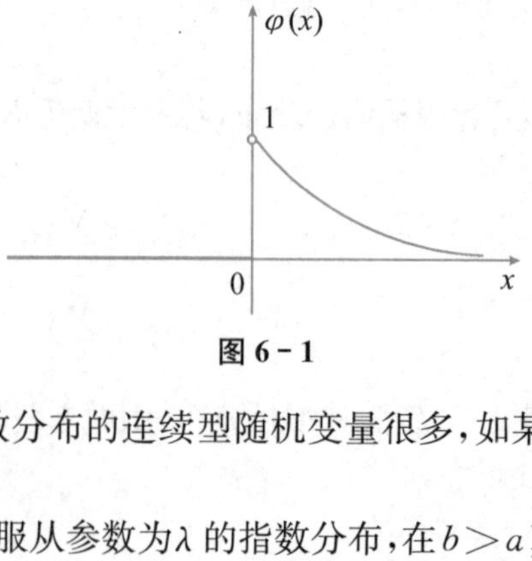

图 6-1

在实际问题中，服从指数分布的连续型随机变量很多，如某些电子元件的寿命，随机服务系统中的服务时间，等等.

如果连续型随机变量 X 服从参数为 λ 的指数分布，在 $b>a\geqslant 0$ 的条件下，分别讨论事件

$a<X<b,X>a$ 及 $X<b$ 发生的概率. 由于连续型随机变量在任一区间上取值的概率等于它的概率密度在该区间上的积分,并注意到连续型随机变量 X 的概率密度为

$$\varphi(x)=\begin{cases}\lambda e^{-\lambda x}, & x>0\\ 0, & \text{其他}\end{cases}\quad(\lambda>0)$$

因而事件 $a<X<b$ 发生的概率

$$P\{a<X<b\}$$
$$=\int_a^b\varphi(x)dx=\int_a^b\lambda e^{-\lambda x}dx=-\int_a^b e^{-\lambda x}d(-\lambda x)=-e^{-\lambda x}\Big|_a^b=-(e^{-\lambda b}-e^{-\lambda a})=e^{-\lambda a}-e^{-\lambda b}$$

事件 $X>a$ 发生的概率

$$P(X>a)$$
$$=\int_a^{+\infty}\varphi(x)dx=\int_a^{+\infty}\lambda e^{-\lambda x}dx=-\int_a^{+\infty}e^{-\lambda x}d(-\lambda x)=-e^{-\lambda x}\Big|_a^{+\infty}=-(0-e^{-\lambda a})=e^{-\lambda a}$$

再根据 §4.2 加法公式的特殊情况,事件 $X<b$ 发生的概率

$$P\{X<b\}=1-P\{X\geqslant b\}=1-e^{-\lambda b}$$

综合上面的讨论,得到计算指数分布概率的公式:如果连续型随机变量 X 服从参数为 λ 的指数分布,在 $b>a\geqslant 0$ 的条件下,则概率

$$P\{a<X<b\}=P\{a\leqslant X<b\}=P\{a<X\leqslant b\}=P\{a\leqslant X\leqslant b\}$$
$$=e^{-\lambda a}-e^{-\lambda b}$$
$$P\{X>a\}=P\{X\geqslant a\}=e^{-\lambda a}$$
$$P\{X<b\}=P\{X\leqslant b\}=1-e^{-\lambda b}$$

下面给出指数分布的数学期望与方差.

定理 6.3 如果连续型随机变量 X 服从参数为 λ 的指数分布,则其数学期望与方差分别为

$$E(X)=\frac{1}{\lambda}$$

$$D(X)=\frac{1}{\lambda^2}$$

例 1 某种型号灯泡的使用寿命 X 小时是一个连续型随机变量,其概率密度为

$$\varphi(x)=\begin{cases}\frac{1}{600}e^{-\frac{x}{600}}, & x>0\\ 0, & \text{其他}\end{cases}$$

任取 1 只灯泡,求这只灯泡使用寿命在 600 小时 ~ 1 200 小时的概率.

解:由于连续型随机变量 X 的概率密度为

$$\varphi(x)=\begin{cases}\frac{1}{600}e^{-\frac{x}{600}}, & x>0\\ 0, & \text{其他}\end{cases}$$

说明连续型随机变量 X 服从参数为 $\lambda=\frac{1}{600}$ 的指数分布.

事件 $600<X<1\,200$ 表示任取 1 只灯泡使用寿命在 600 小时 ~ 1 200 小时,根据指数分布概率的计算公式,其发生的概率为

$$P\{600 < X < 1\,200\} = e^{-\frac{1}{600}\times 600} - e^{-\frac{1}{600}\times 1\,200} = e^{-1} - e^{-2} \approx 0.232\,6$$

所以任取 1 只灯泡使用寿命在 600 小时 ～ 1 200 小时的概率为 $e^{-1} - e^{-2} \approx 0.232\,6$.

例 2 修理某种机械所需要的时间 X 小时是一个连续型随机变量，其概率密度为

$$\varphi(x) = \begin{cases} e^{-x}, x > 0 \\ 0, \text{其他} \end{cases}$$

任取 1 台待修机械，求修理这台机械需要时间超过 2 小时的概率.

解：由于连续型随机变量 X 的概率密度为

$$\varphi(x) = \begin{cases} e^{-x}, x > 0 \\ 0, \text{其他} \end{cases}$$

说明连续型随机变量 X 服从参数为 $\lambda = 1$ 的指数分布.

事件 $X > 2$ 表示修理任 1 台待修机械需要时间超过 2 小时，根据指数分布概率的计算公式，其发生的概率为

$$P\{X > 2\} = e^{-1\times 2} = e^{-2} \approx 0.135\,3$$

所以修理任 1 台待修机械需要时间超过 2 小时的概率为 $e^{-2} \approx 0.135\,3$.

例 3 某种型号电子元件的使用寿命 X 小时是一个连续型随机变量，它服从参数为 $\lambda = \dfrac{1}{1\,000}$ 的指数分布，求：

(1) 任取 1 只电子元件使用寿命超过 1 000 小时的概率；

(2) 任取 2 只电子元件使用寿命皆超过 1 000 小时的概率.

解：(1) 事件 $X > 1\,000$ 表示任取 1 只电子元件使用寿命超过1 000 小时，根据指数分布概率的计算公式，其发生的概率为

$$P\{X > 1\,000\} = e^{-\frac{1}{1\,000}\times 1\,000} = e^{-1} \approx 0.367\,9$$

所以任取 1 只电子元件使用寿命超过 1 000 小时的概率为 $e^{-1} \approx 0.367\,9$.

(2) 任取 2 只电子元件中使用寿命超过1 000 小时的电子元件只数 Y 是一个离散型随机变量，它服从参数为 $n = 2, p = e^{-1}$ 的二项分布，即离散型随机变量

$$Y \sim B(2, e^{-1})$$

事件 $Y = 2$ 表示任取 2 只电子元件使用寿命皆超过 1 000 小时，其发生的概率为

$$P\{Y = 2\} = C_2^2 p^2 q^0 = (e^{-1})^2 = e^{-2} \approx 0.135\,3$$

所以任取 2 只电子元件使用寿命皆超过1 000 小时的概率为 $e^{-2} \approx 0.135\,3$.

例 4 填空题

已知连续型随机变量 X 服从参数为 $\lambda = 0.1$ 的指数分布，则概率 $P\{X \leqslant 20\} =$ ______.

解：由于连续型随机变量 X 服从参数为 $\lambda = 0.1$ 的指数分布，根据指数分布概率的计算公式，得到概率

$$P\{X \leqslant 20\} = 1 - e^{-0.1\times 20} = 1 - e^{-2} \approx 0.864\,7$$

于是应将“$1-e^{-2}\approx 0.8647$”直接填在空内.

例 5 单项选择题

设连续型随机变量 X 服从参数为 λ 的指数分布，若已知其方差 $D(X)=4$，则数学期望 $E(X)=($ $)$.

(a) $\frac{1}{2}$ (b)2

(c) $\frac{1}{16}$ (d)16

解：从已知条件得到关系式

$$D(X)=\frac{1}{\lambda^2}=4$$

注意到 $\lambda>0$，容易解出

$$\frac{1}{\lambda}=2$$

于是得到数学期望

$$E(X)=\frac{1}{\lambda}=2$$

这个正确答案恰好就是备选答案(b)，所以选择(b).

例 6 已知连续型随机变量 X 服从参数为 λ 的指数分布，求它取值大于数学期望的概率 $P\{X>E(X)\}$.

解：由于连续型随机变量 X 服从参数为 λ 的指数分布，因而数学期望 $E(X)=\frac{1}{\lambda}$，根据指数分布概率的计算公式，所以概率

$$P\{X>E(X)\}=P\left\{X>\frac{1}{\lambda}\right\}=e^{-\lambda\frac{1}{\lambda}}=e^{-1}\approx 0.3679$$

例 7 设连续型随机变量 X 服从参数为 λ 的指数分布，且已知它取值大于 100 的概率 $P\{X>100\}=e^{-2}$，求：

(1) 参数 λ 值；

(2) 概率 $P\{50<X<150\}$；

(3) 数学期望 $E(2X+1)$；

(4) 方差 $D(2X+1)$.

解：(1) 由于连续型随机变量 X 服从参数为 λ 的指数分布，根据指数分布概率的计算公式，计算概率

$$P\{X>100\}=e^{-\lambda\times 100}=e^{-100\lambda}$$

它应等于所给概率值 e^{-2}，有关系式

$$e^{-100\lambda}=e^{-2}$$

所以得到参数

$$\lambda=\frac{1}{50}$$

(2) 由于连续型随机变量 X 服从参数为 $\lambda=\frac{1}{50}$ 的指数分布，根据指数分布概率的计算

公式，所以概率

$$P\{50 < X < 150\} = e^{-\frac{1}{50}\times 50} - e^{-\frac{1}{50}\times 150} = e^{-1} - e^{-3} \approx 0.318\,1$$

(3) 由于数学期望

$$E(X) = \frac{1}{\lambda} = \frac{1}{\frac{1}{50}} = 50$$

根据 §5.4 随机变量数学期望的性质 4，所以数学期望

$$E(2X+1) = 2E(X)+1 = 2\times 50+1 = 101$$

(4) 由于方差

$$D(X) = \frac{1}{\lambda^2} = \frac{1}{\left(\frac{1}{50}\right)^2} = 2\,500$$

根据 §5.4 随机变量方差的性质 4，所以方差

$$D(2X+1) = 2^2D(X) = 4\times 2\,500 = 10\,000$$

§6.4　正态分布

在重要的连续型随机变量概率分布中，最后讨论正态分布.

定义 6.4　若连续型随机变量 X 的概率密度为

$$\varphi_0(x) = \frac{1}{\sqrt{2\pi}}e^{-\frac{x^2}{2}}\quad(-\infty < x < +\infty)$$

标准正态分布

则称连续型随机变量 X 服从标准正态分布，记作

$$X \sim N(0,1)$$

标准正态分布的概率密度 $\varphi_0(x)$ 具有下列性质：

性质 1　$\varphi_0(-x) = \varphi_0(x)$，说明函数 $\varphi_0(x)$ 为偶函数，图形对称于纵轴；

性质 2　计算一阶导数

$$\varphi_0'(x) = \frac{1}{\sqrt{2\pi}}e^{-\frac{x^2}{2}}\left(-\frac{x^2}{2}\right)' = -\frac{1}{\sqrt{2\pi}}xe^{-\frac{x^2}{2}}$$

令一阶导数 $\varphi_0'(x) = 0$，得到驻点 $x = 0$. 列表如表 6-1：

表 6-1

x	$(-\infty,0)$	0	$(0,+\infty)$
$\varphi_0'(x)$	$+$	0	$-$
$\varphi_0(x)$	↗	极大值 $\frac{1}{\sqrt{2\pi}}$	↘

说明 函数 $\varphi_0(x)$ 的单调增加区间为 $(-\infty,0)$，单调减少区间为 $(0,+\infty)$，极大值也是最大值为 $\varphi_0(0)=\frac{1}{\sqrt{2\pi}}\approx 0.398\,9$；

性质 3 计算二阶导数

$$\varphi_0''(x)=-\frac{1}{\sqrt{2\pi}}\left[e^{-\frac{x^2}{2}}+xe^{-\frac{x^2}{2}}\left(-\frac{x^2}{2}\right)'\right]=-\frac{1}{\sqrt{2\pi}}(e^{-\frac{x^2}{2}}-x^2e^{-\frac{x^2}{2}})=\frac{1}{\sqrt{2\pi}}(x^2-1)e^{-\frac{x^2}{2}}$$

令二阶导数 $\varphi_0''(x)=0$，得到根 $x=-1$ 与 $x=1$. 列表如表 6－2：

表 6－2

x	$(-\infty,-1)$	-1	$(-1,1)$	1	$(1,+\infty)$
$\varphi_0''(x)$	$+$	0	$-$	0	$+$
$y=\varphi_0(x)$	$\cup$	拐点 $\left(-1,\frac{1}{\sqrt{2\pi e}}\right)$	$\cap$	拐点 $\left(1,\frac{1}{\sqrt{2\pi e}}\right)$	$\cup$

说明 函数曲线 $\varphi_0(x)$ 的上凹区间为 $(-\infty,-1)$，$(1,+\infty)$，下凹区间为 $(-1,1)$，拐点为 $\left(-1,\frac{1}{\sqrt{2\pi e}}\right)$，$\left(1,\frac{1}{\sqrt{2\pi e}}\right)$.

标准正态分布的概率密度曲线如图 6－2.

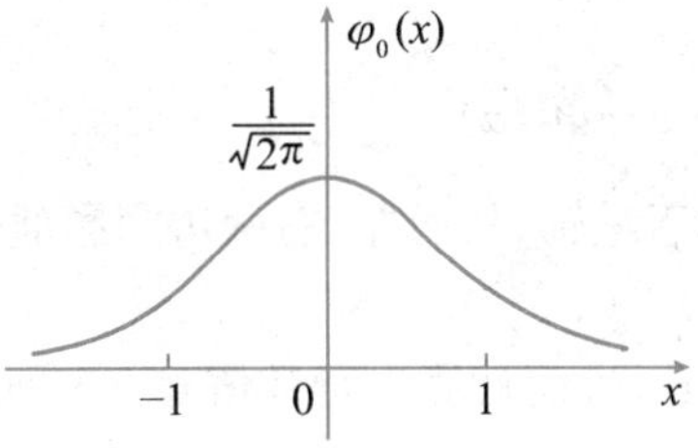

图 6－2

考虑变上限定积分 $\int_{-\infty}^{x}\varphi_0(t)dt=\int_{-\infty}^{x}\frac{1}{\sqrt{2\pi}}e^{-\frac{t^2}{2}}dt$，它是上限 x 的函数，称为标准正态分布函数，记作

$$\Phi_0(x)=\int_{-\infty}^{x}\varphi_0(t)dt=\int_{-\infty}^{x}\frac{1}{\sqrt{2\pi}}e^{-\frac{t^2}{2}}dt$$

有极限

$$\lim_{x\to-\infty}\Phi_0(x)=\int_{-\infty}^{-\infty}\varphi_0(t)dt=0$$

$$\lim_{x\to+\infty}\Phi_0(x)=\int_{-\infty}^{+\infty}\varphi_0(t)dt=1$$

根据反映变上限定积分重要性质的定理，得到一阶导数

$$\Phi_0'(x)=\varphi_0(x)$$

说明 函数 $\Phi_0(x)$ 为 $\varphi_0(x)$ 的一个原函数.

由于连续型随机变量在任一区间上取值的概率等于它的概率密度在该区间上的积分，因而概率

$$P\{a<X<b\}=P\{a\leqslant X<b\}=P\{a<X\leqslant b\}=P\{a\leqslant X\leqslant b\}$$
$$=\int_a^b\varphi_0(x)\mathrm{d}x=\Phi_0(x)\Big|_a^b=\Phi_0(b)-\Phi_0(a)$$

作为这个计算概率公式的特殊情况，有概率

$$P\{X<b\}=P\{X\leqslant b\}=\int_{-\infty}^b\varphi_0(x)\mathrm{d}x=\Phi_0(x)\Big|_{-\infty}^b=\Phi_0(b)$$

$$P\{X>a\}=P\{X\geqslant a\}=\int_a^{+\infty}\varphi_0(x)\mathrm{d}x=\Phi_0(x)\Big|_a^{+\infty}=1-\Phi_0(a)$$

注意到标准正态分布函数 $\Phi_0(x)$ 不是初等函数，因而直接计算函数值是很困难的，必须通过查标准正态分布函数表（附表二）得到结果. 表中第一列为 x 的整数及十分位数，表中第一行为 x 的百分位数，其纵横交叉处的数值即为函数值 $\Phi_0(x)$，如查附表二可以得到函数值 $\Phi_0(0)=0.5$，$\Phi_0(1)=0.841\ 3$，$\Phi_0(1.96)=0.975\ 0$，$\Phi_0(2)=0.977\ 2$.

标准正态分布函数表（附表二）中 x 的取值范围为 $[0,3.9)$，若 $x\geqslant 3.9$，则可取函数值 $\Phi_0(x)\approx 1$；若 x 取值为 $-a<0$，则无法直接查附表二而得到函数值 $\Phi_0(-a)$，这时从图 6－3 容易看出：左边阴影部分面积

$$S_1=\int_{-\infty}^{-a}\varphi_0(x)\mathrm{d}x=\Phi_0(-a)$$

右边阴影部分面积

$$S_2=\int_a^{+\infty}\varphi_0(x)\mathrm{d}x=1-\Phi_0(a)$$

由于概率密度曲线 $\varphi_0(x)$ 对称于纵轴，从而左、右两边阴影部分面积相等，于是有

$$\Phi_0(-a)=1-\Phi_0(a)\quad(a>0)$$

查附表二可以得到函数值 $\Phi_0(a)$，进而计算出函数值 $\Phi_0(-a)$.

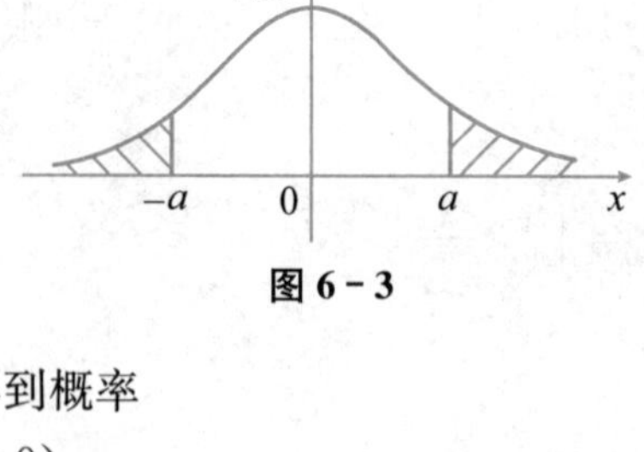

图 6－3

应用上述关系式，容易得到概率

$$P\{|X|\leqslant k\}\quad(k>0)$$
$$=P\{-k\leqslant X\leqslant k\}=\Phi_0(k)-\Phi_0(-k)=\Phi_0(k)-(1-\Phi_0(k))=2\Phi_0(k)-1$$

综合上面的讨论，得到利用标准正态分布函数表（附表二）计算标准正态分布概率的公式：如果连续型随机变量 X 服从标准正态分布，即连续型随机变量 $X\sim N(0,1)$，则概率

$$P\{a<X<b\}=P\{a\leqslant X<b\}=P\{a<X\leqslant b\}=P\{a\leqslant X\leqslant b\}$$
$$=\Phi_0(b)-\Phi_0(a)$$

作为这个计算概率公式的特殊情况，有概率

$$P\{X<b\}=P\{X\leqslant b\}=\Phi_0(b)$$

$$P\{X>a\}=P\{X\geqslant a\}=1-\Phi_0(a)$$

$$P\{|X|<k\}=P\{|X|\leqslant k\}=2\Phi_0(k)-1 \quad (k>0)$$

在计算概率的过程中，用到函数值

$$\Phi_0(0)=0.5$$

$$\Phi_0(-a)=1-\Phi_0(a) \quad (a>0)$$

例 1 填空题

已知连续型随机变量 X 服从标准正态分布 $N(0,1)$，查表得函数值 $\Phi_0(1)=0.841\,3$，则概率$P\{-1<X<0\}=$ ______.

解：根据标准正态分布概率的计算公式，同时注意到函数值 $\Phi_0(0)=0.5$，因此概率

$$\begin{aligned}&P\{-1<X<0\}\\&=\Phi_0(0)-\Phi_0(-1)=\Phi_0(0)-(1-\Phi_0(1))=\Phi_0(0)+\Phi_0(1)-1\\&=0.5+0.841\,3-1=0.341\,3\end{aligned}$$

于是应将"0.341 3"直接填在空内.

例 2 已知连续型随机变量 $X\sim N(0,1)$，查表得函数值 $\Phi_0(2)=0.977\,2$，求：

(1) 概率 $P\{|X|<2\}$；

(2) 概率 $P\{X<-2\}$.

解：根据标准正态分布概率的计算公式，所以概率

(1) $P\{|X|<2\}=2\Phi_0(2)-1=2\times 0.977\,2-1=0.954\,4$

(2) $P\{X<-2\}=\Phi_0(-2)=1-\Phi_0(2)=1-0.977\,2=0.022\,8$

例 3 填空题

已知连续型随机变量 $X\sim N(0,1)$，若概率 $P\{X>\lambda\}=0.025$，则常数$\lambda=$ ______.

解：根据标准正态分布概率的计算公式，得到概率

$$P\{X>\lambda\}=1-\Phi_0(\lambda)$$

它应等于所给概率值 0.025，有关系式

$$1-\Phi_0(\lambda)=0.025$$

即函数值

$$\Phi_0(\lambda)=0.975\,0$$

查附表二，得到常数

$$\lambda=1.96$$

于是应将"1.96"直接填在空内.

在讨论标准正态分布的基础上，继续讨论正态分布.

定义 6.5 若连续型随机变量 X 的概率密度为

$$\varphi(x)=\frac{1}{\sqrt{2\pi}\sigma}\mathrm{e}^{-\frac{(x-\mu)^2}{2\sigma^2}} \quad (\mu,\sigma\text{ 为常数},\sigma>0)\ (-\infty<x<+\infty)$$

则称连续型随机变量 X 服从参数为 μ,σ 的正态分布，记作

$$X\sim N(\mu,\sigma^2)$$

容易看出，当参数 $\mu=0,\sigma=1$ 时，正态分布就化为标准正态分布，所以标准正态分布是正态分布的特殊情况.

正态分布的概率密度曲线对称于直线 $x=\mu$，参数 μ 决定曲线的中心位置，若参数 μ 增大则曲线向右平移，若参数 μ 减少则曲线向左平移；参数 σ 决定曲线的形状，若参数 σ 越大则曲线越平坦，若参数 σ 越小则曲线越陡峭. 正态分布的概率密度曲线如图 6－4.

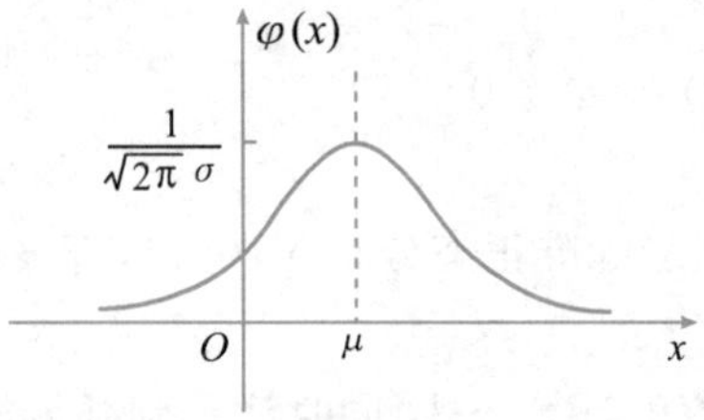

图 6－4

正态分布是最常见也是最重要的一种分布，取中间值可能性大且取两头值可能性小的连续型随机变量通常都服从正态分布，如一群成年男子的体重，一批零件的长度，一个地区的年降雨量，一种仪器的测量误差，等等.

下面给出正态分布与标准正态分布的具体联系.

定理 6.4 如果连续型随机变量 $X\sim N(\mu,\sigma^2)$，且连续型随机变量 $Y=\dfrac{X-\mu}{\sigma}$，则连续型随机变量

$$Y\sim N(0,1)$$

根据定理 6.4，当连续型随机变量 $X\sim N(\mu,\sigma^2)$ 时，有连续型随机变量 $Y=\dfrac{X-\mu}{\sigma}$ 服从标准正态分布，即连续型随机变量 $Y=\dfrac{X-\mu}{\sigma}\sim N(0,1)$. 连续型随机变量 X 在区间 $[a,b]$ 上取值的概率等于连续型随机变量 Y 在区间 $\left[\dfrac{a-\mu}{\sigma},\dfrac{b-\mu}{\sigma}\right]$ 上取值的概率，它等于 $\Phi_0\left(\dfrac{b-\mu}{\sigma}\right)-\Phi_0\left(\dfrac{a-\mu}{\sigma}\right)$. 于是得到利用标准正态分布函数表（附表二）计算正态分布概率的公式：如果连续型随机变量 X 服从参数为 μ,σ 的正态分布，即连续型随机变量 $X\sim N(\mu,\sigma^2)$，则概率

$$P\{a<X<b\}=P\{a\leqslant X<b\}=P\{a<X\leqslant b\}=P\{a\leqslant X\leqslant b\}$$
$$=\Phi_0\left(\frac{b-\mu}{\sigma}\right)-\Phi_0\left(\frac{a-\mu}{\sigma}\right)$$

作为这个计算概率公式的特殊情况，有概率

$$P\{X<b\}=P\{X\leqslant b\}=\Phi_0\left(\frac{b-\mu}{\sigma}\right)$$

$$P\{X>a\}=P\{X\geqslant a\}=1-\Phi_0\left(\frac{a-\mu}{\sigma}\right)$$

$$P\left\{\left|\frac{X-\mu}{\sigma}\right|<k\right\}=P\left\{\left|\frac{X-\mu}{\sigma}\right|\leqslant k\right\}=2\Phi_0(k)-1 \qquad (k>0)$$

考虑连续型随机变量 $X\sim N(\mu,\sigma^2)$，计算它在区间 $(\mu-3\sigma,\mu+3\sigma)$ 内取值的概率. 根据

正态分布概率的计算公式,有概率

$$P\{\mu-3\sigma<X<\mu+3\sigma\}$$
$$=\Phi_0\left(\frac{\mu+3\sigma-\mu}{\sigma}\right)-\Phi_0\left(\frac{\mu-3\sigma-\mu}{\sigma}\right)=\Phi_0(3)-\Phi_0(-3)=\Phi_0(3)-(1-\Phi_0(3))$$
$$=2\Phi_0(3)-1=2\times 0.9987-1=0.9974$$

从这个计算结果可以看出:连续型随机变量 X 的取值几乎全部落在区间 $(\mu-3\sigma,\mu+3\sigma)$ 内,落在这个区间外的概率不到 0.003. 尽管服从正态分布的随机变量 X 的取值范围是 $(-\infty,+\infty)$,但往往认为它的取值范围是有限区间 $(\mu-3\sigma,\mu+3\sigma)$,这个结论称为 3σ 原则.

下面给出正态分布的数学期望与方差.

定理 6.5 如果连续型随机变量 X 服从参数为 μ,σ 的正态分布,即连续型随机变量 $X\sim N(\mu,\sigma^2)$,则其数学期望与方差分别为

$$E(X)=\mu$$
$$D(X)=\sigma^2$$

定理 6.5 说明正态分布中的两个参数 μ 与 σ 分别是服从正态分布的连续型随机变量的数学期望与标准差. 因而若已知数学期望与方差,则完全确定正态分布.

推论 如果连续型随机变量 X 服从标准正态分布,即连续型随机变量 $X\sim N(0,1)$,则其数学期望 $E(X)=0$,方差 $D(X)=1$.

例 4 单项选择题

已知连续型随机变量 $X\sim N(-3,4)$,则连续型随机变量 $Y=(\quad)\sim N(0,1)$.

(a) $\dfrac{X-3}{2}$ (b) $\dfrac{X+3}{2}$

(c) $\dfrac{X-3}{4}$ (d) $\dfrac{X+3}{4}$

解: 由于已知连续型随机变量 $X\sim N(-3,4)$,说明参数 $\mu=-3,\sigma=2$,因此连续型随机变量

$$Y=\frac{X-\mu}{\sigma}=\frac{X-(-3)}{2}=\frac{X+3}{2}\sim N(0,1)$$

这个正确答案恰好就是备选答案(b),所以选择(b).

例 5 填空题

已知连续型随机变量 $X\sim N(4,9)$,查表得函数值 $\Phi_0(1.96)=0.9750$,则概率 $P\{X<9.88\}=$ ______.

解: 根据正态分布概率的计算公式,因此概率

$$P\{X<9.88\}=\Phi_0\left(\frac{9.88-4}{3}\right)=\Phi_0(1.96)=0.9750$$

于是应将"0.975 0"直接填在空内.

例 6 填空题

已知连续型随机变量 $X\sim N(\mu,\sigma^2)$,查表得函数值 $\Phi_0(1.16)=0.8770$,则概率 $P\{|X-\mu|\leqslant 1.16\sigma\}=$ ______.

解: 由于连续型随机变量 $X\sim N(\mu,\sigma^2)$,从而连续型随机变量 $Y=\dfrac{X-\mu}{\sigma}\sim N(0,1)$,根

据标准正态分布概率的计算公式，并注意到参数$\sigma>0$，因此概率

$$P\{|X-\mu|\leqslant 1.16\sigma\}$$
$$=P\left\{\left|\frac{X-\mu}{\sigma}\right|\leqslant 1.16\right\}=2\Phi_0(1.16)-1=2\times 0.8770-1=0.7540$$

于是应将"0.754 0"直接填在空内.

例7 填空题

已知连续型随机变量$X\sim N(40,5^2)$，若概率$P\{X<a\}=0.9850$，则常数$a=$______.

解：根据正态分布概率的计算公式，得到概率

$$P\{X<a\}=\Phi_0\left(\frac{a-40}{5}\right)$$

它应等于所给概率值0.985 0，即函数值

$$\Phi_0\left(\frac{a-40}{5}\right)=0.9850$$

查附表二，得到关系式

$$\frac{a-40}{5}=2.17$$

因此常数

$$a=50.85$$

于是应将"50.85"直接填在空内.

例8 某大学男生体重Xkg是一个连续型随机变量，它服从参数为$\mu=58$kg，$\sigma=2$kg的正态分布，从中任选1位男生，求这位男生体重在55kg～60kg的概率.（函数值$\Phi_0(1)=0.8413$，$\Phi_0(1.5)=0.9332$）

解：事件$55<X<60$表示任选1位男生体重在55kg～60kg，根据正态分布概率的计算公式，其发生的概率为

$$P\{55<X<60\}$$
$$=\Phi_0\left(\frac{60-58}{2}\right)-\Phi_0\left(\frac{55-58}{2}\right)=\Phi_0(1)-\Phi_0(-1.5)=\Phi_0(1)-(1-\Phi_0(1.5))$$
$$=\Phi_0(1)+\Phi_0(1.5)-1=0.8413+0.9332-1=0.7745$$

所以任选1位男生体重在55kg～60kg的概率为0.774 5.

例9 某批零件长度Xcm是一个连续型随机变量，它服从数学期望为50cm、方差为0.562 5cm^{2}的正态分布，规定长度在50 ± 1.2cm之间的零件为合格品，从中随机抽取1个零件，求这个零件为合格品的概率.（函数值$\Phi_0(1.6)=0.9452$）

解：由题意得到参数

$$\mu=E(X)=50$$
$$\sigma=\sqrt{D(X)}=\sqrt{0.5625}=0.75$$

因而连续型随机变量$X\sim N(50,0.5625)$.

事件$50-1.2\leqslant X\leqslant 50+1.2$表示随机抽取1个零件长度在$50\pm 1.2$cm之间，即该零件为合格品，根据正态分布概率的计算公式，其发生的概率为

$$P\{50-1.2\leqslant X\leqslant 50+1.2\}$$

$$=\Phi_0\left(\frac{50+1.2-50}{0.75}\right)-\Phi_0\left(\frac{50-1.2-50}{0.75}\right)=\Phi_0(1.6)-\Phi_0(-1.6)$$

$$=\Phi_0(1.6)-(1-\Phi_0(1.6))=2\Phi_0(1.6)-1=2\times 0.945\ 2-1=0.890\ 4$$

所以随机抽取 1 个零件为合格品的概率为 0.890 4.

例 10 某地区职工月收入 X 元是一个连续型随机变量，已知它服从正态分布 $N(2\ 000,200^2)$，求该地区月收入高于 2 100 元的职工数占全体职工数的百分比.（函数值 $\Phi_0(0.5)=0.691\ 5$）

解：该地区月收入高于 2 100 元的职工数占全体职工数的百分比，相当于任意调查 1 位职工月收入高于 2 100 元的概率.

事件 $X>2\ 100$ 表示任意调查 1 位职工月收入高于2 100 元，根据正态分布概率的计算公式，其发生的概率为

$$P\{X>2\ 100\}=1-\Phi_0\left(\frac{2\ 100-2\ 000}{200}\right)=1-\Phi_0(0.5)=1-0.691\ 5=0.308\ 5$$

所以任意调查 1 位职工月收入高于 2 100 元的概率为 0.308 5，意味着该地区月收入高于 2 100 元的职工数占全体职工数的 30.85%.

例 11 单项选择题

已知连续型随机变量 $X\sim N(0,\sigma^2)$，则连续型随机变量 X^2 的数学期望 $E(X^2)=($　　$)$.

(a)0　　　　(b)1

(c)σ　　　　(d)σ^2

解：由于连续型随机变量 $X\sim N(0,\sigma^2)$，因而数学期望 $E(X)=0$，方差 $D(X)=\sigma^2$，再根据 §5.4 定理 5.2 即计算方差的简便公式

$$D(X)=E(X^2)-(E(X))^2$$

得到数学期望

$$E(X^2)=D(X)+(E(X))^2=\sigma^2+0^2=\sigma^2$$

这个正确答案恰好就是备选答案(d)，所以选择(d).

例 12 单项选择题

已知连续型随机变量 $X\sim N(3,2)$，则连续型随机变量 $2X+3$ 的方差 $D(2X+3)=($　　$)$.

(a)4　　　　(b)7

(c)8　　　　(d)11

解：由于连续型随机变量 $X\sim N(3,2)$，因而方差 $D(X)=2$，再根据 §5.4 随机变量方差的性质 4，所以方差

$$D(2X+3)=2^2D(X)=4\times 2=8$$

这个正确答案恰好就是备选答案(c)，所以选择(c).

习题六

6.01　口袋里装有 4 个红球与 2 个白球，每次任取 1 个球，放回取 4 次，求恰好有 3 次取到红球的概率.

6.02　某机构有一个 3 人组成的顾问小组，每位顾问提出正确意见的概率皆为 0.8，现在该机构对某方案的可行性同时分别征求各位顾问意见，并按多数人意见作出决策，求作出正确决策的概率.

6.03　某张试卷上有 4 道单项选择题，每道单项选择题列出四项备选答案，其中只有一项备选答案是正确的，要求将正确备选答案前面的字母填在括号内，求考生仅凭猜测至少答对 1 道题的概率.

6.04　某车间只有 5 台同型号机床，每台机床开动时所消耗的电功率皆为 15 单位，每台机床开动的概率皆为$\dfrac{2}{3}$，且各台机床开动与否相互独立，求：

(1) 这个车间消耗电功率至多为 30 单位的概率；

(2) 同时开动机床台数的均值.

6.05　设离散型随机变量 $X \sim B(2, p)$，若概率 $P\{X \geqslant 1\} = \dfrac{5}{9}$，求：

(1) 参数 p 值；

(2) 概率 $P\{X = 2\}$；

(3) 数学期望 $E(X)$；

(4) 方差 $D(X)$.

6.06　一页书上印刷错误的个数 X 是一个离散型随机变量，它服从参数为 λ 的泊松分布，一本书共 400 页，有 20 个印刷错误，求：

(1) 任取 1 页书上没有印刷错误的概率；

(2) 任取 4 页书上都没有印刷错误的概率.

6.07　每 10 分钟内电话交换台收到呼唤的次数 X 是一个离散型随机变量，它服从参数为 λ 的泊松分布，已知每 10 分钟内收到 3 次呼唤与收到 4 次呼唤的可能性相同，求：

(1) 平均每 10 分钟内电话交换台收到呼唤的次数；

(2) 任意 10 分钟内电话交换台收到 2 次呼唤的概率.

6.08　设离散型随机变量 X 服从参数为 λ 的泊松分布，且已知它取值为 1 的概率 $P\{X = 1\} = 3\mathrm{e}^{-3}$，求：

(1) 参数 λ 值；

(2) 概率 $P\{1 < X \leqslant 3\}$；

(3) 数学期望 $E(3X)$；

(4) 方差 $D(3X)$.

6.09　在某火车站售票处，旅客购火车票所用时间 X 分钟是一个连续型随机变量，它服从参数为 $\lambda = 0.1$ 的指数分布，求任意 1 位旅客购火车票所用时间在 10 分钟 ～ 15 分钟的概率.

6.10　某种型号日光灯管的使用寿命 X 小时是一个连续型随机变量，它服从参数为 λ 的指数分布，且一只日光灯管的平均使用寿命为 800 小时，求：

(1) 任取 1 只日光灯管使用 1 200 小时不需要更换的概率；

(2) 任取 3 只日光灯管各使用 1 200 小时都不需要更换的概率.

6.11　设连续型随机变量 X 服从参数为 λ 的指数分布，且已知它的方差 $D(X)=\frac{1}{4}$，试求：

(1) 参数 λ 值；

(2) 概率 $P\{0\leqslant X<1\}$；

(3) 数学期望 $E(4X-3)$；

(4) 方差 $D(4X-3)$.

6.12　求下列服从正态分布的连续型随机变量 X 在给定区间上取值的概率：

(1) 若连续型随机变量 $X\sim N(0,1)$，求概率 $P\{0<X<3\}$；

(2) 若连续型随机变量 $X\sim N(0,1)$，求概率 $P\{|X|\leqslant 1\}$；

(3) 若连续型随机变量 $X\sim N(3,4)$，求概率 $P\{-3<X\leqslant 5\}$；

(4) 若连续型随机变量 $X\sim N(3,4)$，求概率 $P\{|X-3|>3.92\}$.

6.13　某批袋装大米重量 Xkg 是一个连续型随机变量，它服从参数为 $\mu=10$kg，$\sigma=0.1$kg 的正态分布，从中任选 1 袋大米，求这袋大米重量在9.9kg ～10.2kg 的概率.

6.14　某批螺栓直径 Xcm 是一个连续型随机变量，它服从均值为 0.8cm、方差为 0.000 4cm^2 的正态分布，随机抽取 1 个螺栓，求这个螺栓直径小于 0.81cm 的概率.

6.15　某所高等学校高等数学统考成绩 X 分是一个离散型随机变量，近似认为连续型随机变量，它服从正态分布 $N(58,10^2)$，规定试卷成绩达到或超过 60 分为合格，求：

(1) 任取 1 份高等数学试卷成绩为合格的概率；

(2) 任取 3 份高等数学试卷中恰好有 2 份试卷成绩为合格的概率.

6.16　某种仪器的测量误差 Xcm 是一个连续型随机变量，它服从正态分布 $N(0,\sigma^2)$，现对这种仪器的精确性进行检查，检查结果表明测量误差绝对值 $|X|$ 不超过 2.5cm 的情况占全部情况的 90%，求连续型随机变量 X 的标准差 σ 的值.

6.17　填空题

(1) 若在 3 次独立重复试验中，事件 A 至少发生 1 次的概率为$\frac{26}{27}$，则事件 A 在一次试验中发生的概率为______.

(2) 在进行 12 重伯努利试验时，每次试验中事件 A 发生的概率为$\frac{1}{4}$，设离散型随机变量 X 表示事件 A 发生的次数，则方差 $D(X)=$ ______.

(3) 已知离散型随机变量 X 服从参数为 $\lambda=3$ 的泊松分布，则概率 $P\{X=0\}=$ ______.

(4) 设离散型随机变量 X 服从参数为 λ 的泊松分布，若离散型随机变量 $5X-1$ 的数学期望 $E(5X-1)=9$，则参数 $\lambda=$ ______.

(5) 已知连续型随机变量 X 服从参数为 $\lambda=0.2$ 的指数分布，则事件 $X\geqslant 5$ 发生的概率 $P\{X\geqslant 5\}=$ ______.

(6) 已知连续型随机变量 X 服从参数为 λ 的指数分布，则连续型随机变量 X^2 的数学期望 $E(X^2)=$ ______.

(7) 已知连续型随机变量 $X\sim N(0,1)$，则概率 $P\{X=1\}=$ ______.

(8) 已知连续型随机变量 $X\sim N(2,9)$，查表得函数值 $\Phi_0(2)=0.977\,2$，则事件 $X<8$ 发生的概率 $P\{X<8\}=$ ______.

6.18　单项选择题

(1) 事件 A 在一次试验中发生的概率为$\frac{1}{4}$，则在 3 次独立重复试验中，事件 A 恰好发生 2 次的概率为(　　).

(a) $\frac{1}{2}$　　(b) $\frac{1}{16}$

(c) $\frac{3}{64}$　　(d) $\frac{9}{64}$

(2) 设离散型随机变量 $X \sim B(n,p)$，若数学期望 $E(X)=2.4$，方差 $D(X)=1.44$，则参数 n,p 的值为(　　).

(a) $n=4,p=0.6$　　(b) $n=6,p=0.4$

(c) $n=8,p=0.3$　　(d) $n=12,p=0.2$

(3) 设离散型随机变量 X 服从参数为 λ 的泊松分布，且概率 $P\{X=0\}=P\{X=2\}$，则参数 $\lambda=$(　　).

(a) 1　　(b) 2

(c) $\sqrt{2}$　　(d) $2\sqrt{2}$

(4) 已知离散型随机变量 X 服从泊松分布，若方差 $D(X)=10$，则离散型随机变量 $-2X$ 的数学期望 $E(-2X)=$(　　).

(a) -40　　(b) 40

(c) -20　　(d) 20

(5) 已知连续型随机变量 X 的概率密度为

$$\varphi(x)=\begin{cases}100\mathrm{e}^{-100x}, & x>0\\ 0, & \text{其他}\end{cases}$$

则它的标准差为(　　).

(a) $\frac{1}{100}$　　(b) 100

(c) $\frac{1}{10}$　　(d) 10

(6) 已知连续型随机变量 $X \sim N(0,1)$，常数 $k>0$，则概率 $P\{|X|\geqslant k\}=$(　　).

(a) $2\Phi_0(k)-1$　　(b) $1-2\Phi_0(k)$

(c) $2\Phi_0(k)-2$　　(d) $2-2\Phi_0(k)$

(7) 已知连续型随机变量 $X \sim N(3,2)$，则连续型随机变量 $Y=$(　　) $\sim N(0,1)$.

(a) $\frac{X-3}{\sqrt{2}}$　　(b) $\frac{X+3}{\sqrt{2}}$

(c) $\frac{X-3}{2}$　　(d) $\frac{X+3}{2}$

(8) 若连续型随机变量 $X \sim N(1,1)$，则连续型随机变量 $Y=-X$ 的数学期望、方差分别为(　　).

(a) $E(Y)=-1,D(Y)=-1$　　(b) $E(Y)=-1,D(Y)=1$

(c) $E(Y)=1, D(Y)=-1$　　　　(d) $E(Y)=1, D(Y)=1$

6.19　应用题——数据分析问题

通过大数据问卷调研，“双 11”期间，某校网上购物的同学消费的金额 X 元是否近似地服从正态分布 $N(\mu,\delta^2)$，若服从正态分布，计算平均消费金额，参数 μ 的值为多少？若消费 500 元以上的学生占消费者总数的 2.3%，试求出 δ.

拓展阅读

伯努利大数定律

概率论是研究随机现象统计规律性的科学，而随机现象的统计规律性是在相同条件下进行大量重复实验时呈现出来的，当试验的次数无限增大时，事件发生的频率在某种收敛意义下逼近某一个定数，这是最早的一个大数定律——伯努利大数定律.

定理内容：设 n_A 是 n 重伯努利试验中事件 A 发生的次数，p 是事件 A 在每次试验中发生的概率，则对任意的 $\varepsilon>0$，有

$$\lim_{n\to\infty}P\left\{\left|\frac{n_A}{n}-p\right|<\varepsilon\right\}=1$$

该定理表明：当重复试验次数 n 充分大时，事件 A 发生的频率将收敛于事件 A 发生的概率 p，该定理以严格的数学形式表达了频率的稳定性，所以在实际应用中当实验次数很多时，便可以用事件发生的频率来近似代替事件发生的概率. 如果事件 A 发生的概率很小，则由伯努利定理知，事件 A 发生的频率也是很小的，即概率很小的随机事件在个别实验中几乎不会发生，这一原理也称为小概率事件原理，但是在多次事件中，小概率事件也可能发生，所以小概率事件与不可能事件是有区别的.

小概率事件原理的实际应用很广泛，在我们的生活中随处可见，涉及生活的各个方面，如买彩票中一等奖的概率、产品质量检查中次品率的问题等. 小概率事件有好有坏，但我们只要掌握了小概率事件的原理，建立起正确的人生观，在生活中就可以趋利避害，科学地选择好的小概率事件，全力规避那些致命的小概率事件.

附 录

常用统计数值表

附表一 泊松分布概率值表

$$P\{X=i\}=\frac{\lambda^i e^{-\lambda}}{i!} \quad (\lambda>0)$$

i \ λ	0.5	1	2	3	4	5	8	10
0	0.606 5	0.367 9	0.135 3	0.049 8	0.018 3	0.006 7	0.000 3	0.000 0
1	0.303 3	0.367 9	0.270 7	0.149 4	0.073 3	0.033 7	0.002 7	0.000 5
2	0.075 8	0.183 9	0.270 7	0.224 0	0.146 5	0.084 2	0.010 7	0.002 3
3	0.012 6	0.061 3	0.180 4	0.224 0	0.195 4	0.140 4	0.028 6	0.007 6
4	0.001 6	0.015 3	0.090 2	0.168 0	0.195 4	0.175 5	0.057 3	0.018 9
5	0.000 2	0.003 1	0.036 1	0.100 8	0.156 3	0.175 5	0.091 6	0.037 8
6	0.000 0	0.000 5	0.012 0	0.050 4	0.104 2	0.146 2	0.122 1	0.063 1
7	0.000 0	0.000 1	0.003 4	0.021 6	0.059 5	0.104 4	0.139 6	0.090 1
8	0.000 0	0.000 0	0.000 9	0.008 1	0.029 8	0.065 3	0.139 6	0.112 6
9	0.000 0	0.000 0	0.000 2	0.002 7	0.013 2	0.036 3	0.124 1	0.125 1
10	0.000 0	0.000 0	0.000 0	0.000 8	0.005 3	0.018 1	0.099 3	0.125 1
11	0.000 0	0.000 0	0.000 0	0.000 2	0.001 9	0.008 2	0.072 2	0.113 7
12	0.000 0	0.000 0	0.000 0	0.000 1	0.000 6	0.003 4	0.048 1	0.094 8
13	0.000 0	0.000 0	0.000 0	0.000 0	0.000 2	0.001 3	0.029 6	0.072 9
14	0.000 0	0.000 0	0.000 0	0.000 0	0.000 1	0.000 5	0.016 9	0.052 1
15	0.000 0	0.000 0	0.000 0	0.000 0	0.000 0	0.000 2	0.009 0	0.034 7
16	0.000 0	0.000 0	0.000 0	0.000 0	0.000 0	0.000 0	0.004 5	0.021 7
17	0.000 0	0.000 0	0.000 0	0.000 0	0.000 0	0.000 0	0.002 1	0.012 8
18	0.000 0	0.000 0	0.000 0	0.000 0	0.000 0	0.000 0	0.000 9	0.007 1
19	0.000 0	0.000 0	0.000 0	0.000 0	0.000 0	0.000 0	0.000 4	0.003 7
20	0.000 0	0.000 0	0.000 0	0.000 0	0.000 0	0.000 0	0.000 2	0.001 9
21	0.000 0	0.000 0	0.000 0	0.000 0	0.000 0	0.000 0	0.000 1	0.000 9
22	0.000 0	0.000 0	0.000 0	0.000 0	0.000 0	0.000 0	0.000 0	0.000 4
23	0.000 0	0.000 0	0.000 0	0.000 0	0.000 0	0.000 0	0.000 0	0.000 2
24	0.000 0	0.000 0	0.000 0	0.000 0	0.000 0	0.000 0	0.000 0	0.000 1

附表二 标准正态分布函数表

$$\Phi_0(x)=\int_{-\infty}^{x}\frac{1}{\sqrt{2\pi}}\mathrm{e}^{-\frac{t^2}{2}}\mathrm{d}t$$

x	0.00	0.01	0.02	0.03	0.04	0.05	0.06	0.07	0.08	0.09
0.0	0.500 0	0.504 0	0.508 0	0.512 0	0.516 0	0.519 9	0.523 9	0.527 9	0.531 9	0.535 9
0.1	0.539 8	0.543 8	0.547 8	0.551 7	0.555 7	0.559 6	0.563 6	0.567 5	0.571 4	0.575 3
0.2	0.579 3	0.583 2	0.587 1	0.591 0	0.594 8	0.598 7	0.602 6	0.606 4	0.610 3	0.614 1
0.3	0.617 9	0.621 7	0.625 5	0.629 3	0.633 1	0.636 8	0.640 6	0.644 3	0.648 0	0.651 7
0.4	0.655 4	0.659 1	0.662 8	0.666 4	0.670 0	0.673 6	0.677 2	0.680 8	0.684 4	0.687 9
0.5	0.691 5	0.695 0	0.698 5	0.701 9	0.705 4	0.708 8	0.712 3	0.715 7	0.719 0	0.722 4
0.6	0.725 7	0.729 1	0.732 4	0.735 7	0.738 9	0.742 2	0.745 4	0.748 6	0.751 7	0.754 9
0.7	0.758 0	0.761 1	0.764 2	0.767 3	0.770 3	0.773 4	0.776 4	0.779 4	0.782 3	0.785 2
0.8	0.788 1	0.791 0	0.793 9	0.796 7	0.799 5	0.802 3	0.805 1	0.807 8	0.810 6	0.813 3
0.9	0.815 9	0.818 6	0.821 2	0.823 8	0.826 4	0.828 9	0.831 5	0.834 0	0.836 5	0.838 9
1.0	0.841 3	0.843 7	0.846 1	0.848 5	0.850 8	0.853 1	0.855 4	0.857 7	0.859 9	0.862 1
1.1	0.864 3	0.866 5	0.868 6	0.870 8	0.872 9	0.874 9	0.877 0	0.879 0	0.881 0	0.883 0
1.2	0.884 9	0.886 9	0.888 8	0.890 7	0.892 5	0.894 4	0.896 2	0.898 0	0.899 7	0.901 5
1.3	0.903 2	0.904 9	0.906 6	0.908 2	0.909 9	0.911 5	0.913 1	0.914 7	0.916 2	0.917 7
1.4	0.919 2	0.920 7	0.922 2	0.923 6	0.925 1	0.926 5	0.927 9	0.929 2	0.930 6	0.931 9
1.5	0.933 2	0.934 5	0.935 7	0.937 0	0.938 2	0.939 4	0.940 6	0.941 8	0.942 9	0.944 1
1.6	0.945 2	0.946 3	0.947 4	0.948 4	0.949 5	0.950 5	0.951 5	0.952 5	0.953 5	0.954 5
1.7	0.955 4	0.956 4	0.957 3	0.958 2	0.959 1	0.959 9	0.960 8	0.961 6	0.962 5	0.963 3
1.8	0.964 1	0.964 9	0.965 6	0.966 4	0.967 1	0.967 8	0.968 6	0.969 3	0.970 0	0.970 6
1.9	0.971 3	0.971 9	0.972 6	0.973 2	0.973 8	0.974 4	0.975 0	0.975 6	0.976 1	0.976 7
2.0	0.977 2	0.977 8	0.978 3	0.978 8	0.979 3	0.979 8	0.980 3	0.980 8	0.981 2	0.981 7
2.1	0.982 1	0.982 6	0.983 0	0.983 4	0.983 8	0.984 2	0.984 6	0.985 0	0.985 4	0.985 7
2.2	0.986 1	0.986 5	0.986 8	0.987 1	0.987 5	0.987 8	0.988 1	0.988 4	0.988 7	0.989 0
2.3	0.989 3	0.989 6	0.989 8	0.990 1	0.990 4	0.990 6	0.990 9	0.991 1	0.991 3	0.991 6
2.4	0.991 8	0.992 0	0.992 2	0.992 5	0.992 7	0.992 9	0.993 1	0.993 2	0.993 4	0.993 6
2.5	0.993 8	0.994 0	0.994 1	0.994 3	0.994 5	0.994 6	0.994 8	0.994 9	0.995 1	0.995 2
2.6	0.995 3	0.995 5	0.995 6	0.995 7	0.995 9	0.996 0	0.996 1	0.996 2	0.996 3	0.996 4
2.7	0.996 5	0.996 6	0.996 7	0.996 8	0.996 9	0.997 0	0.997 1	0.997 2	0.997 3	0.997 4
2.8	0.997 4	0.997 5	0.997 6	0.997 7	0.997 7	0.997 8	0.997 9	0.997 9	0.998 0	0.998 1
2.9	0.998 1	0.998 2	0.998 2	0.998 3	0.998 4	0.998 4	0.998 5	0.998 5	0.998 6	0.998 6
3.0	0.998 7	0.998 7	0.998 7	0.998 8	0.998 8	0.998 9	0.998 9	0.998 9	0.999 0	0.999 0
3.2	0.999 3	0.999 3	0.999 4	0.999 4	0.999 4	0.999 4	0.999 4	0.999 5	0.999 5	0.999 5
3.4	0.999 7	0.999 7	0.999 7	0.999 7	0.999 7	0.999 7	0.999 7	0.999 7	0.999 8	0.999 8
3.6	0.999 8	0.999 9	0.999 9	0.999 9	0.999 9	0.999 9	0.999 9	0.999 9	0.999 9	0.999 9
3.8	0.999 9	0.999 9	0.999 9	0.999 9	0.999 9	0.999 9	0.999 9	1.000 0	1.000 0	1.000 0

习题答案

习 题 一

1.01 (1)1 (2)a^2+b^2

1.02 (1)18 (2)0

(3)0 (4)$-xyz$

1.03 (1)-2

(2)-16

1.04 -80

1.05 (1)-1 (2)8

(3)96 (4)1

1.06 (1)$(x-2)^3$ (2)$(x-a)(x-b)(x-c)$

1.07 (1)$1-x^3$ (2)$(a+3)(a-1)^3$

1.08 7

1.09 3

1.10 (1)-33 (2)15

(3)32 (4)45

1.11 (1)a^4-b^4 (2)$(a^2-b^2)^2$

1.12 (1)x^3+1 (2)$(x^2-1)(y^2-1)$

1.13 (1) 有唯一解

(2) 唯一解$\begin{cases}x=2\\y=3\end{cases}$

1.14 有唯一解

1.15 有非零解

1.16 $k=-1$ 或 $k=4$

1.17 (1)0 (2)-5

(3)1 (4)-1

(5)$8abcd$ (6)1

(7)-9 (8)-15

1.18 (1)(b) (2)(a)

(3)(d) (4)(c)

(5)(d) (6)(c)

(7)(d) (8)(a)

1.19 $\begin{cases}x_1=1\\x_2=2\\x_3=3\end{cases}$

习　题　二

2.01 (1)$\begin{pmatrix}3 & 0 & 7\\5 & 0 & 1\end{pmatrix}$ (2)$\begin{pmatrix}-1 & -4 & -7\\-5 & 1 & -2\\0 & -3 & 3\end{pmatrix}$

2.02 $\begin{pmatrix}2 & -4\\-8 & -3\end{pmatrix}$

2.03 (1)$\begin{pmatrix}2 & 1\\4 & 3\end{pmatrix}$ (2)$\begin{pmatrix}3 & 4\\1 & 2\end{pmatrix}$

(3)$\begin{pmatrix}0 & 7\\0 & 0\end{pmatrix}$ (4)$\begin{pmatrix}0 & 0\\0 & 0\end{pmatrix}$

2.04 (1)$(5\quad 8\quad 5\quad 6)$ (2)$\begin{pmatrix}-2\\12\\17\end{pmatrix}$

(3) $\begin{pmatrix} 5 & 0 & -5 \\ 1 & 7 & 6 \\ 2 & -1 & -3 \end{pmatrix}$　　(4) $\begin{pmatrix} 0 & -4 & 3 & -5 \\ 1 & 9 & -2 & 12 \end{pmatrix}$

2.05　$\begin{pmatrix} 1 & -8 \\ 11 & 11 \end{pmatrix}$

2.06　$\begin{pmatrix} 7 & -7 \\ 2 & -16 \end{pmatrix}$

2.07　(1)2　　(2)2

(3)4　　(4)3

2.08　$k=9$

2.09　(1) $\begin{pmatrix} 1 & 2 & 3 \\ 0 & 1 & 2 \\ 0 & 0 & 1 \end{pmatrix}$　　(2) $\begin{pmatrix} a^2 & 0 & 0 \\ 0 & b^2 & 0 \\ 0 & 0 & c^2 \end{pmatrix}$

2.10　$\begin{pmatrix} 15 & 46 \\ -10 & 21 \end{pmatrix}$

2.11　$\begin{pmatrix} 2 & 0 & 2 \\ 0 & 2 & 0 \\ 2 & 0 & 2 \end{pmatrix}$

2.12　(1)2

(2)32

(3)4

(4)4

2.13　(1)$\boldsymbol{A}^* = \begin{pmatrix} 4 & -2 \\ -3 & 1 \end{pmatrix}$　　$\boldsymbol{A}$ 可逆，$\boldsymbol{A}^{-1} = \begin{pmatrix} -2 & 1 \\ \frac{3}{2} & -\frac{1}{2} \end{pmatrix}$

(2)$\boldsymbol{A}^* = \begin{pmatrix} 6 & -3 \\ -4 & 2 \end{pmatrix}$　　$\boldsymbol{A}$ 不可逆

2.14　(2)$\boldsymbol{A}^* = \begin{pmatrix} -1 & 4 & 3 \\ -1 & 5 & 3 \\ 1 & -6 & -4 \end{pmatrix}$　　$\boldsymbol{A}$ 可逆，$\boldsymbol{A}^{-1} = \begin{pmatrix} 1 & -4 & -3 \\ 1 & -5 & -3 \\ -1 & 6 & 4 \end{pmatrix}$

2.15　(1)$\boldsymbol{A}$ 可逆，$\boldsymbol{A}^{-1} = \begin{pmatrix} 1 & 0 & 0 \\ -\frac{1}{2} & \frac{1}{2} & 0 \\ 0 & -\frac{1}{3} & \frac{1}{3} \end{pmatrix}$　　(2)$\boldsymbol{A}$ 可逆，$\boldsymbol{A}^{-1} = \begin{pmatrix} 1 & 0 & 1 \\ 0 & -1 & 0 \\ 0 & 2 & 1 \end{pmatrix}$

(3)$\boldsymbol{A}$ 可逆，$\boldsymbol{A}^{-1} = \begin{pmatrix} 3 & 0 & 2 \\ \frac{1}{2} & \frac{1}{2} & 0 \\ 1 & 0 & 1 \end{pmatrix}$　　(4)$\boldsymbol{A}$ 可逆，$\boldsymbol{A}^{-1} = \begin{pmatrix} 1 & 1 & 0 \\ 1 & 2 & 2 \\ 0 & 1 & 3 \end{pmatrix}$

2.16 (1) $\begin{pmatrix} 0 & 1 \\ -2 & 3 \end{pmatrix}$

(2) $\begin{pmatrix} 1 & -9 \\ -1 & 6 \end{pmatrix}$

2.17 (1)3

(2) -15

(3) $\dfrac{1}{2}$

(4)3

(5) $\begin{pmatrix} 1 & 2\lambda \\ 0 & 1 \end{pmatrix}$

(6)8

(7) $\begin{pmatrix} 1 & 3 & 2 \\ 2 & 1 & 3 \\ 3 & 2 & 1 \end{pmatrix}$

(8) $\boldsymbol{A}^{-1}\boldsymbol{C}\boldsymbol{B}^{-1}$

2.18 (1)(a)

(2)(d)

(3)(c)

(4)(b)

(5)(d)

(6)(a)

(7)(b)

(8)(a)

2.19 (1) $AB = \begin{pmatrix} 33 & 49 & 37 \\ 43 & 54 & 47 \\ 82 & 124 & 93 \end{pmatrix}$

(2) $A^{-1} = \begin{pmatrix} 4 & -1 & -1 \\ -1 & 1 & 0 \\ -1 & -1 & 1 \end{pmatrix}$

习 题 三

3.01 (1) $\mathrm{r}(\bar{\boldsymbol{A}}) = 3, \mathrm{r}(\boldsymbol{A}) = 3$,

(2) 有唯一解 $\begin{cases} x_1 = -1 \\ x_2 = -2 \\ x_3 = 2 \end{cases}$

3.02 (1) $\mathrm{r}(\bar{\boldsymbol{A}}) = 4, \mathrm{r}(\boldsymbol{A}) = 4$

(2) 有唯一解 $\begin{cases} x_1 = -1 \\ x_2 = -1 \\ x_3 = 0 \\ x_4 = 1 \end{cases}$

3.03 (1) $\mathrm{r}(\bar{\boldsymbol{A}}) = 2, \mathrm{r}(\boldsymbol{A}) = 2$

(2) 有无穷多解 $\begin{cases} x_1 = -c + 5 \\ x_2 = -2c - 3 \\ x_3 = c \end{cases}$ (c 为任意常数)

3.04　(1)$\mathrm{r}(\bar{\boldsymbol{A}})=3,\mathrm{r}(\boldsymbol{A})=3$

(2) 有无穷多解$\begin{cases}x_1=-8\\x_2=c+3\\x_3=2c+6\\x_4=c\end{cases}$　(c 为任意常数)

3.05　(1)$\mathrm{r}(\bar{\boldsymbol{A}})=3,\mathrm{r}(\boldsymbol{A})=3$

(2) 有无穷多解$\begin{cases}x_1=-c+2\\x_2=1\\x_3=0\\x_4=c\end{cases}$　(c 为任意常数)

3.06　(1)$\mathrm{r}(\bar{\boldsymbol{A}})=2,\mathrm{r}(\boldsymbol{A})=2$

(2) 有无穷多解$\begin{cases}x_1=c_1+c_2-16\\x_2=-2c_1-2c_2+23\\x_3=c_1\\x_4=c_2\end{cases}$　(c_1,c_2 为任意常数)

3.07　(1)$\mathrm{r}(\bar{\boldsymbol{A}})=2,\mathrm{r}(\boldsymbol{A})=2$

(2) 有无穷多解$\begin{cases}x_1=-\dfrac{4}{3}c_1-\dfrac{1}{3}c_2+\dfrac{1}{3}\\x_2=c_1\\x_3=c_2\\x_4=1\end{cases}$　(c_1,c_2 为任意常数)

3.08　(1)$\mathrm{r}(\bar{\boldsymbol{A}})=3,\mathrm{r}(\boldsymbol{A})=2$

(2) 无解

3.09　当$\lambda\neq-2$且$\lambda\neq2$时，有唯一解

当$\lambda=2$时，有无穷多解

当$\lambda=-2$时，无解

3.10　$\lambda=5$

3.11　(1) 有非零解

(2)$\begin{cases}x_1=-c\\x_2=c\\x_3=c\end{cases}$　(c 为任意常数)

3.12　(1) 有非零解

(2)$\begin{cases}x_1=c_1+2c_2\\x_2=-2c_1-3c_2\\x_3=c_1\\x_4=c_2\end{cases}$　(c_1,c_2 为任意常数)

3.13　(1) 有非零解

(2) $\begin{cases} x_1 = -7c \\ x_2 = 3c \\ x_3 = c \end{cases}$ （c 为任意常数）

3.14 (1) 有非零解

(2) $\begin{cases} x_1 = 2c_1 - 3c_2 \\ x_2 = -c_2 \\ x_3 = c_1 \\ x_4 = c_2 \end{cases}$ （c_1, c_2 为任意常数）

3.15 $\mathbf{A} = \begin{pmatrix} 0.4 & 0.1 & 0.2 \\ 0.1 & 0.4 & 0.1 \\ 0.1 & 0.1 & 0.3 \end{pmatrix}$

3.16 $x_1 = 160, x_2 = 180, x_3 = 160$

3.17 (1) 唯一解 $\begin{cases} x_1 = 3 \\ x_2 = 1 \\ x_3 = 0 \end{cases}$

(2) 无穷多解 $\begin{cases} x_1 = 1 \\ x_2 = c \\ x_3 = 2 \end{cases}$ （c 为任意常数）

(3)4

(4)2

(5)6

(6)-1

(7)5

(8) 无穷多解 $\begin{cases} x_1 = c \\ x_2 = 0 \\ x_3 = c \end{cases}$ （c 为任意常数）

3.18 (1)(d)

(2)(c)

(3)(b)

(4)(d)

(5)(a)

(6)(a)

(7)(c)

(8)(a)

3.19 $\begin{cases} x_1 = 1 \\ x_2 = 5 \\ x_3 = 3 \end{cases}$

习　题　四

4.01 (1) 两次抽取中至少有一次取到黑球

(2) 两次都取到黑球

(3) 可用积事件 $\overline{A}\,\overline{B}$ 表示

(4) 可用和事件 $A\overline{B} + \overline{A}B$ 表示

4.02 $\frac{1}{3}$

4.03　$\frac{4}{9}$

4.04　(1) $\frac{10}{21}$

(2) $\frac{11}{42}$

4.05　95%

4.06　$\frac{1}{10}$

4.07　$\frac{3}{4}$

4.08　(1)4.2%

(2)3.2%

4.09　(1)0.735

(2)0.912

4.10　(1) $\frac{1}{4}$

(2) $\frac{1}{2}$

4.11　(1)0.26

(2)0.98

4.12　0.976

4.13　0.87

4.14　(1)80%

(2)55%

4.15　(1) $\frac{5}{39}$

(2) $\frac{5}{13}$

4.16　(1)0.2

(2)0.4

(3)0.8

(4)0.7

4.17　(1)$\overline{A}B+A\overline{B}$　　(2) $\frac{1}{4}$

(3) $\frac{3}{7}$　　(4) $\frac{3}{4}$

(5)0.7　　(6)0.18

(7)0.58　(8)0.63

4.18　(1)(d)　(2)(b)

(3)(a)　(4)(a)

(5)(a)　(6)(d)

(7)(c)　(8)(b)

4.19　无论是否放回,抽到奖的概率都是$\frac{3}{10}$.

习　题　五

5.01　如表答-1:

表答-1

X	0	1	2
P	$\frac{1}{10}$	$\frac{3}{5}$	$\frac{3}{10}$

5.02　如表答-2:

表答-2

X	0	1	2	3
P	$\frac{1}{3}$	$\frac{2}{9}$	$\frac{4}{27}$	$\frac{8}{27}$

5.03　$P\{X=i\}=p^{i-1}(1-p)\quad (i=1,2,\cdots)$

5.04　(1) $\frac{1}{7}$

(2) $\frac{6}{7}$

5.05　$E(X)=9,\quad D(X)=3.4$

5.06　(1)p

(2)$pq\quad (q=1-p)$

5.07　(1) $\frac{4}{3}$

(2) $\frac{62}{9}$

5.08　(1)6

(2) $\frac{1}{6}$

(3) $\frac{7}{6}$

(4) $\frac{29}{36}$

5.09 $\frac{2}{3}$

5.10 (1)4 (2)0.129 6

5.11 (1) $\frac{1}{2}$ (2) $\frac{\sqrt{2}}{2}\approx 0.707\,1$

5.12 (1)3 (2) $\frac{4}{5}$

5.13 (1) $\frac{3}{4}$ (2) $\frac{3}{80}$

5.14 (1) $\frac{1}{2}$ (2) $\frac{1}{4}$

(3) $\frac{4}{3}$ (4) $\frac{2}{9}$

5.15 (1) -12 (2)20

5.16 (1)0 (2)1

5.17 (1) $\frac{1}{10}$ (2) $\frac{3}{4}$

(3) $-\frac{3}{2}$ (4) $\frac{1}{2}$

(5) $1-e^{-1}\approx 0.632\,1$ (6) $2\ln 2$

(7)4 (8) $\frac{1}{3}$

5.18 (1) (c) (2) (a)

(3) (b) (4) (c)

(5) (b) (6) (d)

(7) (b) (8) (b)

5.19 B种理财产品更优.通过计算可知，$E(A)=E(B)$，$D(A)>D(B)$.

习　题　六

6.01 $\frac{32}{81}\approx 0.395\,1$

6.02 0.896 0

6.03 $\frac{175}{256}\approx 0.683\,6$

6.04 (1) $\frac{17}{81}\approx 0.209\,9$ (2) $\frac{10}{3}$

6.05 (1) $\frac{1}{3}$ (2) $\frac{1}{9}$

(3) $\frac{2}{3}$ (4) $\frac{4}{9}$

6.06 (1)$e^{-\frac{1}{20}} \approx 0.951\ 2$ (2) $e^{-\frac{1}{5}} \approx 0.818\ 7$

6.07 (1)4 (2)$8e^{-4} \approx 0.146\ 5$

6.08 (1)3 (2)$9e^{-3} \approx 0.448\ 0$

(3)9 (4)27

6.09 $e^{-1} - e^{-1.5} \approx 0.144\ 8$

6.10 (1)$e^{-\frac{3}{2}} \approx 0.223\ 1$ (2)$e^{-\frac{9}{2}} \approx 0.011\ 1$

6.11 (1)2

(2)$1 - e^{-2} \approx 0.864\ 7$

(3)-1 (4)4

6.12 (1)0.498 7 (2)0.682 6

(3)0.840 0 (4)0.050 0

6.13 0.818 5

6.14 0.691 5

6.15 (1)0.420 7 (2)0.307 6

6.16 1.52

6.17 (1) $\frac{2}{3}$ (2) $\frac{9}{4}$

(3)$e^{-3} \approx 0.049\ 8$ (4)2

(5)$e^{-1} \approx 0.367\ 9$ (6) $\frac{2}{\lambda^2}$

(7)0 (8)0.977 2

6.18 (1) (d) (2) (b)

(3) (c) (4) (c)

(5) (a) (6) (d)

(7) (a) (8) (b)

6.19 提示:若服从正态分布,能计算出 μ ,可利用 $P\{X > 500\} = 0.023$,再通过查标准正态分布表计算出 δ .